DANIE

PERFEKTE
EHEFRAU

DANIELA ARNOLD

KEINE *PERFEKTE* EHEFRAU

SYLT-THRILLER

© 2023 Daniela Arnold

86179 Augsburg, Almenrauschstr. 6a

www.daniela-arnold.com

Umschlaggestaltung: Kristin Pang

Collage mit Motiven von Shutterstock.com und stock.adobe.com

shutterstock 476422096 (Frau) jujikrivne, shutterstock 2051838704 (Meer und Himmel) Galyna Andrushko, shutterstock 82492084 (Himmel) Konstanttin, shutterstock 82492084 (Riss) autsawin uttisin, AdobeStock 141580178 (Kratzer in Typo) Phongphan Supphakank, AdobeStock 191343255 (Haus) Katja Xenikis, AdobeStock 585538486 (Düne) Marvin, AdobeStock 69808233 (Blut) kurapy

Innendesign-Motive: Depositfoto.com. 77632786 Möwe, 567299440 Lighthouse at the seaside, 424221172 man and woman lovers couple, 173407468 Flying birds background with ocean

Lektorat: Inca Vogt

Korrektorat: Ilka Bredemeier

Buchsatz/Innendesign: Inca Vogt

ISBN: 9798857883167

Imprint: Independently published

ÜBER DIE AUTORIN

Die Thriller-Autorin Daniela Arnold wurde 1974 geboren und lebt mit ihrer Familie im schönen Bayern. Daniela Arnold hat Journalismus studiert und viele Jahre als freie Autorin für zahlreiche und namhafte Zeitschriften gearbeitet.

Sie schrieb mit *Lügenkind* und *Scherbenbrut* zwei Kindle-Top 1 Bestseller und Bild-Bestseller.

Mit ihrem Thriller *Die Nacht gehört den Schatten* schaffte es die Autorin unter die Finalisten des Kindle Storyteller Award 2020.

Keine perfeke Ehefrau ist der 43. Thriller der Bestseller-Autorin.

Marika hat an alles gedacht, um ihren Ehemann Thomas mit dem perfekten Urlaub zu überraschen. Auf einer Trauminsel im hohen Norden hat sie ein abgelegenes, luxuriöses Strandhaus gebucht.

Doch die Idylle kippt, als ein schweres Unwetter über die Insel hinwegfegt. Die Telefonleitungen samt Handynetz brechen zusammen und Sylt ist vom Rest der Welt abgeschnitten.

Gerade als das Paar glaubt, dass es schlimmer nicht mehr kommen könne, klopft eine verängstigte junge Frau an die Tür des Ferienhauses und bittet um Hilfe. Thomas lässt sie trotz Marikas Bedenken herein, doch schon bald wird klar, dass die Fremde etwas vor ihnen verbirgt. Als auch noch der Strom ausfällt, begreift Marika, dass mit ihrem Gast etwas Dunkles ins Haus eingedrungen ist.

Etwas ... oder jemand, der ihnen nach dem Leben trachtet.

Sie spürt, dass sie niemandem mehr trauen darf.

Nicht dieser Frau.

Und schon gar nicht ihrem Ehemann.

*FÜR DAS NETTE PAAR,
DAS MIR AN JENEM ABEND IM JULI 2023 BUCHSTÄBLICH
DEN HINTERN GERETTET HAT.*

SIE HÄTTEN MIR DIE TÜR NICHT AUFMACHEN MÜSSEN. ICH DANKE IHNEN, DASS SIE ES DENNOCH TATEN, OBWOHL SIE MICH WEDER KANNTEN NOCH WISSEN KONNTEN, OB ICH NICHT AM ENDE DOCH FINSTERE ABSICHTEN HEGE. ICH HOFFE, DASS ES DA DRAUßEN MEHR MENSCHEN GIBT WIE SIE BEIDE. HILFSBEREIT, FREUNDLICH, MENSCHLICH.

SO ETWAS IST HEUTZUTAGE LEIDER NICHT MEHR SELBSTVERSTÄNDLICH. UMSO MEHR BEDAUERE ICH ES, DASS DIESES ERLEBNIS MICH LETZTENDLICH ZU EINER SOLCHEN STORY INSPIRIERTE. ICH HOFFE, SIE SEHEN ES MIR NACH ... MEIN KOPF MACHT EBEN, WAS ER WILL

PROLOG

Wo zur Hölle bist du?, tippte Stine in ihr Handy und schickte die Nachricht ab. Dann wartete sie.

Aus Sekunden wurden Minuten, schließlich eine halbe Stunde.

Sie seufzte, sah auf ihre Armbanduhr. Inzwischen war es nach acht Uhr und Anneke hatte sie bereits vor einer halben Stunde in der gemeinsamen Wohnung treffen wollen, damit sie zusammen zur Party gehen konnten.

Wo blieb sie nur?

Ihre Freundin wusste doch, dass sie sich genierte, allein bei einer riesigen Menschenansammlung aufzukreuzen. Stine überlegte. Hatte sie vergessen, die SMS abzuschicken, oder einen Anruf von Anneke verpasst? Vorsichtshalber sah sie auf das Display ihres Handys, doch sie hatte Empfang, ihre Nachricht musste demnach durchgegangen sein.

Scheiße, wann kommst du endlich?, tippte sie eine weitere Nachricht. Den Finger bereits über dem Sende-Button, hielt sie inne, löschte den Text und steckte ihr Handy ein. Nein, sie wollte vor Anneke nicht wieder hilflos erscheinen, als unselbstständige Person, die nichts allein auf die Reihe bekam. Heute würde sie cool bleiben und endlich mal über ihren Schatten springen.

Sie rappelte sich von ihrem Bett auf, das tagsüber als Sofa diente, ging zum Spiegel an der Wand, betrachtete sich. Eigentlich ganz okay, fand sie. Nichts, wofür man sich schämen musste. Sie riss ihren Cardigan vom Klamottenständer, schlüpfte hinein, dann griff sie nach ihrer Handtasche, marschierte entschlossen los. Auf dem Flur zum Treppenhaus kam ihr eine Blondine entgegen, vermutlich eine Kommilitonin ihrer Freundin. »Hast du Anneke gesehen?«, fragte sie.

Die Blondine – vage erinnerte sie sich, dass sie Silvia hieß – stoppte, krauste nachdenklich ihre Stirn. »Komisch, dass du fragst«, antwortete sie. »Tatsächlich hab ich sie schon eine Weile nicht mehr gesehen. Auch nicht bei den Vorlesungen, wahrscheinlich hat sie sogar die letzte Prüfung verpasst.«

Stine sog scharf den Atem ein. »Bist du sicher?«

Silvia nickte. »Was ist mit ihr? Wann hast du sie denn zuletzt gesehen?«

»Vor drei Tagen«, antwortete Stine. »Allerdings übernachtet sie oft bei ihrem Freund.«

»Na, das erklärt es doch«, gab die Blondine zurück. »Vielleicht hatte sie einfach was Besseres zu tun?«

»Du kennst sie nicht«, entgegnete Stine schroffer als beabsichtigt. »Anneke würde niemals wegen ihres Kerls eine Vorlesung ausfallen lassen.« Sie verstummte, als sie den irritierten Gesichtsausdruck der anderen bemerkte, stieß die Luft aus. »Sorry, ich wollt dich nicht so anfahren.«

»Kein Ding.« Silvia nickte ihr zu und lief an ihr vorbei.

Stine sah ihr kurz nach, dann legte sie den Kopf in den Nacken und überlegte angestrengt.

Anneke und sie kannten einander seit mehr als fünfzehn Jahren, waren seither die engsten Freundinnen. Nicht ein einziges Mal hatte Anneke sie ohne Bescheid zu sagen versetzt, geschweige denn einen Kontaktversuch ignoriert. Sie standen einander so nahe wie Schwestern und wussten genau, wie die andere tickte. Nie hatte es Streit oder auch nur eine Meinungsverschiedenheit zwischen ihnen gegeben. Sie beide waren wie zwei Hälften eines Ganzen.

Es gab nur wenige Dinge in ihrer beider Leben, in denen sie sich voneinander unterschieden. So hatte sie sich zum Beispiel für den Studiengang Physik entschieden und nicht für Annekes Wahl. Sie hatten Kurse zu unterschiedlichen Zeiten und konnten nicht mehr ständig alles gemeinsam unternehmen wie früher. Auch mochten sie nicht die gleiche Musik, hatten einen vollkommen unterschiedlichen Geschmack, was Männer anging.

Stine sah Silvia immer noch hinterher, als sie längst im Gang verschwunden war. Sie schüttelte sich, als müsse sie zurück in die Gegenwart finden, als sie zu ihrem letzten Gedanken zurückkehrte.

War es das? Ging es um Männer?

Hatte Anneke es ihr übel genommen, dass sie neulich im Suff zugegeben hatte, dass sie ihren Freund nicht ausstehen konnte?

Anneke hatte zwar gelacht und zumindest in dem Augenblick nicht beleidigt gewirkt, aber vielleicht täuschte sie sich ja in ihr. Kannte sie ihre Freundin doch nicht so gut, wie sie dachte?

Sie straffte die Schultern, sah erneut auf die Uhr. Fast neun … Anneke war mittlerweile weit über eine Stunde zu spät.

Seufzend machte sich auf den Weg nach unten. Vielleicht sollte sie allein zur Party gehen.

Doch Annekes ominöse Unzuverlässigkeit ließ ihr keine Ruhe. Ob sie bei ihrem Freund war? Oder vielleicht wusste er, wo sie war? Sie hatte zwar keine Telefonnummer von ihm, wusste aber, in welchem Haus er wohnte. Sie beschloss, zu ihm zu gehen, ihn nach Anneke zu fragen.

Nach zehn Minuten Fußmarsch stand sie nass geschwitzt vor seiner Tür. Sie drückte auf die Klingel, hörte wenig später ein Krächzen aus der Sprechanlage. Dann ein unfreundliches *Verpisst euch!*

Stine zuckte zurück, schnappte nach Luft. Als sie sich wieder im Griff hatte, räusperte sie sich. »Ich bin es, Stine. Ich suche Anneke. Ist sie bei dir?«

Ein bitteres Lachen tönte ihr entgegen. »Warum sollte sie?«

»Ähm.« Verwirrt runzelte sie die Stirn. »Hast du was genommen, sag mal? Du bist doch mit Anneke zusammen oder hab ich was verpasst?«

Eine Weile herrschte Stille, dann ein langes Stöhnen. »Sie hat Schluss gemacht. Schon vor drei Tagen.«

»Oh«, brachte Stine betreten hervor. »Das wusste ich nicht. Alles okay bei dir?«

»Klinge ich, als sei alles okay?«

»Sorry«, gab sie schnell zurück und verfluchte sich in Gedanken für ihre Blödheit. Dann schüttelte sie den Kopf. Irgendwas passte da nicht. Die beiden waren glücklich gewesen, hatten sogar schon übers Zusammenziehen gesprochen. Warum zum Geier sollte Anneke Schluss machen?

Aus genau dem Grund, aus dem sie dich heute versetzt hat.

Erschrocken hing Stine diesem Gedanken kurz nach,

dann räusperte sie sich. »Tut mir leid, dass ich dich gestört hab. Es ist nur ... ich mach mir Sorgen um sie und ...«

Ein Kratzen erklang.

Hatte er etwa aufgelegt?

»Hallo ...«, rief sie.

Die Sprechanlage blieb stumm.

Er hatte wohl genug von ihrem Gequatsche über Anneke. Kein Wunder, wenn er gerade seine Wunden leckte wegen der Trennung.

Sie trat den Rückzug an, machte sich auf den Weg zum *Forever Twentyone* – der Bar, in der heute die Party für die Neuankömmlinge stattfand. Unterwegs versuchte sie, sich auf das Treffen mit den anderen zu freuen. Doch immer wieder glitten ihre Gedanken zu ihrer Freundin.

Wo konnte sie nur sein?

Doch die wichtigere Frage lautete: Ging es ihr gut?

Je mehr sie darüber nachgrübelte, umso klarer zeichnete sich ein neues Bild von ihrer Freundin ab. Sie war nicht mehr die Gleiche wie früher, nicht mehr ihre zweite Hälfte. Schon eine Weile nicht mehr.

Früher war Anneke immer für jeden Spaß zu haben gewesen, voller Energie und Lebensfreude. Doch in den letzten Monaten hatte sie oft verschlossen, abwesend und hin und wieder sogar unglücklich gewirkt. Stine hatte das auf den Stress geschoben, den Annekes anspruchsvolles Studium mit sich brachte, doch was, wenn es da noch etwas anderes gab? Etwas, wovon ihre Freundin ihr nie erzählt hatte?

Früher hätte sie ihr auch niemals verschwiegen, dass sie sich von ihrem Freund trennen wollte, sie hätten tagelang immer wieder darüber diskutiert, bevor Anneke so einen drastischen Schritt machte und ihre Beziehung beendete.

Was verschwieg Anneke ihr noch?

Aber vielleicht war sie ja schon auf der Party, beruhigte sie sich, als sie an der Bar angekommen war.

Sie stieß sie die Tür auf, trat in den Innenraum. Es waren schon eine Menge Leute in der Bar. Suchend blickte sie sich um, konnte jedoch keine Spur von ihrer Freundin entdecken.

»Ganz alleine heute?«

Sie wirbelte herum, sah sich Joe gegenüber, einem Typen Mitte zwanzig, der sie schon ein paar Mal um ein Date gebeten hatte. Sie versuchte sich an einem Grinsen. »Scheint so.«

»Du wirkst, als sei dir eine Laus über die Leber gelaufen. Alles klar bei dir?«

Kurz überlegte Stine, einfach zu nicken und es dabei zu belassen, doch dann brach es aus ihr heraus: »Anneke ist weg. Ich such sie.«

Joe riss die Augen auf. »Was soll das heißen?«

»Na ja, sie wollte heute mit hierher, hat mich aber versetzt. Und sie hat völlig überraschend mit ihrem Typen Schluss gemacht, war auch schon länger nicht mehr bei ihren Vorlesungen. Das alles passt einfach nicht zu Anneke.«

»Ich hab sie auch schon eine Weile nicht mehr gesehen«, antwortete Joe und musterte sie ratlos. »Allerdings hab ich auch nicht drauf geachtet.«

»Ich mach mir wirklich Sorgen um sie. Irgendwas stimmt da nicht.«

Stine zuckte zurück, als plötzlich die Tür aufging und ein junger Kerl in den Vorraum der Kneipe trat. Er sah sich um, wirkte, als stünde er vollkommen neben der Spur. Als eine junge Frau auf ihn zugelaufen kam, sich in seine Arme warf, sah er für den Bruchteil einer Sekunde aus, als bräche er in Tränen aus. Stine stutzte, konnte den Blick nicht von ihm abwenden.

Was zur Hölle ging hier vor?

Auch das Mädchen in den Armen des Jungen sah ihn entsetzt an. »Was ist los?«, wollte sie wissen.

Er sah sie an, verzog das Gesicht. »Da steht jemand auf dem Dach des Chemikums. Es sieht aus, als ob sich da jemand in die Tiefe stürzen will. Ich konnte nicht mal hinsehen, ohne dass mir übel wurde.«

Die junge Frau starrte ihren Freund an. »Was sagst du da?«

Er nickte. »Auf dem Vorplatz hat sich eine riesige Menschentraube versammelt. Einige von denen sind richtige Wichser. Sie schreien und johlen, feuern die arme Seele auf dem Dach noch an, zu springen.«

Stine wurde es allein schon vom Zuhören übel.

Auf dem Dach des Chemikums!

Ausgerechnet da …

Als der Blick des jungen Mannes den ihren traf, lief sie auf ihn zu. »Hast du die Person erkannt? Konntest du sehen, ob es eine Frau ist?«

Er hob die Schultern. »Keine Ahnung. Ich hab fast nichts erkannt, nur dass da oben jemand an der Kante steht. Das Gebäude ist vierzig Meter hoch.«

Stines Atem stockte, sie drehte sich zu Joe um. »Kommst du mit?«, fragte sie einem Impuls folgend.

Er nickte benommen. »Klar. Mein Auto steht nur zwei Minuten von hier. Wir können bis fast vor die Tür fahren.«

Als sie wenig später angekommen waren, spürte Stine, wie die feinen Härchen in ihrem Nacken sich aufrichteten. Inzwischen war es fast zehn Uhr und stockfinster. Vor dem Chemikum mussten sich um die zweihundert Leute versammelt haben. Alle starrten nach oben. Auch die Polizei war inzwischen eingetroffen und versuchte, die kreischende Menge zu beruhigen und zurückzudrängen.

Als Joe den Wagen geparkt hatte, riss Stine die Seitentür auf, stürmte nach draußen, versuchte, sich durch die Menge nach vorne zu schlängeln. Doch es war zwecklos. Die Schaulustigen ließen niemanden vor oder zurück, um nur ja nicht ihren Platz in den ersten Reihen einzubüßen. Schließlich blieb Stine stehen, sah nach oben, kniff die Lider zusammen, um etwas schärfer sehen zu können.

Die Person auf dem Dach war tatsächlich viel zu weit weg, um sie erkennen zu können. Erst jetzt wurde ihr bewusst, dass sie schon die ganze Zeit befürchtet hatte, es könne Anneke sein. Wie kam sie nur darauf?

Wieso sollte es sich bei der lebensmüden Seele auf dem Dach um ihre Freundin handeln?

Sie atmete gegen die Beklemmung in ihrer Brust an, versuchte, klar zu denken. War der Gedanke so abwegig?

Unbewusst schluckte sie, versuchte, ihre beschleunigte Atmung in den Griff zu bekommen, als ihr immer neue Erinnerungsfetzen durch den Kopf gingen. Warum hatte Anneke sich in letzter Zeit so zurückgezogen? Selbst zu der Party heute hatte sie ihre Freundin überreden müssen. Sie aß zu wenig, hatte abgenommen, sah in letzter Zeit blass und vollkommen übermüdet aus.

Das alles hatte sie auf den Prüfungsstress geschoben, doch eigentlich tat sich ihre Freundin mit dem Lernen leicht, hatte keine Probleme damit gehabt, sich auf Herausforderungen vorzubereiten. Anneke war die schlaueste Person, die Stine kannte. Sich vorzustellen, dass sie austickte, weil sie überfordert war, ergab absolut keinen Sinn.

Verzweifelt versuchte Stine, aus dem Stimmengewirr ringsum herauszuhören, ob jemand etwas über die

Person auf dem Dach wusste. Fragte nach, erntete nur Schulterzucken.

Schließlich kämpfte sie sich wieder aus der Menge. Als sie es fast geschaffte hatte, bemerkte sie eine junge Frau, die durch ein Fernglas nach oben glotzte. Ohne nachzudenken, eilte auf sie zu, riss ihr das Ding aus der Hand und hob das Fernglas vor ihre Augen. Sie drehte an der Schraube, bis sie eine scharfe Sicht hatte. Als sie den Hoodie mit dem Kreuz erkannte, stieß sie einen Schrei aus.

Die Frau, der sie das Fernglas entrissen hatte, starrte sie sensationsgeil an. »Weißt du, wer das ist?«

Stine ignorierte sie ebenso wie das Zittern, das ihren Körper ergriffen hatte. Erneut hob sie das Fernglas kurz an ihre Augen. Ein lautes Raunen ging durch die Menge, lenkte sie ab. Ein Typ mit bunt gefärbten Haaren vor ihr stieß einen begeisterten Schrei aus, klatschte in die Hände.

Am liebsten hätte Stine ihm so fest, wie sie nur konnte, in den Arsch getreten.

Stattdessen wehrte sie die Besitzerin des Fernglases ab, die ihr das Gerät wieder entwinden wollte. »Moment noch!«, herrschte sie sie an und versuchte, die Linse noch schärfer einzustellen. Doch das Gesicht der Person blieb unscharf. Aber es war eine Frau, eine kleine Frau, wahrscheinlich kaum einssechzig groß, mit leuchtend naturrotem Haar.

Genau wie Anneke!

Das Shirt, die Haare, die Gestalt. Ihre Gedanken wirbelten durcheinander. Sie sah nicht nur genau aus wie Anneke.

Das ist sie, du weißt es!
Nein!

Alles in ihr wehrte sich dagegen.

Sie kniff die Augen zusammen. Redete sich ein, dass

sie sich irren musste. Dass ihre Instinkte und ihre Ängste sie täuschten.

»Kann ich jetzt mein verdammtes Fernglas wiederhaben?«

Stine riss die Augen auf, sah die Brünette vor sich, der sie das Fernglas entrissen hatte, knallte es ihr vor die Brust. »Viel Spaß damit!«

Sie beachtete die keifende Person nicht weiter, schob sich durch die Menge nach hinten, bis sie endlich im Freien stand. Scharf die Luft einsaugend, rannte sie links an der Menge vorbei zum Eingang des Gebäudes.

»Sie können nicht da rein«, wurde sie von einer Polizistin zurückgehalten.

Stine schüttelte stur den Kopf. »Ich muss da hoch! Das da oben könnte meine Freundin sein.«

Die Polizistin musterte sie, legte die Stirn in Falten, schien zu überlegen.

Erneut versuchte Stine, sich an ihr vorbeizuschieben.

Wieder schnellte der Arm der Polizistin nach vorne, stoppte sie. Verzweifelt hielt sie dem Blickkontakt stand, glaubte Mitleid in ihrem Ausdruck zu erkennen.

»Das ist Anneke, stimmt es?«, fragte sie bang. »Lassen Sie mich zu ihr, bitte!«

»Es geht nicht, wirklich. Unsere Kollegen sind auf dem Weg nach oben und sie haben einen Verhandlungsspezialisten dabei. Außerdem ist die Feuerwehr soeben eingetroffen und bereitet das Absprungnetz vor. Bitte gehen Sie und lassen Sie uns unsere Arbeit machen.«

»Wissen Sie denn, um wen es sich handelt? Ist es Anneke?«

Die Polizistin sah sie nur an, zuckte mit den Schultern. »Bitte gehen Sie endlich, wir kümmern uns um alles.«

Stine nickte, machte wie betäubt kehrt, wollte an der Menschentraube vorbeilaufen, als ein ohrenbetäubender

Schrei erklang. Bruchteile von Sekunden später fing die Menge an zu johlen und zu klatschen. Stine kam es vor, als bewegte sich die Welt um sie herum in Zeitlupe, als sie sich umdrehte.

Schaulustige brachen nach vorne durch die Polizeiabsperrung, andere hielten sich entsetzt die Hände vors Gesicht.

»Er ist gesprungen,« ertönte die Stimme eines Mannes knapp neben ihr.

»Alter, das ist ne Tussi,« nur wenig später eine weitere Stimme.

»Das war eine Tussi. Jetzt ist sie Brei.« Ein Mädchen neben ihr lachte abfällig.

Stine ballte die Hand zur Faust, drehte sich in die Richtung, aus der die Stimmen gekommen waren. Niemand nahm Notiz von ihr. Alle starrten wie gebannt nach vorne, in der Hoffnung, einen Blick auf was auch immer zu erhaschen. Plötzlich spürte sie eine Hand, die nach ihr griff. Sie wollte sie schon wegreißen, als sie Joe erkannte.

»Ich muss da vor«, stammelte sie.

Er schüttelte den Kopf, sah aus, als müsse er sich übergeben. »Das solltest du lassen. Ich hab es gesehen.« Er sah sie an, sein Gesicht sprach Bände. »Es ist … es ist … furchtbar. Das viele Blut, der Kopf … das darfst du nicht sehen.«

»Warst du ganz vorne?« Ihre Stimme war nur mehr ein heiseres Krächzen.

Er nickte.

»Und hast du …« Stine schaffte es nicht, weiterzusprechen.

Joe räusperte sich, sah sie düster an, nickte.

»Ist sie es?«

Eine Weile sahen sie einander einfach nur an, dann

drehte er seinen Kopf weg, als könne er ihrem Blick nicht länger standhalten.

Stine spürte, wie die Beine unter ihrem Körper nachgaben, dann wurde ihr speiübel. Die Welt um sie herum drehte sich schneller. Sie bemerkte Hände, die sie aufzufangen versuchten, dann spürte sie den Boden unter ihrem Rücken.

Anneke … war das Letzte, was sie dachte, bevor es dunkel wurde. *Warum hast du das gemacht?*

TEIL EINS

EINS
SYLT/ARCHSUM

2019

Marika

Wie lange war es her, dass andere sie als gutaussehende Frau beschrieben hatten? Zierlicher Körperbau, straffe Konturen mit Polstern an den richtigen Stellen. Ein bildhübsches Gesicht, das die Aufmerksamkeit so manches Mannes auf sich gezogen hatte.

Monate?

Jahre?

Marikas Spiegelbild zeigte tiefbraune Augen in dunklen Höhlen, die, selbst wenn sie mal ausgeschlafen war, müde wirkten. Ihr Mund, einst herzförmig und immer fröhlich lächelnd, hatte heute etwas Verkniffenes an sich. Und ihre Haut bestätigte den Spruch, dass sie ein Spiegel ihrer Seele war. Früher stets rosig und frisch, war sie inzwischen fettig und teigig. Alles an ihr wirkte krank oder zumindest so, als habe sie längst aufgehört, sich selbst zu mögen und entsprechend zu pflegen.

»Schatz? Alles klar?«

Marika zuckte zusammen, verzog das Gesicht, streckte ihrem Spiegelbild die Zunge heraus.

»Ich komme gleich, Liebling«, rief sie und bemühte sich, zumindest ihre Stimme so klingen zu lassen, als fühle sie sich wohl in ihrer Haut.

Sie nahm einen Zopfgummi von der Ablage, band sich ihre langen braunen Haare zu einem Dutt zusammen, fixierte ihn zusätzlich mit einer Klammer am Oberkopf. Sie selbst mochte diese Frisur nicht besonders, doch sie wusste, dass Thomas es liebte, wenn sie ihr Haar auf die Weise frisierte. Und das war ja immerhin ein Zugeständnis, oder etwa nicht?

Auch die Zähne putzte sie sich, wie es sich gehörte, gönnte sich gar eine winzige Katzenwäsche, verteilte etwas von ihrem Lieblingsparfüm auf ihrem Oberkörper, bevor sie dem Ruf ihres Mannes folgte.

Auf dem Weg nach unten schnupperte sie. Es roch nach frisch aufgebrühtem Kaffee, knusprig gebratenem Speck und Rührei.

Auch das noch!

Augenblicklich drehte sich ihr der Magen um.

Früher hätte sie für ein herzhaftes Frühstück morden können, doch inzwischen hatte selbst ihr einst so gesegneter Appetit seinen Dienst quittiert. Sie hatte immer mit Genuss gegessen, doch heute aß sie nur der Nahrungsaufnahme wegen und meist nur winzige Mengen, gerade so viel, damit sie nicht aus den Latschen kippte.

Als sie in die Küche trat, sah sie Thomas am Herd stehen. Er war gerade dabei, das Essen auf zwei Tellern zu verteilen, und als er sie bemerkte, wirbelte er herum, musterte sie besorgt. »Hast du diesmal ein wenig Schlaf gefunden?«

Sie nickte, obwohl es gelogen war.

»Hunger?«

Wieder nickte sie, schluckte gegen die aufsteigende Übelkeit an.

Thomas hatte sich so viel Mühe gegeben, sie wollte

ihn nicht verletzen und wenigstens so tun, als würde sie das alles noch wertschätzen.

Er grinste breit, stellte einen voll beladenen Teller vor ihr ab, küsste sie auf den Scheitel.

Sie sah zu ihm auf, versuchte sich an einem Lächeln. »Du bist der Beste, danke dir.«

Schließlich setzte er sich ihr gegenüber, fing an, sich Gabel für Gabel in seinen Mund zu schaufeln. »Schon eine Idee, was wir heute machen könnten?«, fragte er, nachdem er innerhalb kürzester Zeit die Hälfte seines Essens verputzt hatte. Etwas, was ihre Appetitlosigkeit weiter anstachelte. Sie konnte nicht mal mehr anderen beim Essen zusehen, ohne es zu verabscheuen.

Sie schüttelte den Kopf, sah ihn entschuldigend an.

»Was hältst du davon, wenn wir ein wenig shoppen gehen?«, kam es nach einer Weile von ihm. »Immerhin sind wir nicht mehr allzu lange auf der Insel und ich finde, unser Zuhause könnte ein bisschen nordisches Flair vertragen. In der Fußgängerzone hab ich neulich einen Laden entdeckt, in dem es ausgesprochen hübsches Dekozeugs gibt.«

Ein Lachen brach aus Marika hervor. Sie sah ihren Mann an. »Du willst mit mir Dekoration shoppen gehen? Dein Ernst?«

Er verzog das Gesicht. »Na ja, das ist nicht meine Lieblingsbeschäftigung, da hast du schon recht, aber ich will dich glücklich machen. Und shoppen magst du doch? Jede Frau mag das.«

Marika sah ihren Mann liebevoll an, griff nach seiner Hand, drückte sie sanft. »Das bezweifle ich zwar, aber okay.« Sie ließ seine Hand wieder los, legte den Kopf schräg. »Das Wetter ist heute nicht besonders. Was hältst du davon, wenn wir uns später mit einer Flasche Wein in den Whirlpool setzen? Jetzt, wo wir wissen, dass es mit dem Baby wieder nicht geklappt hat, sollte das ja kein Problem sein.«

Sie wich seinem Blick aus, doch er hatte den zitternden Unterton in ihrer Stimme bemerkt. Sofort war er auf den Beinen, kam zu ihr, umschlang sie mit seinen Armen. »Schatz, bitte mach dich nicht so fertig deswegen. Du bist erst sechsunddreißig, hast noch alle Zeit der Welt. Wir beide haben noch alle Zeit der Welt.«

Er löste sich von ihr, ging vor ihr in die Hocke, griff nach ihren Händen, sah sie ernst an. »Ich kenne unzählige Geschichten von Paaren, wo es erst geklappt hat, nachdem beide sich auch emotional haben fallen lassen. Der Druck muss weg, dann wird das schon.«

Marika wich seinem Blick aus, blinzelte gegen die Tränen an.

Sie spürte seine Hand an ihrem Kinn, den sanften Druck, mit dem er sie zwang, ihn anzusehen.

»Ich bin eine Versagerin«, stammelte sie. »Vollkommen nutzlos. Was willst du eigentlich von mir?« Ihre letzten Worte hatten ihren Mund forscher als beabsichtigt verlassen und sie befürchtete schon, Thomas verletzt zu haben, doch er sah sie nur weiter liebevoll an. »Du bist keine Versagerin und ich liebe dich über alles. Erinnerst du dich an unsere Hochzeit und daran, was ich in meinem Gelübde gesagt habe?«

Sie nickte stumm, spürte, wie heiße Tränen ihre Wangen hinabliefen.

»Jedes einzelne Wort davon ist wahr gewesen. Du bist alles, was ich je wollte, alles, was ich brauche, für immer.«

Sie schluckte gegen die Tränen an, versuchte sich an einem Lächeln. »Ich liebe dich auch«, brachte sie mühevoll hervor, spürte aber zugleich, wie ihr Innerstes sich verkrampfte, und versuchte, sich zu erklären. »Ich habe dich nicht verdient. Du bist einfach perfekt, zu perfekt fast schon, und ich … ich schaffe es nicht einmal, deinen sehnlichsten Wunsch wahr werden zu lassen.«

Er musterte sie liebevoll. »Du irrst dich, Schatz. Vater zu werden ist nicht mein sehnlichster Wunsch. Viel mehr liegt mir daran, dass unsere Ehe funktioniert, wir beide glücklich sind.«

Sie sah ihn zweifelnd an. »Bist du denn glücklich … mit mir?«

Er nickte, sah absolut aufrichtig aus. »Und du?«

Sie wich seinem Blick aus. Schnappte nach Luft, sah ihn wieder an. »Du machst mich glücklich. Aber die äußeren Umstände meines Lebens … alles, was passiert ist … ich weiß nicht, ich hab manchmal das Gefühl, nicht mehr atmen zu können.«

Er zog sie fest in seine Arme, strich ihr sanft über den Rücken.

»Das wird schon wieder, da bin ich sicher. Du gehst weiterhin zur Therapie, wenn wir wieder zu Hause sind. Und sogar hier auf der Insel hast du doch jemanden gefunden, zu dem du gehen kannst, um zu reden.« Er stoppte, sah sie forschend an. »Ich hab den Eindruck, dass es dir besser geht, wenn du bei der Therapeutin warst. Über Gefühle zu reden und an sich zu arbeiten, hat schon immer eine heilende Wirkung gehabt.«

»Spricht da jetzt der Mediziner aus dir?« Sie schmunzelte.

Er schüttelte den Kopf. »Eher der besorgte Ehemann.«

»Ich weiß wirklich nicht, womit ich dich verdient hab.«

»Du darfst dich nicht immer so runterziehen, ja? Außerdem … sieh dich um«, wechselte er das Thema. »Du bist es doch gewesen, die diese traumhafte Villa gefunden und darauf bestanden hat, dass ich endlich mal wieder Urlaub mache. Deinetwegen fühle ich mich inzwischen wie neugeboren und nicht mehr wie ein ausgemergelter Schatten meiner selbst. Du hast mich quasi gezwungen, mit dir in den Urlaub zu fahren.«

Sie lachte, stupste ihn spielerisch in die Seite. »Ich hab dich nicht gezwungen, sondern dir ans Herz gelegt, mal wieder Pause zu machen.«

»Und du hast diese Villa für uns gemietet. Ein Haus mit Whirlpool, von dem aus man einen grandiosen Blick aufs Wattenmeer hat. Das war eine tolle Überraschung von dir.«

»Eine Überraschung, die du bezahlt hast. Ich könnte mir hier auf Sylt nicht einmal einen Zeltplatz leisten.«

»Wir sind verheiratet. Was mir gehört, gehört auch dir.«

»Vielleicht sollte ich wieder arbeiten gehen, damit ich wenigstens zu etwas nutze bin.«

Er sah sie ernst an. »Warum solltest du? Ich verdiene mehr als genug für uns beide. Wir brauchen nicht mehr Geld. Stattdessen solltest du dich darauf konzentrieren, wieder gesund zu werden. Und wenn du erst schwanger bist und wir Eltern sind, hast du genug mit unserem Baby zu tun.«

Ihr Mund verzog sich zu einem Lächeln. »So wie du es sagst, klingt es ganz leicht.«

»Das ist es auch. Genieße doch einfach, was wir haben, der Rest kommt dann von allein.«

»Und wenn nicht? Was, wenn alles, was jetzt passiert oder bereits passiert ist, eine Art Strafe ist?«

Sein Gesicht verdüsterte sich. »Eine Strafe wofür?«

»Weil ich kein guter Mensch bin.« Sie hob die Schultern, wich seinem Blick aus, fühlte sich kraftlos und leer wie noch nie zuvor in ihrem Leben. »Oder hast du vergessen, was ich getan habe?«

ZWEI
SYLT/ARCHSUM

2019

Marika

»Na, du hast ja doch eine ganze Menge geschafft«, sagte Thomas schmunzelnd mit Blick auf ihren Teller.

Sie sah ihn an, versuchte, sich ihre Übelkeit nicht anmerken zu lassen. »Ich hatte wohl doch mehr Hunger als gedacht.« Sie schluckte gegen den Würgereiz an, zwang sich zu einem Lächeln. »Hast du Lust, ein klein wenig spazieren zu gehen?«

Er grinste. »Ich dachte, du wolltest nicht vor die Tür?«

»Ich wollte nicht shoppen. Am Watt entlangzulaufen, klingt hingegen verlockend.«

»Ach Schatz«, seufzte er enttäuscht. »Ich hab mich schon so auf den heißen Pool gefreut. Außerdem ist es draußen ziemlich ungemütlich. Es ist windig und kalt.«

»Und wenn wir später baden?«

Er sah sie an, verzog das Gesicht. »Später hast du einen Termin bei Dr. Schäfer.«

»Erst am Nachmittag. Nun komm schon, lass uns für

eine Stunde an den Strand gehen und die Füße vertreten.«

»Du bist ganz verrückt nach dem Meer, mhm? Egal bei welchem Wetter.«

Sie nickte. Stellte sich vor, wie sie Schritt für Schritt über den Sand lief, immer weiter, mit freiem Blick auf das Meer, den Horizont. Es fühlte sich herrlich an, pure Freiheit, und alles darüber war vergessen. Seit sie auf der Insel waren, konnte sie nicht mehr zählen, wie viele Kilometer Strand sie bereits abgelaufen hatte.

»Hättest du was dagegen, alleine zu gehen?«, fragte Thomas. »Ich halte hier die Stellung, heize schon mal das Wasser vor. Und sobald du zurück bist, ist der Pool bereit, dich wieder aufzuwärmen.«

Als Marika wenig später das Haus verließ, spürte sie, dass es ihr gleich besser ging. Für alle Fälle hatte sie ihr Handy in die Jackentasche gesteckt. Sie lief zu dem schmalen Schotterweg, der nach dreihundert Metern in einen Spazierpfad zum Watt überging. Das war das Besondere an dieser Villa. Sie lag genau in der Mitte zwischen Meer und Wattseite der Insel. Inzwischen war sie diesen Weg bestimmt schon zehn Mal gelaufen, doch jedes Mal entdeckte sie etwas Neues, das sie faszinierte.

Auf diesem Fleckchen Erde schien sich die Welt langsamer zu drehen, fernab von der Hektik des Alltags, weit weg von all den Problemen, die die Menschen mit sich herumtrugen.

Auch sie fühlte sich hier draußen wieder für einen kurzen Augenblick frei und sorglos, hatte beinahe das Gefühl, dass tatsächlich alles wieder gut würde … irgendwann zumindest.

Sie kam an dem winzigen Haus der Verwalterin ihrer Villa vorbei. Peggy, eine freundliche Dame Ende fünfzig, war auch heute wieder damit beschäftigt war, ihren kleinen Hexengarten zu verschönern. Eifrig bearbeitete sie die Salate und Gemüsesorten, die sie in unzähligen über das Grundstück verteilten Hochbeeten ausgesät hatte.

Marika hob die Hand, winkte ihr lächelnd zu und wollte, wie sonst auch, an dem Garten vorbeiziehen, als Peggy innehielt, sich aufrichtete und zu ihr an den Gartenzaun trat.

»Genießen Sie ihre letzten Urlaubstage auf der Insel noch mal so richtig?«

Marika blieb stehen, erwiderte das Lächeln, drehte sich einmal übermütig um die eigene Achse. »Wer könnte das hier nicht genießen?«

Sie brach ab, grinste Peggy zu. »Mir wird jetzt schon ganz elend, wenn ich dran denke, dass wir in wenigen Tagen unsere Siebensachen wieder zusammenpacken und nach Hause fahren müssen.«

»Aber Augsburg hat doch sicher auch liebenswerte Ecken«, redete Peggy ihr zu.

»Das stimmt«, bestätigte Marika. »Und wir haben es ja auch nicht weit bis in die Alpen. Doch das hier ist etwas ganz anderes. Am Meer fühle ich mich so viel wohler, da kann kein Berg mithalten.«

Peggy nickte. »Ich verstehe dich so gut, mein Kind«, wechselte sie zu dem vertraulichen Du. »Mein Mann und ich stammen ja ursprünglich aus Baden-Württemberg, doch die See hat uns beide schon immer fasziniert. Irgendwann haben wir festgestellt, dass wir in unseren Berufen auch auf der Insel weiterarbeiten können. Wir haben unser Zeug gepackt, das Haus verkauft und sind hierher gezogen. Im Übrigen zusammen mit meiner Schwiegermutter. Sie ist schon 85 Jahre alt und mein

Mann und ich können uns hier neben unseren Jobs um sie kümmern. Unser früheres Haus war dafür zu klein. Hier hingegen haben wir viel mehr Zimmer und genügend Platz für uns und unsere Tiere.«

»Ihr habt Tiere?«

Peggy grinste. »Wir betreiben eine Katzenzucht. Außerdem übernehmen wir Urlaubsbetreuungen für Kleintiere anderer Leute. Ich bin gelernte Tierheilpraktikerin – Fellnasen sind meine wahre Leidenschaft.«

Marika starrte Peggy verblüfft an. »Das wusste ich nicht. Ich dachte, dass ihr beide ausschließlich als Ferienhaus-Verwalter arbeitet.«

»Die meisten Objekte betreut mein Mann.«

»Und du unsere Villa?«, blieb jetzt auch Marika beim Du.

Peggy schmunzelte. »Insgesamt sind es sechzehn Wohnungen und Häuser quer über die Insel verteilt. Mein Mann übernimmt die Objekte, die weiter entfernt sind. Ich kümmere mich um alle Unterkünfte hier in Archsum, damit ich meine Schwiegermutter und die Tiere nicht so lange alleine lassen muss.«

Ein heftiger Windstoß fegte durch Marikas Kleidung, ließ sie erzittern.

Peggy musterte sie besorgt. »Du hättest dich wärmer anziehen sollen, Kindchen. In den Nachrichten haben sie ein heftiges Unwetter vorhergesagt. Der Sturm soll zwar erst am späten Abend auf die Küste treffen, aber sieh dich um: Schon jetzt wird es von Minute zu Minute ungemütlicher. Vielleicht kehrst du lieber um.«

Marika schüttelte den Kopf. »Ich brauche noch ein wenig Zeit für mich, muss mich buchstäblich mal richtig durchlüften lassen, was ja im Moment passt.« Sie lachte verlegen. »Mein Mann ist ein echter Schatz, aber ...« Sie brach ab, als sie Peggys besorgten Blick bemerkte.

»Mir ist es schon am ersten Tag aufgefallen, meine

Liebe. Irgendwas treibt dich um. Du siehst traurig aus, wenn ich das offen sagen darf.«

Marika zuckte zurück. »Ist es so offensichtlich?«

Peggy lächelte warmherzig. »Geht es dir wirklich gut?«

Marika schluckte. »Ich hab mein Baby verloren. Das ist jetzt ein paar Monate her. Die Schwangerschaft war zwar nicht weit fortgeschritten, aber dennoch tut es noch immer weh. Der Gedanke, dass ich mein Mädchen nie werde im Arm halten dürfen …« Ihre Stimme brach.

»Es wäre eine kleine Prinzessin geworden?« Peggys Stimme klang belegt.

Marika hob die Schultern, lächelte traurig. »Ich weiß es natürlich nicht genau, weil ich erst in der zwölften Woche gewesen bin, doch mein Gefühl sagte mir vom ersten Moment an, dass es eine SIE gewesen wäre.«

Peggy streckte den Arm aus, ergriff ihre Hand, drückte sie sanft. »Das tut mir von Herzen leid, meine Liebe. Für dich und für deinen Mann. Aber du bist noch jung, du kannst wieder schwanger werden und bestimmt wird dann alles gut gehen.«

Marika drängte die Tränen zurück. »Nach der Fehlgeburt sagten die Ärzte, es spräche nichts dagegen, dass ich schnell wieder schwanger werde. Doch jetzt, Monate später, hat es noch immer nicht geklappt.« Sie hob die Schultern, stieß ein tiefes Seufzen aus. »Es gibt nichts, was Thomas sich mehr wünscht, als Vater zu werden. Und ich … ich schaffe es einfach nicht, seinen Wunsch wahr werden zu lassen.«

»Du bist doch nicht auf der Welt, um deinen Ehemann glücklich zu machen«, sagte Peggy streng. »Du bist hier, um das Beste aus deinem Leben herauszuholen. Wichtig ist, dass du glücklich bist, denn nur dann wird es auch dein Ehemann sein können.«

Marika schluckte angestrengt. »Thomas arbeitet so

hart, er bringt das Geld nach Hause. Ich habe nichts weiter zu tun, als das Haus in Ordnung zu halten, mich ums Essen und das Drumherum unseres täglichen Lebens zu kümmern, doch nicht einmal das bekomme ich gebacken, seit ich das Baby verloren habe.«

Peggy sah sie mitfühlend an. »Du hast einen schweren Verlust zu verarbeiten. Dein Mann wird sicher verstehen, dass das eine Frau durcheinanderbringen kann.«

Marika nickte heftig. »Er ist wirklich ein fantastischer Ehemann. Sehr geduldig und einfühlsam. Er tut alles Menschenmögliche, damit es mir bald besser geht. Doch an Tagen wie diesem habe ich das Gefühl, dass ich ihn permanent enttäusche und mit in den Abgrund ziehe. Er hat es nicht verdient, eine Frau wie mich an seiner Seite zu haben.«

Peggy steckte die Arme aus, zog sich an sich, strich ihr beruhigend über den Rücken. Schließlich schob sie sie eine Armlänge weit weg, sah sie durchdringend an. »Du solltest dir Hilfe suchen.«

»Das hab ich«, gab Marika zurück. »Ich war eine Zeitlang stationär in Behandlung und hab anschließend eine ambulante Therapie begonnen. Sogar hier auf der Insel hab ich jemanden gefunden, mit dem ich während unseres Urlaubs reden kann.«

»Und? Hilft es dir?«

Marika holte Luft, dachte genau über ihre Wortwahl nach. »Kommt drauf an«, sagte sie schließlich. »Es gibt gute und schlechte Tage. Ich hoffe, dass der heutige einer von den besseren wird.«

»Du bist schon zurück?« Thomas sah sie verblüfft an. »Das waren ja gerade mal vierzig Minuten.«

Marika hob die Schultern. »Mir ist kalt geworden«, gab sie zu. »Der Wind pfeift inzwischen schon ganz ordentlich.«

»Dann hast du es gar nicht bis zum Wattenmeer geschafft?«

Marika hob die Schultern. »Egal, wir sind ja noch ein paar Tage hier.«

»Ist wirklich alles okay?« Thomas musterte sie besorgt. »Du wirkst so … blass.«

Marika stieß die Luft aus, schüttelte unschlüssig den Kopf. »Ich hatte wieder eine Panikattacke. Das ist mir neulich schon mal passiert, als ich alleine unterwegs war – du erinnerst dich?«

Er kam auf sie zu, zog sie in seine Arme. »Tut mir leid, Schatz. Ich hätte mitkommen sollen.« Er löste sich von ihr, sah sie aufmerksam an. »Verzeihst du mir?«

Sie lächelte. »Da gibt es nichts zu verzeihen, du tust für mich jetzt schon viel zu viel. Ich möchte nicht … ich will nicht …« Ein Schluchzen brach aus ihrer Kehle. »Entschuldige bitte«, stammelte sie, als sie sich wieder im Griff hatte.

»Für was entschuldigst du dich?«

»Dass ich eine solche Last für dich bin.«

Er strich ihre eine Träne von der Wange. »Du bist alles für mich, aber keine Belastung, hast du verstanden?«

Sie sah ihn zweifelnd an.

»Geht es dir ein wenig besser?«

Sie nickte, obwohl es in ihrem Innern noch immer rebellierte.

»Pass auf, du legst dich jetzt ein bisschen hin und ich fahre dich später zu deinem Termin nach Westerland.«

Sie wollte schon protestieren, doch Thomas erstickte ihren Versuch mit einem Kuss.

Als er seinen Mund von dem ihren löste, grinste er. »In deinem Zustand solltest du nicht Auto fahren müssen, okay? Und mein Angebot ist nicht ganz uneigennützig. Ich nutze die Zeit, in der du mit Dr. Schäfer sprichst, um eine Runde Tennis zu spielen. Nicht dass ich noch aus der Übung komme. Und wer weiß, vielleicht beruhigt sich das Wetter bis heute Abend, dann können wir deinen Spaziergang später gemeinsam nachholen.«

»Du klingelst durch, wenn du fertig bist?«

Marika nickte. »Theoretisch kann ich mir aber auch ein Taxi nehmen und zu dir in die Tennishalle kommen.«

Thomas schüttelte den Kopf. »Die zwei Stunden sind mehr als genug, um fit zu bleiben. Du rufst mich an und zehn Minuten später steh ich auf der Matte.« Er küsste sie sanft, sah ihr in die Augen. »Dann mach ich mich auf den Weg?«

Marika nickte, drückte auf den Knopf zum Aufzug.

Als die Türe aufglitt, warf sie ihrem Mann einen letzten Blick zu, verschwand im Innern des Fahrstuhls. Sie hob die Hand, winkte ein letztes Mal. »Hab viel Spaß.«

Er nickte, wandte sich zum Gehen.

Während die Fahrstuhltür langsam zuglitt, drehte er sich noch mal um, zwinkerte spitzbübisch.

Endlich alleine, keuchte sie. Es fiel ihr immer schwerer, ihm etwas vorzumachen.

Oben angekommen, stieg sie aus dem Aufzug, wartete zehn Minuten und nahm dann die Treppe, um wieder nach unten zu kommen. Als sie aus der Haustür trat, spähte sie vorsichtig zuerst nach rechts, dann nach links. Erleichtert atmete sie auf, als sie nirgendwo den Mercedes ihres Mannes sah. Er war fort. Endlich!

Schnell zog sie ihr Handy aus der Tasche, warf einen Blick auf die Uhr, holte tief Luft. Ihr blieben noch eine Stunde und fünfzig Minuten. Wenn sie den Weg von knapp fünfzehn Minuten berücksichtigte, blieb ihr etwas mehr als eine Stunde für ihr Vorhaben.

Der Schweiß brach ihr aus, als sie loslief, ihr Herz hämmerte wie wild in ihrer Brust.

Du musst deine Gedanken ausschalten. Du packst das! Halte einfach an deinem Plan fest, dann wird nichts passieren!

DREI
SYLT/ARCHSUM

2019

Marika

»Du siehst ein wenig besser aus«, bemerkte Thomas beim Abendessen und musterte ihre Gesichtszüge. Dann deutete er mit dem Kopf auf ihren Teller, grinste. »Und das Essen scheint dir auch zu schmecken.«

Sie spießte lächelnd ein Stückchen Seezunge auf ihre Gabel, ließ den Happen in ihrem Mund verschwinden, schloss genießerisch die Augen, obwohl sich ihr Magen bei jedem Bissen schmerzhaft verkrampfte.

Eigentlich liebte sie frischen Fisch über alles, doch Thomas hatte es geschafft, das Filet tot zu braten. Die einzige Speise auf ihrem Teller, die ihr halbwegs genießbar schien, waren die Kartöffelchen in Kräuter-soße, die jedoch schmeckten, als kämen sie direkt aus der Fertigpackung.

Früher war sie für das Zubereiten der Mahlzeiten zuständig gewesen, doch seit sie kaum noch die Kraft fand, am Morgen aus ihrem Bett zu kommen, war sie immer öfter auf Lieferdienste ausgewichen, und so hatte Thomas, der Fastfood verabscheute, das Kochen übernommen. Sie sollte, wie er sich ausdrückte, wenigstens an seinen freien Tagen und im Urlaub was Gesundes zwischen die Zähne bekommen. Marika fand, dass er seine Sache gut machte, denn schließlich war es der Wille, der zählte.

Tapfer schob sie sich Gabel für Gabel in den Mund, bis ihr Teller schließlich leer war. Seufzend lehnte sie sich zurück, hoffend, satt und zufrieden zu wirken und nicht wie ein Kind, das von seiner Mutter gezwungen worden war, den verhassten Spinat aufzuessen. Thomas gab sich so viel Mühe, ihr alles Mögliche abzunehmen, sie durfte ihn nicht enttäuschen. Nicht schon wieder …

Ein Heulen drang von draußen zu ihnen herein und augenblicklich verkrampfte sich Marikas Rücken. Peggy hatte recht gehabt, mit dem drohenden Unwetter. Auch Thomas hatte ihr nach der Tennisstunde von Wetterwarnungen berichtet, die in kurzen Abständen über das Radio verkündet würden. Die Inselbevölkerung solle sich auf ein anstehendes Unwetter vorbereiten. Man riet den Bewohnern dringend, nach zwanzig Uhr in ihren Häusern zu bleiben.

Thomas, der ihren Gesichtsausdruck deutete, lachte. »Keine Angst. Wir sind versorgt, haben alles, was wir brauchen. Solange wir hier drin bleiben, passiert uns nichts.«

Sie nickte, stand auf, nahm ihre Teller und lächelte gezwungen. »Du hast gekocht, ich kümmere mich um den Abwasch.« Als sie sich bückte, um die Spülmaschine einzuräumen, spürte sie, wie sich Thomas Arme um ihre Körpermitte schlangen.

»Ich hab da eine viel bessere Idee«, raunte er mit heiserer Stimme und augenblicklich wurde ihr noch elender zumute. Sie musste sich zusammenreißen, um ihrem ersten Impuls, sich ihm zu entziehen, nicht nachzugeben. Mit einem erzwungen neutralen Gesichtsausdruck drehte sie sich in seinen Armen um, küsste ihn rasch auf den Mund, damit ihm nichts auffiel.

Thomas war ein gesunder Mann von fünfundvierzig Jahren und im Gegensatz zu ihr brauchte er den Sex wie die Luft zum Atmen.

Ihm diesen zu verwehren, konnte sie einfach nicht bringen. So ließ sie sich hin und wieder dazu hinreißen, obwohl ihr der Sinn ganz und gar nicht nach körperlicher Nähe stand.

Aber zumindest wusste sie, wie sie ihm die perfekte Geliebte vorspielen konnte. Thomas mochte es, wenn sie sich verführerisch und wild gab. Noch auf der Treppe knöpfte sie sich die Bluse auf, ließ den zarten Seidenstoff am letzten Treppenabsatz von ihren Schultern gleiten, blieb stehen, drehte sich um. Thomas, der zwei Stufen unter ihr stand und trotzdem noch größer als sie war, starrte sie mit funkelnden Augen hungrig an, während sie ihren Büstenhalter abstreifte.

Durch den Gewichtsverlust der letzten Monate hing ihre Brust inzwischen leicht, doch Thomas schien sich daran nicht zu stören. Gierig zog er sie an sich, küsste sie, während er an ihrem Hosenbund herumfummelte, bis er es geschafft hatte, Hose samt Slip nach unten zu streifen.

»Setz dich«, raunte er, ging in die Knie, riss an den Beinen der Hose, warf alles achtlos hinter sich. Dann entledigte auch er sich seiner Kleidung. Zitternd vor Begierde, drängte er sich zwischen ihre Schenkel, hob mit beiden Händen ihren Hintern an.

Sie schloss die Augen, ignorierte den Schmerz der Treppenkante in ihrem Kreuz, stieß ein leises, lustvolles Wimmern aus, als er viel zu hastig in sie eindrang. Dass ihr Keuchen großteils von dem unvermittelten Schmerz herrührte, schien er nicht zu bemerken.

Es wurde leichter, als ihr Körper sich seinen Stößen anpasste, als seine Feuchtigkeit wie ein Gleitmittel wirkte und sie sich entspannen und es geschehen lassen konnte. Als sie spürte, dass Thomas fast soweit war, schob sie ihn von sich weg, grinste. »Stellungswechsel, komm.«

Er stand auf, zog sie an der Hand hoch, schob sie vor sich her. Keuchend und lachend zugleich rannten sie zum Schlafzimmer, wo Thomas sich rücklings aufs Bett warf.

Marika setzte sich auf ihn, fing an, kreisende Bewegungen zu machen, warf dabei ihren Kopf in die Nacken und stöhnte. Es dauerte keine zwanzig Sekunden, bis Thomas unter ihr einen Schrei ausstieß und zu zucken begann. Sie tat es ihm gleich, bog ihren Rücken durch, keuchte ein paar Mal, bis sie wimmernd über ihm zusammenbrach.

Sie musste sich beherrschen, um nicht vor Erleichterung zu seufzen, als sie seine Arme spürte, die sie umschlangen und sanft von ihm herunter drängten.

Während sie anschließend minutenlang stumm nebeneinanderlagen, fragte Marika sich, ob sie jemals wieder so etwas wie Lust empfinden würde.

»Was denkst du gerade?«, fragte Thomas, drehte sich auf die Seite, sah sie zufrieden an.

Lächelnd strich sie mit dem Zeigefinger ihrer rechten Hand in einer sanften Linie von seiner Brust bis zum Haaransatz unterhalb des Nabels. »Ich hab gerade gedacht, wie glücklich du mich machst.«

»Bist du wirklich gekommen?«, wollte er wissen und musterte sie argwöhnisch.

»So intensiv wie seit Langem nicht mehr. Es hat sich angefühlt, als würde ich innerlich explodieren. Ich liebe es, wenn ich oben bin, das weißt du doch.«

Er erwiderte ihr Lächeln, rollte sich auf sie, fing wieder an, sie zu küssen.

Innerlich seufzend ließ sie es geschehen, dass er an ihrer Brustwarze saugte, sich langsam nach unten vorarbeitete. Früher hatte sie es geliebt, auf diese Weise von einem Mann befriedigt zu werden, doch mittlerweile fühlte es sich für sie weder sexy noch anregend an.

Es war einfach nur anstrengend, weiter mitzuspielen.

Als seine Zunge zwischen ihre Schamlippen glitt, stieß sie ein Stöhnen aus, krallte sich mit den Fingern beider Hände in die Laken, hoffte, dass er ihr dieses Schauspiel abnahm, bis es ihr dann doch zu viel wurde. Sie schob ihn weg, setzte ein Lächeln auf. »Leg dich auf den Rücken, jetzt bin ich dran.«

Er schüttelte den Kopf, sein Blick schien keinen Widerspruch zu dulden. Stöhnend ließ sie sich wieder ins Kissen fallen, schloss ergeben die Augen. Jetzt war es wohl an der Zeit, ihm den zweiten Höhepunkt des Abends vorzuspielen. Doch gerade als er wieder in sie eindringen wollte, hörte sie ein Hämmern.

Sie sog erschrocken die Luft ein, schnellte in die Höhe. »Hast du das gehört?«

Er sah sie verständnislos an. »Was meinst du?«

»Ich glaub, da ist jemand an der Tür.«

Das Hämmern wurde lauter, energischer.

Wie auf Befehl ertönte ein weiteres Hämmern.

Thomas rappelte sich hoch, sah Marika an. »Wer kann das denn sein?«

»Keine Ahnung, sieh nach.«

Er krabbelte aus dem Bett, wollte in seine Jeans schlüpfen, verzog das Gesicht, sah sie an. »Ich brauch einen Moment. Kannst du bitte runtergehen?« Grinsend deutete er auf seinen noch immer erigierten Penis. »So kann ich unmöglich die Tür aufmachen.«

Marika stand auf, holte ihr Nachthemd unter dem Kissen hervor, zog es sich über, während sie die Treppen hinunterlief.

Kaum hatte sie die Haustür erreicht, ging das Hämmern erneut los. Wer auch immer da draußen stand, war wirklich hartnäckig. Sie stellte sich auf die Zehenspitzen, spähte durch den Spion und zuckte zurück, als sie die Fremde draußen sah.

Sie hörte Schritte auf der Treppe, dann spürte sie einen Luftzug im Rücken. »Wer ist das?«, fragte Thomas, der dann doch noch heruntergekommen war.

»Woher soll ich das wissen?« Sie drehte sich zu ihm um.

»Was ist? Du siehst aus, als hättest du einen Geist gesehen.«

»Schau doch selbst!« Sie trat beiseite.

Thomas spähte gleichfalls durch den Spion, sog scharf die Luft ein, wandte sich ihr zu. »Ich kenne sie auch nicht«, sagte er kopfschüttelnd und linste ein weiteres Mal nach draußen. Unschlüssig kratzte er sich am Kopf. »Sie blutet ziemlich heftig«, stieß er schließlich aus. »Wir müssen sie reinlassen.«

Marika wich mit weit aufgerissenen Augen zurück.

»Nein«, stieß sie hervor, hob abwehrend die Hände. »Wir kennen diese Frau nicht, die kann sonst wer sein. Eine Irre, eine Verbrecherin, Gott weiß wer …«

»Sie ist verletzt, Schatz«, sagte Thomas eindringlich. »Und da draußen herrscht ein übles Unwetter. Wir können sie da nicht hilflos stehen lassen.«

Wie zur Bestätigung fing es an zu grollen, gefolgt von einem durchdringenden Krachen.

Marika zuckte zusammen, schüttelte immer noch panisch den Kopf. »Ich hab ein ungutes Gefühl, Thomas. Bitte, lass es gut sein. Schick sie weg. Sie soll bei Peggy und ihrem Mann klingeln. Die wohnen keine zehn Minuten von hier entfernt. Schick sie einfach weg.«

»Das schafft sie nicht«, widersprach Thomas. »Bitte Schatz, wir müssen ihr helfen. Sie kommt mir desorientiert vor. Und ich hab einen Eid geleistet, bin verpflichtet, Leben zu retten und Leben zu erhalten. Diese Frau da draußen sich selbst zu überlassen, wäre unterlassene Hilfeleistung, und das kann ich nicht machen.«

Marika schüttelte trotzig den Kopf.

»Heutzutage hat jeder ein Handy. Wieso ruft sie nicht einfach die Polizei an? Was will sie von uns?«

Thomas straffte die Schultern, sah sie ernst an. »Wir machen es so: Wir lasen sie rein, ich verarzte sie und du rufst währenddessen die Polizei an. Die kümmern sich um sie und wir sind sie gleich wieder los und können da weitermachen, wo wir eben aufgehört haben.«

VIER
SYLT/ARCHSUM
2019

Marika

Marika wich instinktiv ein Stück zurück, während Thomas den Code in die Alarmanlage eingab und den Schlüssel herumdrehte. Beim Öffnen der Tür drang ein Schwall kalte Luft ins Innere. Marika wich noch weiter zurück, während Thomas sich gegen die Tür stemmte, um dem Sturm zu trotzen, der ihnen entgegenfauchte.

Die ins Haus strömende eisige Luft brachte Marika zum Frösteln. Schützend verschränkte sie die Arme vor ihrer Brust. Doch das war beileibe nicht das Erschreckendste. Sekunden verstrichen, in denen Marika glaubte, die Welt stünde still. Sie vernahm ein Keuchen, gefolgt von einem Wimmern, die verletzte Frau taumelte in den Korridor. Am Leib trug sie nur ein viel zu kurzes Shirt und einen Slip. Arme und Beine waren von Dreck und Blut verkrustet, das Haar sah schmutzig grau-braun aus. Nur wenige Partien zeigten noch ihre vermutlich hellblonde Naturfarbe. An einer Seite ihres Kopfes erkannte Marika dunkelrot verschmierte Strähnen.

War sie am Kopf verletzt?

War das Blut?

Sie konnte die Fremde nur stumm anstarren, während Thomas die Tür hinter ihr verschloss, die Alarmanlage wieder aktivierte und sich der Hilfesuchenden zuwandte.

Marika fiel auf, wie er innerhalb von Sekunden in den Arzt-Modus wechselte.

Sein Gesichtsausdruck spiegelte genau die richtige Mischung von Besorgnis und Professionalität wieder. Er trat auf die Frau zu, hob beschwichtigend die Hände, als er bemerkte, dass sie in einer Art seelischem Ausnahmezustand zu sein schien. Es war offensichtlich, dass sie kurz davor stand, die Nerven zu verlieren.

Die Augen weit aufgerissen, starrte sie Thomas an, dann glitt ihr flehender Blick zu Marika.

Marika war entsetzt, hatte das Bedürfnis, die Fremde irgendwie zu beschwichtigen. »Was Ihnen auch zugestoßen ist«, stieß sie hervor, »jetzt sind Sie in Sicherheit. Mein Mann ist Arzt, er wird sich Ihrer Verletzungen annehmen.«

Die Frau klappte den Mund auf, schien etwas sagen zu wollen, doch kein Wort drang über ihre Lippen.

»Hilfst du mir, sie ins Wohnzimmer zu schaffen?« Thomas sah sie an, sein Gesichtsausdruck war geschäftig und professionell. Falls er genau wie sie irritiert oder aufgeregt war, ließ er sich nichts anmerken.

Sie nickte, trat vorsichtig auf die Frau zu, sah sie fragend an, doch diese reagierte nicht auf sie.

Marika war irritiert, verharrte.

»Sie ist verletzt«, mahnte Thomas leise. »Wir müssen sie verarzten und alleine schaffe ich es nicht. Du musst mir helfen, bitte.«

Marika schluckte angestrengt, dann nahm sie den

linken Arm der Frau, hakte sich bei ihr unter. Thomas tat dasselbe auf der anderen Seite. Zusammen schafften sie es, die Fremde ins Wohnzimmer zu bringen und auf einen Sessel zu bugsieren.

»Bringst du mir meine Notfalltasche?«, bat Thomas.

Marika sah von ihm zu der Frau, doch diese saß nur da, den Blick starr ins Nichts gerichtet.

Sie verdrängte ihre Irritation, nickte Thomas zu und eilte davon. Doch etwas stoppte sie. Kurz vor der Tür hielt sie inne, drehte sich noch mal zu den beiden um.

»Was ist?«, fragte Thomas ungeduldig. »Beeil dich!«

Marika sah ihn an, hob die Schultern. »Wir kennen sie nicht«, flüsterte sie. Zu spät ging ihr auf, wie blödsinnig ihre Bedenken waren. Diese Frau war zwar ein Stück größer als sie, aber extrem dünn und ausgemergelt, noch dazu hatte sie zahlreiche Verletzungen an Kopf und Gliedmaßen erlitten.

Wie kam sie nur darauf, sie als Bedrohung anzusehen? Wie sollte jemand in ihrem bedauernswerten Zustand sich gegen einen gesunden und fitten erwachsenen Mann behaupten können?

Sie winkte ab, machte kehrt, eilte nach oben. Als sie nur wenige Augenblicke später mit der Tasche zurückkam, stellte Thomas der Frau etliche Fragen, auf die diese nicht mal reagierte.

»Sie scheint unter Schock zu stehen«, erklärte er in Marikas Richtung und nahm ihr den Notfallkoffer aus den Händen.

»Du bist der Arzt«, antwortete Marika unbestimmt und hoffte, dass Thomas wirklich alles so gut im Griff hatte, wie er vorgab.

»Zuerst kümmern wir uns um die Wunde am Kopf«, erklärte er, als habe er ihre Zweifel gespürt. »Wir müssen sie gründlich säubern, um zu sehen, ob sie genäht werden muss.« Er nahm ein kleines Fläschchen aus der Tasche, danach ein Päckchen mit Kompressen, gab etwas von der beißend riechenden Flüssigkeit auf den Mull, fing an, die Wunde am Kopf der Frau abzutupfen.

Er hatte schon eine gute Menge verkrusteten Blutes abgewischt, als plötzlich Leben in die Frau kam. Sie zuckte zusammen, stieß abrupt Thomas' Hand weg, versuchte, aufzuspringen.

»Kannst du sie bitte festhalten?«, bat Thomas.

Marika nickte, ging zu der Frau, drückte sie an den Schultern in den Sessel zurück. »Mein Mann will Ihnen doch nur helfen«, sagte sie, so sanft sie konnte, hoffte, dass ihre Worte halfen, sie zu beruhigen. Als die Frau sich unter ihren Händen versteifte, wandte Marika sich besorgt an Thomas.

»Vielleicht sollten wir die Polizei anrufen. Und am besten auch den Notarzt. Wer weiß, ob sie nicht auch innere Verletzungen hat. Sie könnte von einem Auto angefahren worden sein.«

Thomas nickte. »Zuerst verarzte ich sie notdürftig, dann rufen wir Hilfe.«

Marika drückte noch fester auf die Schultern der Frau und versuchte, sie einzuschätzen. Sie schien etwa in ihrem Alter zu sein, vielleicht ein paar Jahre älter. Ihre Haut war aschfahl, die Augen lagen in tiefen Höhlen. Vermutlich ging es ihr schon länger nicht besonders gut. Sie wirkte wie ein Mensch, der Schlimmes durchgemacht hatte.

Erschreckend war auch ihr fragiler Körperbau. Sie wirkte, als könnte sie jeden Moment unter Marikas Händen zerbrechen.

Ihr musste Schreckliches widerfahren sein.

War sie vor ein Auto gelaufen?

Doch warum war sie dann so spärlich bekleidet?

Als Marika bewusst wurde, was das womöglich bedeutete, wurde ihr eiskalt. Sie sah der Frau in die Augen, bemerkte, dass ihre Lider flatterten.

»Sie brauchen vor meinem Ehemann keine Angst zu haben«, sagte sie mitfühlend und besann sich auf einen Rat, den sie irgendwo gelesen hatte. Demnach sei es hilfreich, erst einmal von sich selbst zu erzählen, um die Situation zu entspannen. »Ich bin übrigens Marika und mein Mann heißt Thomas«, stellte sie sich lächelnd vor. »Wir machen Urlaub auf der Insel und haben dieses Haus gemietet, um ein wenig zur Ruhe zu kommen.«

Nichts.

Die Frau starrte sie nur an.

»Mein Ehemann ist Neurochirurg«, redete sie weiter. »Sie sind also in den allerbesten Händen. Thomas arbeitet in einer Klinik in München. Er hat sich auf die schwierigen und nahezu aussichtslosen Fälle spezialisiert. Für viele seiner Patienten ist er die letzte Hoffnung. Er ist der Beste seines Fachs, verstehen Sie? Er ist ein wirklich brillanter Arzt.«

Noch immer reagierte die Verletzte nicht.

»Wer hat Ihnen das angetan?«, fragte Marika schließlich, sah Thomas hilflos an.

»Am Kopf bin ich gleich fertig«, erklärte er. »Die Wunde ist nicht tief und muss auch nicht genäht werden.«

»Gott sei Dank«, stieß Marika aus. »Was ist mit den restlichen Wunden?«

»Die Verletzungen an Armen und Beinen sehen aus wie Schürfwunden. Was ihr auch zugestoßen sein mag, schwer verletzt scheint sie nicht zu sein.«

Marika nickte, suchte wieder den Blickkontakt zu der Frau. »Ich lasse jetzt Ihre Schultern los, okay? Bitte bleiben Sie ganz ruhig, damit mein Mann seine Arbeit machen kann, ja? Das Schlimmste haben Sie bereits überstanden.«

Sie wich ein Stück zurück, setzte sich in angemessenem Abstand vor der Frau auf den Boden.

Als Thomas eine weitere mit Desinfektionsmittel getränkte Kompresse auf eine der Wunden am Bein der Frau drückte, zischte sie schmerzerfüllt.

»Das ist unangenehm, ich weiß«, beruhigte Thomas sie, ihr aufmunternd zulächelnd. »Aber wir müssen verhindern, dass sich die Wunden infizieren, deswegen reinige ich sie.«

Die Frau blinzelte, nickte verkrampft.

Marika stieß erleichtert den Atem aus. Die Situation schien sich langsam zu entspannen.

»Wasser …« Die Stimme der Fremden klang spröde und kraftlos.

Marika sprang auf, rannte in die Küche, nahm eines der Gläser aus dem Hängeschrank, ließ Leitungswasser hineinlaufen. Zurück im Wohnzimmer drückte sie der Frau das Glas vorsichtig in beide Hände.

Thomas hielt mit seiner Arbeit inne, ließ sie in Ruhe trinken.

Marika beobachtete, wie die Frau gierig trank, wobei mehr als ein Viertel des Wassers auf ihr Shirt schwappte. Als das Glas leer war, nahm sie es ihr aus den Händen. »Möchten Sie noch mehr?«

Die Frau starrte sie an, schüttelte den Kopf.

Marika stellte das Glas auf dem Tisch ab, räusperte sich. »Verraten Sie uns Ihren Namen?«

Die Frau sog die Luft scharf ein, klappte den Mund auf, schloss ihn gleich wieder. Dann verzog sie das Gesicht, kniff die Lider zusammen.

Marika bemerkte, dass sie zitterte. Auch Thomas entging diese Reaktion nicht. Er nahm eine kleine

Taschenlampe aus seiner Tasche, schaltete sie an. »Bitte sehen Sie in den Lichtstrahl.«

Die Frau tat wie ihr befohlen.

»Und jetzt folgen Sie dem Licht.«

Wieder gehorchte die Frau.

Thomas forderte sie auf, den Bewegungen seines Fingers zu folgen. Dann nickte er leicht.

»Das habe ich vermutet. Sie haben einen Schock«, erklärte er sanft, »machen Sie sich keine Sorgen, das ist vermutlich nur temporär, bald geht es Ihnen besser.«

»Was bedeutet das?«, fragte Marika und ihr fiel auf, wie sich sein Gesicht verdüstert hatte. »Gib ihr zwei Minuten. Ich vermute, sie leidet unter einer posttraumatischen Belastungsstörung, die sich in einer Amnesie äußert«, murmelte er leise.

»Willst du damit sagen ...?« Erschrocken brach sie ab.

Er nickte stumm, wandte sich dann wieder der Verletzten zu.

»Wir versuchen jetzt, Hilfe zu holen, in Ordnung? Am besten wird es sein, wenn wir Sie in ein Krankenhaus bringen lassen, wo sie weiterbehandelt und überwacht werden. Dort wird man sich auch darum kümmern, dass Ihre Erinnerung zurückkommt. Hier kann ich nicht viel machen, verstehen Sie?«

Die Fremde nickte, ihre Unterlippe bebte.

In Marika krampfte sich alles zusammen. »Ich hol mein Handy.«

Sie lief in die Küche, riss das Gerät vom Ladekabel, klickte auf den Anruf-Button, gab die Nummer des Notrufs ein.

Nichts.

Die Leitung schien tot zu sein, der Anruf baute sich nicht einmal auf.

Ein lautes Heulen drang von draußen herein.

»Scheiße«, stammelte sie, versuchte es erneut. Wieder

passierte nichts. Panisch lief sie in den Gang hinaus, nahm den Hörer des Festnetzapparates aus der Station, doch auch diese Leitung schien tot zu sein.

Mit hämmerndem Herzen ging sie zurück ins Wohnzimmer, sah Thomas beunruhigt an. »Wir haben ein Problem«, erklärte sie. »Alle Leitungen sind tot. Dieses beschissene Unwetter ...!«

FÜNF
SYLT/ARCHSUM

2019

Marika

»Oh Gott«, brach es aus der Fremden hervor. Dann zuckte sie zusammen, beugte ihren Oberkörper ein Stück weit nach vorne, verkrampfte sich, als hätte sie schreckliche Leibschmerzen.

Thomas wich leicht zurück, ohne sie aus den Augen zu lassen.

»Er kommt«, stieß sie aus, wimmerte.

»Wer?«, fragte Thomas. »Wer kommt?«

Die Frau hob den Blick, starrte panisch von Thomas zu Marika.

»Erinnern Sie sich an etwas?«, fragte Marika.

Die Fremde beachtete sie nicht, keuchte nur hektisch, wirkte, als sei sie ein Raubtier auf der Flucht.

»Ich glaube, sie ist wirklich überfallen worden«, sagte Thomas leise in Marikas Richtung.

Marika suchte den Blickkontakt zu der Frau. »Ist das wahr? Wurden Sie überfallen?«

Die Frau sah wie durch sie hindurch, nickte leicht.

Marika stieß die Luft aus. »Können Sie den Angreifer beschreiben? Haben Sie ihn gekannt?«

Die Lider der Frau flatterten, dann stieß sie ein Wimmern aus.

»Erzählen Sie uns alles«, ermutigte Thomas sie. »Was genau ist passiert?«

»Ich war laufen«, begann die Frau stockend. »Meine kleine Ferienwohnung ist im Nachbarort.«

»Dort sind Sie losgelaufen?«, half Thomas ihr.

»Ja, ich wollte mir nach dem Abendessen noch ein wenig die Füße vertreten. Als ich am Strand ankam, war der Sturm schon ziemlich heftig.«

»Haben Sie die Warnung nicht gehört?«, fragte Marika, aber Thomas bedeutete ihr, abzuwarten.

»Doch. Aber ich dachte, he, dann sind wenigstens keine Leute außer mir unterwegs. Ich bin einfach losgerannt und dann … plötzlich war da dieser Schmerz an meiner Schläfe. Mir wurde schwarz vor Augen und ich erinnere mich noch, dass ich zu Boden ging. Ich war wohl bewusstlos. Als ich wieder zu mir kam, war dieser Kerl über mir. Er musste mich ein gutes Stück von dem Ort, an dem er mich niedergeschlagen hatte, weggezerrt haben. Ich fühlte mich, als hätte mich ein Lkw überrollt.«

Marika wechselte einen entsetzten Blick mit Thomas, der sie abermals mit einem Handzeichen bat, still zu sein.

Die Fremde schniefte, bevor sie stockend weitersprach.

»Er zerrte an meiner Hose, warf sie hinter sich, griff nach meinem Slip, als ich endlich aus meiner Starre erwachte. Ich wurde zornig, das half. Ich bündelte alle meine Kraft, schrie, so laut ich konnte.« Sie brach ab, sah hilflos von Marika zu Thomas. »An mehr erinnere ich mich nicht.«

Thomas warf ihr einen Blick zu, der nichts Gutes verhieß.

»Kannten Sie den Angreifer?«

Die Frau verneinte stumm.

»Und warum denken Sie dann, dass er herkommen könnte?«

»Irgendwann später muss ich wohl losgelaufen sein, mir war so, als hätte ich ihn da auch noch mal gesehen, ganz kurz. Ich dachte, er folgt mir.«

»Können Sie ihn beschreiben?«, fragte Marika.

»Ich weiß nicht ...«

Thomas schüttelte den Kopf. »Ich denke, dass er abgehauen ist, als Sie geschrien haben. Er ist längst über alle Berge und Sie sind hier absolut sicher, versprochen.«

Die Fremde schüttelte verängstigt den Kopf, rieb sich nervös die Daumenspitze.

»Sie müssen sich wirklich nicht fürchten«, bekräftigte Marika seine Aussage. »Diese Villa verfügt über eine der sichersten Alarmanlagen, die es derzeit auf dem Markt gibt. Hier kommt niemand rein.«

Die Frau verzog das Gesicht, würgte.

»Wollen Sie noch ein Glas Wasser?«, fragte Marika. »Oder einen Tee?«

Die Frau schluckte, schüttelte den Kopf. »Aber vielleicht dürfte ich ja ...« Sie stoppte verlegen.

»Was?«, fragte Marika.

Die Fremde sah beschämt von Marika zu Thomas, dann senkte sie den Blick.

»Sie wollen sich ein wenig frisch machen?«, fragte Thomas und schien den Nagel auf den Kopf getroffen zu haben. Die Frau sah zu ihm auf, lächelte verlegen.

»Wir kennen ja noch nicht einmal Ihren Namen«, stieß Marika schroffer als beabsichtigt hervor.

»Schatz«, mahnte Thomas sanft. »Sie hat Schlimmes durchgemacht, gib ihr etwas Zeit. Lass sie sich sammeln.«

Marika hob ergeben die Hände, sah die Frau an.

»Von mir aus. Wir haben hier unten ein Badezimmer mit Dusche und oben ist ein weiteres, in dem eine Wanne steht. Wenn Sie möchten, dann lasse ich Ihnen Wasser ein.«

Die Frau nickte dankbar, schien gegen die Tränen anzukämpfen, was Thomas dazu veranlasste, Marika einen genervten Blick zuzuwerfen, der wohl so viel sagen sollte wie: War das jetzt so schwer?

Es war offensichtlich, dass er ihr Verhalten missbilligte und sich nicht mal ansatzweise bemühte, auch ihre Zweifel zu verstehen. Was wussten sie schon von der Fremden, deren Verletzungen weit weniger gefährlich waren als zuerst angenommen? Selbst ihr anfänglicher kurzer Blackout schien überwunden.

Frustriert drehte Marika sich auf dem Absatz um, verließ das Wohnzimmer und ging nach oben. Im Badezimmer gab sie den Stöpsel in die Wanne, drehte das Wasser auf, regulierte die Temperatur, entschied sich für einen Badezusatz mit Lavendelduft und wartete, vor sich hin grübelnd, bis die Wanne zur Hälfte gefüllt war.

Lavendel war ja wohl beruhigend, was ihr jetzt auch ganz guttäte. Ihr neuerlich gewecktes Misstrauen mahnte sie, auf der Hut zu sein. Aber in einem Punkt gab sie Thomas recht: Die Frau brauchte Hilfe.

Und die würde auch sie ihr nicht verweigern.

Dabei fiel ihr ein, dass die Frau nur Slip und Shirt trug, beides verdreckt. Sie ging ins Schlafzimmer, zog einen frischen Jogginganzug aus dem Schrank, einen sauberen Schlüpfer und ein Shirt, brachte alles ins Badezimmer, legte es auf dem Hocker neben der Wanne ab. Dann nahm sie saubere Handtücher aus der Kommode neben dem Waschbecken. Gedankenverloren strich sie über das weiche Frottee und versuchte, dahinterzukommen, warum sich immer noch alles in ihr sträubte.

Warum war ihr der Gedanke, dieser Frau da unten weiter Zuflucht zu gewähren, so zuwider?

Doch wie sie es auch in ihrem Kopf wälzte, sie hatte wohl kaum eine Wahl. Da draußen tobte ein heftiges Unwetter und die Fremde hatte großes Glück gehabt, rechtzeitig zu sich gekommen zu sein. Sie einfach wieder vor die Tür zu setzen, war unmenschlich. Nicht nur, weil sie dann Gefahr lief, ihrem Angreifer wieder in die Arme zu laufen, sondern vor allem weil das Unwetter mittlerweile an Stärke zugenommen hatte und es gefährlich war, sich draußen aufzuhalten.

Thomas hatte es in Worte gefasst: Sie jetzt wegzuschicken, kam unterlassener Hilfeleistung gleich. Wenn dieser Frau etwas zustieß, nur weil sie ihrem Misstrauen nachgab und die Fremde wegschickte, würde sie sich das niemals verzeihen.

»Das Wasser ist bereit«, sagte Marika, als sie wieder im Wohnzimmer war, wo Thomas gerade drei Gläser mit Whiskey füllte. Er reichte zuerst der Frau eins, dann ihr. Zu guter Letzt stürzte er seines auf einen Schluck hinunter.

»Ich glaube nicht, dass das eine gute Idee ist«, bemerkte Marika und starrte auf das Glas in den Händen der Frau.

»Ach was«, gab Thomas zurück, »eins kann nicht schaden und es beruhigt die Nerven.«

Marika sah die Frau an. »Ich hab Ihnen auch etwas Frisches zum Anziehen hingelegt.«

Die Frau verzog den Mund zu einem schwachen Lächeln, dann stürzte auch sie ihren Drink hinunter, stand schwankend auf.

Sie kam auf Marika zu, blieb schließlich vor ihr stehen, blickte ihr direkt in die Augen.

Marika kam nicht dagegen an, dass diese Frau ihr Angst machte. Jetzt noch mehr als zuvor. Unwillkürlich wich sie zurück, fragte sich, wieso Thomas nicht zu spüren schien, welch dunkle Aura sie umgab.

Als sie dem Blick ihres Mannes folgte, schnürte sich ihr der Hals zusammen.

Er starrte der Fremden unverhohlen auf den Hintern. Marikas Hand zuckte, während sie sich vorstellte, ihm ihr Glas an den Schädel werfen.

Er sah auf, bemerkte wohl ihren Gesichtsausdruck, grinste entschuldigend.

Marika ignorierte ihn, fixierte das Gesicht der Frau.

Die lächelte erschöpft, doch da war auch noch etwas anderes in ihrem Blick.

Keine Angst.

Auch keine Verunsicherung.

Viel eher hatte Marika plötzlich das dringende Gefühl, weglaufen zu wollen.

Weg von allem hier.

Von der Frau.

Ihrem Ehemann.

Vor sich selbst …

Der Mund der Fremden öffnete sich. »Sie sind wirklich sehr nett, vielen Dank dafür.«

Marika nickte, schluckte gegen den Widerstand in ihrem Hals an.

»Mein Name ist übrigens Lina. Lina Ostermann.«

Marika nickte, hoffte, dass sie freundlich rüberkam. »Freut mich, Lina. Soll ich Sie ins Badezimmer begleiten?«

Sie sah über die Schultern der Frau hinweg zu Thomas, schluckte.

Lina schüttelte den Kopf, senkte verlegen den Blick.

Marika verstand. Sie trat beiseite, ließ ihren Gast nach oben gehen.

»Dir steht das Misstrauen buchstäblich ins Gesicht geschrieben«, warf Thomas ihr vor, kaum dass sie allein im Wohnzimmer waren.

Marika hob die Schultern, funkelte ihn herausfordernd an. »Ist das so verwunderlich? Wir kennen sie nicht, sie könnte uns einen Bären aufbinden und du würdest es ihr abkaufen.«

»Was soll das bitte schön bedeuten?«

»Denkst du, ich hab nicht mitbekommen, wie du sie anstarrst und in Gedanken auch den Rest ihrer Fetzen herunterreißt?«

»Schatz«, sagte er eilig, kam auf sie zu. »Okay, ich hab ihr auf den Hintern gesehen, aber das hat nichts zu bedeuten. Jeder Kerl hätte dasselbe gemacht in dieser Situation. Immerhin ist sie ziemlich leicht bekleidet.«

»Sie ist verletzt, wurde wahrscheinlich sogar vergewaltigt. Findest du es da angebracht, sie wie ein notgeiler Teenager anzuglotzen?«

Für den Bruchteil einer Sekunde wirkte Thomas wütend, doch dann entspannte sich sein Gesichtsausdruck wieder und er stieß ein Lachen aus. »Du übertreibst, Süße.« Er zog sie an sich, hielt sie fest in seinen Armen, sodass sie sich kaum bewegen konnte.

Sie atmete ein paar Mal tief durch, dann sah sie Thomas ins Gesicht. »Sobald der Sturm vorbei ist und wir wieder eine Telefonverbindung haben, verschwindet sie – verstanden?«

Er nickte, küsste sie auf die Nasenspitze. »Könntest du mir bis dahin einen Gefallen tun?«

Sie seufzte, nickte schließlich.

»Sei bitte etwas netter zu ihr. Stell dir vor, du wärest in so einer Situation. Vergewaltigt, verletzt, blutend ...«

»Ja, ja ...«, stoppte Marika ihn.

»Wärest du dann nicht froh, Menschen wie uns in die Arme zu laufen? Leute, die dir helfen und bei denen du dich sicher fühlst?«, fuhr er unbeirrt fort.

Marika befreite sich aus seiner Umklammerung, starrte ihn an. »Schon gut. Du kannst es dir sparen, mir ein schlechtes Gewissen einzureden.«

Thomas grinste.

»Ich verstehe einfach nicht, wie du so sorglos sein kannst, was diese fremde Frau betrifft«, machte sie sich neuerlich Luft. »Wir wissen einen Scheiß über sie, nichts, gar nichts. Und jetzt ist sie da oben in unserem Badezimmer und stellt Gott weiß was an.«

»Ich glaube, sie nimmt ein Bad«, gab Thomas schmunzelnd zurück.

»Du weißt, was ich meine«, fauchte sie ihren Mann an, hob die Hände, ließ sie resigniert sinken. »Sie hat ja noch nicht einmal einen Ausweis bei sich. Kein Handy, nichts.«

»Was ihre Story von dem Überfall ja durchaus bestätigt.«

»Schon«, gab Marika zu. »Aber ich hab einfach kein gutes Gefühl bei der Sache.«

»Was hältst du davon, wenn wir uns mit einer Krimifolge auf Netflix ablenken, bis sie fertig ist und wieder runterkommt?«

»Du willst eine Krimiserie gucken, während wir das Opfer eines Überfalls im Haus haben?«

Thomas lachte. »Dann gucken wir eben deinen Schmonzettenkram.«

Marika nickte ergeben. »Von mir aus.«

Sie setzten sich aufs Sofa und während Thomas den

Fernseher einstellte und nach einem Film suchte, wanderten Marikas Gedanken wieder zu der Frau, die sich als Lina Ostermann vorgestellt hatte. Die Fremde, die jetzt allein bei ihnen im ersten Stock war. Ob sie da wirklich nur ein Bad nahm?

»Findest du nicht, dass sie schon viel zu lange braucht? Ich meine, wie lange kann ein Mensch baden?«

Thomas grinste breit. »Also in deinem Fall zwei Stunden oder länger.«

Marika seufzte. »Ich meinte das nicht verallgemeinernd, sondern situationsbezogen. Diese Lina ist hier im Haus zu Gast und benimmt sich, als gehörte es ihr.«

»Jetzt übertreibst du aber!« Thomas sah auf die Uhr, runzelte die Stirn. »Sie ist seit etwas mehr als fünfzehn Minuten da oben. Geben wir ihr eine Folge, okay? Dann schauen wir nach, ob alles in Ordnung ist.«

Die Sekunden und Minuten verstrichen quälend langsam und während Thomas über der Handlung der Folge alles um sich herum vergessen zu haben schien, kreisten Marikas Gedanken noch immer um die Frau in ihrem Badezimmer.

Lina …

Lina Ostermann …

Marika fand, dass der Name etwas Unechtes an sich hatte.

Irgendwie klang er in ihren Ohren danach, als sei er erfunden. Nichts an der Frau wirkte auch nur ansatzweise echt, wurde ihr plötzlich klar.

Ihr angeblicher Schockzustand, aus dem sie dann ratzfatz wieder erwachte.

Blitzheilung oder was war das gewesen?

Zuerst ihr verängstigtes Getue …

Die Tatsache, dass sie in einem Augenblick noch furchtbare Angst davor hatte, ihr Angreifer könnte zurückkommen, doch im nächsten in einem fremden Badezimmer baden wollte.

Und das war nur der Anfang gewesen.

Der Blick, mit dem sie sie vorhin gemustert hatte …

Marika war plötzlich absolut sicher, pure Berechnung darin erkannt zu haben.

Was, wenn sie ihnen etwas vormachte?

Was, wenn diese Frau log?

Als endlich der Abspann über den Bildschirm lief, sprang Marika vom Sofa auf.

»Was ist los?« Thomas sah sie irritiert an.

»Hast du es vergessen? Du sagtest, gib ihr eine Folge. Die ist vorbei und ich werde jetzt hochgehen und nachsehen, was sie treibt.«

Thomas riss die Augen auf, schüttelte den Kopf. »Du kannst nicht einfach ins Badezimmer reinplatzen. Das ist Eindringen in die Privatsphäre der Frau.«

Marika schnaubte. »Du hast dich vorhin an ihrem Arsch aufgegeilt – war das etwa keine Verletzung ihrer Privatsphäre?«

Thomas Gesicht verdüsterte sich, doch er schwieg. Schließlich stand er auf, sah sie an. »Dann los, lass uns nachsehen.«

Marika ging voraus, nahm zwei Stufen auf einmal, drehte sich, oben angekommen, ungeduldig nach ihrem Mann um. Schließlich klopfte sie an die Tür des Badezimmers. »Alles in Ordnung da drinnen?«

Nichts.

Sie funkelte Thomas misstrauisch an. »Und was jetzt?«

Er räusperte sich, klopfte gleichfalls an die Tür. »Geht es Ihnen gut?«

Wieder keine Antwort.

»Wir machen uns Sorgen«, rief Marika und legte all ihre Konzentration in den Versuch, nicht unfreundlich oder forsch zu klingen.

Es blieb still.

Schließlich hielt Marika es nicht mehr länger aus, drückte die Klinke hinunter.

»Stopp, das kannst du nicht machen«, zischte Thomas hinter ihr.

Sie beachtete ihn nicht, stieß die Tür auf und betrat das Badezimmer. Im ersten Augenblick glaubte sie an eine optische Täuschung, als ihr Blick auf die Badewanne fiel. Schockiert atmete sie aus.

»Was ist los?« Thomas drängte sich neben sie.

Eine Weile starrten sie beide vollkommen perplex auf das Badewasser, dann auf das achtlos neben der Wanne abgelegte Shirt der Frau, die schmutzig-nassen Handtücher am Boden. Schließlich sahen sie einander an.

Marika brach als Erste das Schweigen. »Wo zur Hölle ist sie?«

SECHS
SYLT/ARCHSUM

2019

Marika

»Sie muss noch im Haus sein«, stellte Thomas klar und starrte stirnrunzelnd auf den Handtuchhaufen am Boden. »Wenn sie nach draußen gegangen wäre, hätten wir sie vom Wohnzimmer aus sehen müssen.«

Marika stieß die Luft aus. »Ich hab gesagt, schick sie weg, und nun …«

»Was, Schatz?« Er wirkte auf Marika völlig überfordert und hob das Handtuchbündel an, als würde er etwas suchen.

»Keine Ahnung«, murmelte Marika, der es nicht anders ging. »Wir hätten sie nicht allein lassen dürfen, wer weiß, was sie anrichtet.«

»Beruhig dich. Es gibt bestimmt eine Erklärung dafür, dass sie nicht mehr im Bad ist. Vielleicht hat sie sich im Haus verlaufen, ist verwirrt.«

Er machte auf dem Absatz kehrt, lief aus dem Badezimmer.

Marika eilte ihm hinterher, holte ihn auf dem Gang ein. Er öffnete die Tür zu einem der leer stehenden

Schlafzimmer, danach die nächste, und Marikas Wut steigerte sich. Die Fremde war wie vom Erdboden verschluckt. Erbost schüttelte sie den Kopf. »Ich wette, sie ist oben in unserem Schlafzimmer und wühlt sich durch unsere Sachen.« Sie stürmte an Thomas vorbei zur Treppe, stieg hinauf ins Dachgeschoss. Oben angekommen, eilte sie den Gang entlang zum größten Schlafzimmer des Hauses, riss die Tür auf, zuckte mit einem Aufschrei zurück.

»Was ist lo…?«

Thomas brach ab, erstarrte in der Bewegung, sah ungläubig von der reglos dastehenden Frau im Zimmer, wieder zu Marika. Er klappte den Mund auf, doch kein Wort kam über seine Lippen.

Marika hatte das überwältigende Bedürfnis, die Frau zu packen, sie an ihren verdammten Haaren durch Haus zu zerren und auf der Stelle vor die Tür zu setzen. »Warum steht sie einfach nur da?«, flüsterte sie stattdessen. »Und wieso ist sie verdammt noch mal splitterfasernackt? Ich hab ihr doch Klamotten rausgelegt.«

Thomas räusperte sich betreten. »Lina?«, sprach er die Frau mit belegter Stimme an.

Als sie nicht reagierte, machte er einen Schritt auf sie zu, doch Marika hielt ihn am Arm zurück.

Er löste sich von ihr, drehte sich um, verzog das Gesicht. »Irgendwas muss ich doch machen. Sie hat einen Schock, anders lässt sich so was nicht erklären.«

Marika schluckte angestrengt, spürte, wie ihr Innerstes sich noch mehr verkrampfte. Sie machte einen Schritt auf ihren Mann zu, ging auf die Zehenspitzen, bis ihr Mund sein Ohr fast berührte. »Und wenn sie irre ist?« Sie sah Thomas fragend an. »Ich meine, nicht erst seit dem angeblichen Überfall, sondern schon immer … Was, wenn du eine Verrückte ins Haus gelassen hast? Sie könnte gefährlich sein.«

Thomas nickte unbehaglich. »Was soll ich denn machen?«

»Sie packen und aus dem Haus werfen.«

Thomas' Gesicht wurde aschfahl. »Das geht nicht. Draußen geht die verdammte Welt unter. Wenn ich sie vor die Tür setzte, dann holt sie sich den Tod, Marika. Das wäre Mord!«

»Sollen wir uns stattdessen umbringen lassen?«

Thomas schien über ihre Worte nachzudenken, dann drehte er sich zu der Frau um, die noch immer mit dem Rücken zu ihnen stand, als wäre sie zu einer Statue erstarrt.

»Hallo Lina!« Thomas' Stimme klang endlich wieder fest und bestimmt. »Was machen Sie hier in unserem Schlafzimmer?« Er hob den Arm, tippte mit dem Zeigefinger gegen ihr Schulterblatt.

Keine Reaktion.

»Lina!«, versuchte es Marika. Ihre Stimme klang schrill, fast schon hysterisch. »Was soll der Mist? Was machen Sie hier?«

Der Körper der Frau fing unkontrolliert an zu zucken.

Langsam drehte sie sich um. Marika sah, dass sie hysterisch kicherte und gleichzeitig weinte.

Unwillkürlich wich sie vor ihr zurück, genau wie Thomas.

Marika wechselte einen besorgten Blick mit ihm, flüsterte: »Was stimmt nicht mit ihr?«

Er schüttelte hilflos den Kopf.

»Er ist sehr wütend, wisst ihr?«, meldete sich Lina mit gepresster Stimme. »Wütend und gefährlich. Er wird euch umbringen.«

Erst jetzt fiel Marika auf, dass sie etwas in ihren Händen hatte, es schützend vor ihre Brust hielt. Es war ein gerahmtes Foto. Es dauerte etliche Sekunden, bis sie es erkannte. Das Foto gehörte ihr. Lina musste es aus ihrem Koffer genommen haben. Ein Foto von …

Ohne nachzudenken, machte sie einen Schritt nach vorne, griff nach dem Bilderrahmen.

Lina und sie wechselten einen kurzen Blick, dann stieß die Frau ein Kreischen aus, riss die Arme hoch und ließ den Bilderrahmen auf Marika herunterkrachen. Sie erwischte sie am seitlichen Hinterkopf und an der Schulter.

Marika stieß ein schmerzerfülltes Zischen aus, versuchte, sich mit bloßen Händen vor dem nächsten Schlag zu schützen, während ihr Zorn überkochte. »Sind Sie vollkommen übergeschnappt?«, kreischte sie und ballte ihre Hände zu Fäusten. »Mein Mann und ich haben Ihnen Zuflucht gewährt, Sie verarztet und vor Schlimmerem bewahrt. Warum zur Hölle gehen Sie zum Dank auf mich los? Und wieso machen Sie sich an meinem Eigentum zu schaffen?!«

Die Fremde starrte sie nur an, als sei sie unschlüssig, was ihr nächster Schritt sei.

Anders als Marika, die der Angriff noch mehr angestachelt hatte. Sie machte eine herrische Geste. »Her damit! Auf der Stelle!«

Wieder reagierte ihr Gast nicht. Sie wirkte wie ferngesteuert und im Ruhemodus.

Marikas Blick glitt Hilfe suchend zu Thomas, der Lina mit weit aufgerissenen Augen anstarrte.

»Entweder packst du sie jetzt und schmeißt sie raus oder ich gehe!«, drohte sie ihm. »Hast du nicht mitbekommen, was sie gesagt hat?«

Thomas starrte immer noch fassungslos zwischen den Frauen hin und her.

Marika verstand die Welt nicht mehr. Warum ließ er das alles geschehen? Sie suchte seinen Blick. »He, was ist mit dir? Hast du das mitbekommen? Das Miststück hat auf mich eingeschlagen und du stehst nur da?«

Lina schien indessen ihren Schockmoment überwunden zu haben. Sie blickte auf das Bild in ihren Händen, ließ es achtlos auf den Boden fallen. Das Glas zersprang, die Splitter verteilten sich. Lina brach in Tränen aus, sackte schließlich selbst zu Boden, mitten hinein in das Scherbenmeer.

»Irgendwas stimmt hier nicht«, rief Thomas entsetzt, der sich endlich auch wieder rührte.

Marika konnte nur ihren Kopf schütteln, lachte bitter. »Und das fällt dir erst jetzt auf?« Fassungslos beobachtete sie, wie Thomas Lina erneut unschlüssig anstarrte. Dann riss er sich von ihrem Anblick los, schüttelte sich, als müsste er einem Bann entfliehen, stürzte auf seinen Schrank zu, riss etwas daraus hervor. Als Marika sah, dass es zwei Gürtel waren, zuckte sie zusammen. »Was zum Henker hast du damit vor?«

Er zuckte mit den Schultern. »Wir können sie nicht rausschmeißen, aber frei im Haus herumirren lassen können wir sie auch nicht.«

Sie schluckte angestrengt. »Willst du sie etwa in Fesseln legen?«

»Eine andere Option haben wir nicht.«

Marika nickte und spürte, wie sich Erleichterung in ihr ausbreitete, jetzt da Thomas endlich zu kapieren schien. »Und wie willst du das anstellen?« Sie deutete schulterzuckend auf das wimmernde Bündel Mensch am Boden.

»Ich mach das schon«, brummelte Thomas, ging neben Lina in die Hocke. »Sie müssen eine Entscheidung treffen«, sprach er sie an. »Jetzt sofort!«

Die Frau reagierte nicht, schluchzte weiter vor sich hin.

»Lina!«, schrie Marika, der langsam die Geduld ausging.

Die Frau zuckte erschrocken zusammen, sah zu ihr auf.

»Haben Sie meinen Ehemann gehört?«

Lina nickte zögernd. »Ich soll eine Entscheidung treffen.«

»Ganz genau«, fuhr Thomas fort. »Nachdem Sie meine Frau angegriffen haben, können wir Ihnen nicht mehr vertrauen und sie haben nur zwei Möglichkeiten.« Er stoppte, sog scharf die Luft ein. »Entweder Sie verlassen unverzüglich das Haus und versuchen, sich alleine bis zu Ihrer Wohnung durchzuschlagen, oder Sie stimmen zu, dass wir Sie zu unserem Schutz fixieren.«

»Sie wollen mich fesseln?«

Thomas nickte, das Gesicht zur Maske erstarrt. Dann räusperte er sich betreten. »Ich will das nicht, ich muss. Sie selbst haben das verschuldet, als Sie meine Frau angegriffen haben.«

Lina sah von ihm zu Marika, verzog reumütig das Gesicht. »Ich bin erschrocken, verstehen Sie? Ich wollte Ihnen nichts tun. Ich nicht …«

»Was soll das heißen?«, fragte Marika.

Die Frau senkte verschämt den Kopf. Richtete sich auf, holte tief Luft. Ihr Blick glitt zu Thomas. »Lassen Sie mich nur bitte kurz etwas überziehen, ja? Dann können Sie tun, was immer Sie für nötig halten.«

Sie versuchte, sich an Thomas und Marika vorbeizuschlängeln und aus dem Zimmer zu laufen.

»Moment noch!« Marika hielt sie am Arm zurück, starrte sie mit festem Blick an. »Was meinten Sie damit, als sie sagten – *ich nicht?*«

Lina verzog das Gesicht zu einem mitleidigen Lächeln.

Thomas schien nichts davon zu bemerken. »Sie hat heute Abend Schlimmes durchgemacht, Schatz«, sprach er auf Marika ein. »Ich glaube, sie hat damit gar nichts gemeint. Sie ist verwirrt und gehört in ein Krankenhaus.«

Marika schüttelte den Kopf. »Du irrst dich.«

Thomas zog fragend die Brauen hoch. Doch Marika wandte sich gleich wieder Lina zu.

»Stimmts?«

Lina lächelte noch immer und seufzte spöttisch. »Na schön. Dann erklär ich es Ihnen noch mal. Nicht ich bin es, vor der sie Angst haben sollten.« Sie hob die Schultern und trottete zur Tür. Auf der Schwelle stoppte sie, drehte sich Marika zu und hob den Zeigefinger. »Ach ja, Sie haben von Anfang an recht gehabt. Sie hätten heute Abend niemals die Tür öffnen sollen. Und jetzt … jetzt ist es zu spät!«

Marika nickte Thomas entschlossen zu. »Merkst du es endlich?« Sie schnaubte bei seinem Anblick. Er stand einfach nur da wie ein begossener Pudel, schien völlig überfordert.

»Wir müssen runter, Thomas«, drängte sie ihn. »Wir binden sie an einem der Küchenstühle fest und warten ab, bis es hell wird. Vielleicht haben wir Glück und die Leitungen sind dann wieder intakt.«

Thomas erwiderte ihren Blick, nickte, als sei er in Gedanken ganz woanders, trottete aber hinter ihr und Lina her nach unten zum Badezimmer.

Gemeinsam warteten sie, bis die Frau sich die bereitliegenden Klamotten übergezogen hatte und wieder zu ihnen in den Gang trat. Eine Weile starrten sie einander einfach nur an, dann hob Lina ihren Arm, tippte mit dem Finger auf die Stelle oberhalb des Handgelenks.

»Was wird das jetzt?«, fragte Marika.

»Ticktack«, raunte Lina mit belegter Stimme, dann drehte sie sich um und lief auf die Treppe zu.

SIEBEN

SYLT/ARCHSUM

2019

Marika

Die Sekunden und Minuten verstrichen langsam und kriechend. Unerträglich für Marika, die ständig auf die ihr gegenüberliegende Uhr starrte. Kurzerhand drehte sie ihren Stuhl um, sodass sie stattdessen auf das Fenster schaute.

»Willst du auch einen Tee?«, fragte Thomas.

Stumm schüttelte sie den Kopf.

»Und Sie?«, wandte er sich an Lina.

»Nein, danke.«

Die Frau hatte, seit sie sie hier in der Küche an einen Stuhl gefesselt hatten, kein Wort gesprochen. Klaglos hatte sie zugelassen, dass Thomas sie mit den zwei ineinander verkeilten Gürteln an die Lehne gebunden hatte. Seither saß sie einfach nur da, gaffte vor sich hin.

Marika kam es so vor, als würde sie auf etwas warten.

Oder auf jemanden …

Als sie vorhin mit Thomas kurz im Wohnzimmer gewesen war, hatte sie versucht, ihm ins Gewissen zu reden, doch er hatte ihre Bedenken erneut beiseite gewischt. Noch immer war er überzeugt davon, dass die Fremde lediglich angeschlagen und verwirrt, aber nicht gefährlich war.

Marika stöhnte innerlich. Thomas war der klügste Mensch, den sie kannte. Und dennoch zu blöd, um zu begreifen, welche Bedrohung von dieser Frau in der Küche ausgehen könnte.

Sie spürte einfach, dass Lina etwas vor ihnen verbarg. Dass sie log und ihnen etwas vorspielte.

Warum war Thomas so blind für diese Anzeichen?

Und wer war diese Lina Ostermann? Wahrscheinlich war sogar dieser Name nur ein Fake.

Was wollte diese Person nur von ihnen?

»Schatz«, drängte sich Thomas' Stimme in ihre Gedanken und brachte das Frage-Karussell in ihrem Kopf zum Stillstand. »Was hältst du davon, wenn du hochgehst und versuchst, ein wenig zu schlafen? Ich halte hier die Stellung.«

Marika sah ihn an, legte den Kopf schräg. »Schlafen? Dazu bin ich viel zu aufgedreht.«

»Dann geh und lies dein Buch weiter. Oder schau dir was auf Netflix an. Lenk dich ab. Ich sehe doch, wie diese Situation dir zusetzt. Du musst dringend ein wenig runterkommen.«

Im ersten Augenblick hatte Marika das Bedürfnis, Thomas anzubrüllen, ihm zu sagen, wie schrecklich naiv er war, wenn er glaubte, irgendetwas hier unter Kontrolle zu haben. Doch dann gewann ihre Vernunft die Oberhand. Es hatte keinen Zweck, mit ihm zu streiten. Nicht heute. Nicht jetzt.

Sie stand auf, sah ihn resigniert an, ignorierte Linas Blick. Anschließend ging sie wortlos an beiden vorbei aus der Küche, eilte nach oben.

Bereits an der zweiten Treppe ins Dachgeschoss angekommen, hörte sie Thomas und Lina. Sie unterhielten sich. Es klang wie ein freundliches Gespräch, auch wenn sie die einzelnen Satzfetzen nicht verstand.

Ihr Magen verkrampfte sich.

War es möglich, dass Thomas sich von ihr einlullen ließ, die Fesseln abzunehmen?

Sie schluckte, setzte sich auf die Treppenstufe, konzentrierte sich auf die Stimmen, doch sie konnte fast nichts hören, weil der Sturm immer heftiger ums Haus heulte. Leise schlich sie wieder nach unten, setzte sich auf die unterste Stufe, spitzte weiter die Ohren.

Als sie mitbekam, dass Thomas sich allen Ernstes bei dieser Fremden für sie, für seine Ehefrau, entschuldigte, brachen bei Marika alle Dämme.

Das kann doch nicht wahr sein!

War das noch ihr Ehemann?

Stammelnd suchte Thomas nach Worten, die ihr ablehnendes und misstrauisches Verhalten erklärten. Vor Zorn brach Marika der Schweiß aus und sie ertappte sich dabei, wie sie die Hände zu Fäusten ballte.

Wieso kapiert er nicht, was hier vor sich geht?

Weil er ein Mann ist und sie eine Frau, die ihn reizt, wurde ihr plötzlich bewusst.

Natürlich war ihr klar, wie sexistisch dieser Gedankengang war, und dennoch war es bittere Realität.

Lina war wunderschön und strahlte eine solche Hilfebedürftigkeit und Verletzlichkeit aus, dass wahrscheinlich jeder zweite Mann darauf reagieren würde.

Diese Frau war schlau. So viel war sicher. Und sie war raffiniert und kaltschnäuzig. Alles, was sie tat und wie sie sich gab, war pure Berechnung.

Nur warum das alles?

Hatte sie am Ende alles erlogen?

Gab es diesen angeblichen Überfall überhaupt?

Steckte hinter dieser unfreiwilligen Begegnung zwischen ihnen dreien am Ende kaltes Kalkül?

Das ahnst du doch längst.

Sie erschrak.

Versteifte sich.

Stimmte das?

Ergeben schloss sie die Augen, lehnte ihren Kopf an die Gitterstäbe des Geländers.

Was, wenn Lina nicht zufällig an ihre Tür geklopft hatte? Steckte ein finsterer Plan hinter ihrem angeblichen Trauma? Marika schluckte, stand auf, als ihr bewusst wurde, dass sie davon überzeugt war. Sie ging zurück in die Küche, sah Thomas an, verzog das Gesicht. »Ich halte die Stellung, leg du dich ein wenig hin.«

»Du warst nicht einmal zehn Minuten weg.«

Sie hob die Schultern. »Kann mich eben auf nichts konzentrieren und ...« Ein ohrenbetäubender Knall ließ sie verstummen.

Nur Bruchteile von Sekunden später war es um sie herum stockfinster.

»Verdammt«, stieß Thomas aus. »Da muss der Blitz irgendwo in einen Mast eingeschlagen haben. Hoffentlich ist jetzt nicht alles tot.«

Marika sah seine Umrisse in der Dunkelheit, bemerkte, wie er sich bewegte. Was hatte er vor?

Hastig zog sie ihr Handy aus der Hosentasche, schaltete die Taschenlampen-App ein, leuchtete Thomas entgegen. »Wohin willst du?«

»In den Keller. Vielleicht hat es nur den FI rausgeschmissen.« Es raschelte, dann wurde es noch heller. Thomas' Handy strahlte zur Küchentür hinaus.

»Sei vorsichtig«, mahnte Marika und spürte, wie ihr Puls nach oben schoss.

»Mach dir keine Gedanken«, hörte sie Thomas' Stimme. »Ich geh jetzt da runter, schau nach, ob ich was machen kann, damit der Strom wieder funktioniert. Ehe du dich versiehst, bin ich wieder hier.«

Ein Gedankenblitz schoss durch Marikas Kopf. »Die Alarmanlage«, stieß sie aus.

»Was ist damit?« Thomas' Stimme klang belegt, als wisse er, worauf sie hinauswollte.

»Ohne Strom fällt die Alarmanlage aus.«

Thomas seufzte. »Mach dich nicht irre, Schatz. Ich geh da jetzt runter und versuche mein Möglichstes, um die Stromversorgung wieder flott zu bekommen.«

Sie sah ihm nach, schluckte gegen die aufsteigende Beklemmung an.

Eine Weile war es mucksmäuschenstill in der Küche, dann vernahm sie ein leises Seufzen.

»Ich hab mir dich ganz anders vorgestellt«, kam es plötzlich von Lina, die – aus welchem Grund auch immer – zum vertraulichen Du übergegangen war.

Als Marika die Bedeutung ihrer Worte bewusst wurde, sog sie entsetzt die Luft ein. All ihre bösen Vorahnungen erfüllten sich. Die Fremde hatte das alles womöglich genau so geplant.

»Was immer auch passieren mag«, sagte Lina leise, »nichts davon hat mit dir zu tun, glaub mir das! Es ist nicht gegen dich persönlich, das musst du wissen.«

Marikas Herz fühlte sich an, als würde es ihr jeden Augenblick aus der Brust springen, so heftig hämmerte es vor sich hin.

»Wer bist du?«, brachte sie schließlich mühsam hervor. »Du heißt auch nicht Lina, hab ich recht?«

Die Frau lachte leise, stoppte dann abrupt. »Ist das denn wichtig? Wäre nicht die angemessenere Frage, was wir von euch wollen? Was wir mit euch vorhaben? Und vor allem, warum?«

»Wir?« Marikas Stimme brach beinahe vor Angst. »Das heißt also …« Sie stoppte, schnappte verzweifelt nach Luft, »Willst du damit sagen, dass du nicht alleine unterwegs gewesen bist? Dass da draußen jemand herumlungert, der hier herein möchte, um uns etwas anzutun?«

Ein Schrei drang aus dem Keller zu ihnen herauf.

Thomas!

Marika sprang auf, rannte unschlüssig zur Kellertür, leuchtete mit dem Handy die Treppe hinunter, konnte jedoch nichts erkennen.

»Schatz?«, rief sie gepresst.

Doch alles blieb still.

Verdammt!

»Bist du verletzt?« Ihre Stimme war kaum mehr als ein Flüstern.

Nichts.

»Scheiße«, stammelte sie, taumelte zurück in die Küche. Ihr Mund war staubtrocken, die Zunge klebte ihr wie ein zäher Brocken am Gaumen, nahm ihr die Fähigkeit, tief durchzuatmen.

Denk nach.

Du musst irgendwas tun.

Jetzt!

Das Lachen der gefesselten Frau drang durch die Panik in ihr Bewusstsein.

»Du wolltest wissen, ob da draußen jemand ist, der ins Haus will.« Die Frau schluckte laut hörbar, klang dabei überhaupt nicht fröhlich oder amüsiert. Stattdessen hatte Marika das Gefühl, dass auch sie sich vor irgendwas fürchtete. Oder vor jemandem …

»Da muss ich dich leider enttäuschen, meine Liebe …«, fuhr die Fremde fort.

»Was heißt das?«

»Er will nicht rein. Er ist längst hier drinnen … und ganz in der Nähe.«

TEIL ZWEI

ACHT
AUGSBURG

2016

Simon

»Alter, nun renn doch nicht wie ein Irrer!«

Simon stoppte, wandte sich Jannes zu. Sein Kollege und bester Freund holte ihn nach Luft keuchend ein. »Was hast du denn für ein Problem?«

»Mann, ich hab dich schon überall gesucht ...«

»Ja und, was ist denn so dringend?«

»Es geht um den Winkler-Fall. Ich komm da einfach nicht weiter und wollte deine Einschätzung dazu hören.«

Simon seufzte. »Und das fällt dir ausgerechnet heute ein? Mann, ich hab Noah noch zwei Tage und bin bis jetzt keinen Abend pünktlich zu meinen Eltern gekommen, um für ihn da zu sein. Selbst an den Wochenenden bin ich hier gewesen.« Er brach ab, musterte seinen Kumpel. »Kann das nicht warten?«

»Bitte«, flehte Jannes ihn an. »Es geht schnell. Lass uns nebenan ein Bier trinken und dann kannst du von mir aus zu deinem Sohn nach Hause.«

Simon verzog das Gesicht, warf einen Blick auf die

Uhr. Es war kurz nach sieben und er hatte Noah versprochen, dass er diesmal vor acht da sein würde, damit sie zumindest gemeinsam zu Abend essen konnten.

»Okay«, stieß er aus, »du hast eine Viertelstunde, klar?«

Jannes nickte eifrig. »Geh schon vor und besetz einen Tisch für uns, ich hol schnell meine Jacke.«

Mit einem unguten Gefühl in der Magengrube machte sich Simon auf den Weg nach unten. Als er das Gebäude verließ, machte er einen Schlenker nach rechts, lief ein paar Meter um das Gebäude des Polizeipräsidiums herum, bog in die nächste Querstraße ein, wo sich das *Tardis* befand. Eine kleine Sportbar mit Bistro. Ihre Stammkneipe, in der man die beste Pizza der Stadt bekam, obwohl der Besitzer Engländer und kein Italiener war.

Vielleicht konnte er für alle Pizza bestellen und sie mit zu seinen Eltern nehmen. Dann hatte er eine Ausrede dafür, sein Versprechen schon wieder gebrochen zu haben, und gleich fürs Abendessen gesorgt. Zwei Fliegen mit einer Klappe quasi …

Als ihm bewusst wurde, dass er die wenigen kostbaren Stunden mit seinem siebenjährigen Sohn gerade mit einer dämlichen Stubenfliege verglich, stöhnte er. *Du bist ein verdammter Rabenvater!* Und wahrscheinlich hinkte auch dieser Vergleich. Seufzend winkte er Jonny, dem Inhaber des Tardis, zu und streckte Zeigefinger und Mittelfinger nach oben, ihr Zeichen für das Übliche: zwei Bier.

Dann setzte er sich an Jannes' und seinen Stammplatz, zog sein Handy aus der Tasche.

Hastig tippte er eine Nachricht für seine Mutter ein, schickte sie ab. Als Jonny die zwei Biergläser vor ihm auf den Tisch stellte, bemühte er sich, tief ein- und auszuatmen, um den Druck auf seiner Brust loszuwerden. Einerseits war der Tag heute hektisch gewesen, hart an der Grenze zur Nervigkeit. Ein Bier zum Abschalten war genau das, was er jetzt brauchte, um runterzukommen. Andererseits war er eh schon spät dran und sein Junge wartete bestimmt schon ungeduldig darauf, dass er endlich kam, um ihn abzuholen.

Du bist nicht nur ein Rabenvater.

Du bist ein Arschloch!

Letzteres war das Echo der Stimme seiner Exfrau, die er im Kopf hatte. Aber es entsprach auch dem, was er über sich selbst dachte, während er mit sich haderte.

Sein Sohn oder Jannes?

Natürlich sollte sein Junge an erster Stelle stehen.

Du hast es ihm versprochen …

Ja, er hatte Jannes versprochen ihm eine Viertelstunde zu geben. Nicht mehr! Seufzend griff er nach einem der Gläser, trank einen Schluck, sah auf die Uhr. Wo zum Teufel blieb er? Aufgebracht griff er zu seinem Handy, um ihm die Meinung zu geigen, als die Tür aufgestoßen wurde und sein Kumpel endlich erschien.

Jonny zuwinkend steuerte Jannes auf ihren Tisch zu, ließ sich mit einem tiefen Seufzer auf den Stuhl ihm gegenüber fallen.

»Du hast noch acht Minuten, also beeil dich!«, empfing Simon ihn.

»Moment.« Jannes angelte nach seinem Bierglas, stürzte die Hälfte des Inhalts in einem Zug hinunter, rülpste.

Simon verzog angewidert das Gesicht.

»Das hab ich gebraucht, echt jetzt. Heute war die Hölle los.«

»Sieben Minuten …«

»Dein Ernst?« Jannes starrte ihn an. »Wie soll ich den Mist in sieben Minuten packen?«

»Dein Problem. In der Zeit, in der du deine beschissene Jacke holst, mache ich einer Achtzigjährigen ein Kind.«

Jannes hob abwehrend die Hände.

»Reg dich ab, ich bin ja da!«

»Genau wie Noah, der jetzt auf mich wartet«, donnerte Simon los. »Du weißt genau, dass ich ihn nur alle zwei Wochen bei mir habe. Ich will nicht bei ihm denselben Fehler machen wie bei meiner Exfrau. Ich will wenigstens kein Arschloch-Vater sein.«

»Das bist du längst«, konterte Jannes und trank den Rest seines Bieres aus. Er winkte Jonny zu, hob zwei Finger.

»Die Rechnung heute geht auf mich. Und noch was … Sag Noah, dass ich für den Samstag in drei Wochen Karten besorge. VIP-Lounge mit Fast Food, Cola und Bier, bis uns die Bäuche platzen. Es heißt, unsere Jungs sind so gut drauf wie nie. Das sollte ihn besänftigen.«

»Du hast Connections zu VIP-Karten für den FCA?«

Jannes nickte. »Meine Neue, nicht ich. Conny arbeitet im Management. Ich hab die Karten gestern bekommen. Und selbst wenn das mit ihr und mir nicht funktioniert – das Spiel ist uns sicher.«

Simon verdrehte die Augen, grinste. »Okay, das könnte helfen.«

Jonny kam mit zwei weiteren Bieren in den Händen, stellte sie vor ihnen auf den Tisch.

»Kannst du mir vier Pizzen zum Mitnehmen vorbereiten?«

Jonny grinste. »Wie immer?«

Simon nickte. Als Jonny verschwunden war, musterte er seinen Kumpel. »Also, was ist das mit dem Winkler-Fall? Ich hab nur mitbekommen, dass da jemand abgestochen wurde.«

Jannes nickte düster, nahm einen weiteren Schluck.

»Der Vater, ja. Seine Frau hat ihn am Morgen im Vorgarten gefunden. Er war zu dem Zeitpunkt seit Stunden tot.«

»Und es gibt keine Anhaltspunkte, wer es gewesen sein könnte?«

»Er war bis nach ein Uhr in seinem Schrebergarten, hat ein Weizen nach dem anderen in sich hineingeschüttet und sich dann auf sein Rad geschwungen, um nach Haus zu fahren. Es grenzt an ein Wunder, dass er in seinem Zustand heil dort angekommen ist. Doch bis ins Haus hat er es nicht geschafft. Er wurde draußen niedergestochen, nachdem er sein Rad in die Garage gestellt hatte.«

»Dann muss sein Mörder dort auf ihn gewartet haben.«

Jannes nickte. »Es kommen mehrere Verdächtige infrage. Er hatte Streit mit seinem Gartennachbarn, der in einem Handgemenge endete. Zu seinen Eltern und zu seinem Bruder hatte er seit Jahren keinen Kontakt. Letzteren hat er vor zwei Jahren windelweich geprügelt, nachdem dieser seiner Frau zur Scheidung geraten hatte.«

Simon konnte sich ein Grinsen nicht verkneifen. »Und ich dachte schon, ich hätte Probleme.«

Jannes sah ihn düster an.

»Sorry«, stieß Simon aus. »Über so etwas sollte man keine Witze reißen, du hast recht.«

Sein Kumpel schien nach Worten zu suchen, dann fixierte er ihn mit seinem Blick. »Sowohl der Nachbar als auch sein Bruder haben ein wasserdichtes Alibi für den Todeszeitpunkt. Seine Frau und sein halbwüchsiger Sohn decken sich gegenseitig. Ich weiß, dass es einer von denen gewesen sein muss, doch es gibt keine Spuren an der Leiche, keine Tatwaffe.«

»Mit was wurde er getötet?«

»Laut Gerichtsmedizin mit einem langen Messer. Ein Küchenmesser vielleicht. Wer auch immer das gewesen ist, hat Winkler das Ding bis zum Anschlag in den Wanst gerammt und dabei die Hauptschlagader erwischt. Ich denke, dass es Zufall war, dass er oder sie ihn mit nur einem Stich tödlich verletzte. Mein Team ist seit Tagen damit beschäftigt, das Umfeld abzuklappern, und je tiefer wir graben, umso mehr Abgründe tun sich auf. Angesichts der Menschen, die ihn hassten, muss Winkler ein Monster gewesen sein. Mittlerweile haben wir acht Verdächtige, die für den Mord an ihm infrage kämen.«

»Was zum Geier hat er angestellt?«

»Er war gewalttätig und ist schnell ausgerastet, hat es sich mit allen möglichen Leuten verscherzt, seit er seinen Job wegen seines ausufernden Alkoholkonsums verloren hat. Im Suff hat er regelmäßig die Wohnung demoliert, seine Frau geschlagen. Gute Gründe, ihn zu hassen. Ich vermute, dass jemand ihm Nahestehendes sein Mörder ist. Seine Frau oder vielleicht sogar der Sohn.«

»Wie alt ist der Junge?«

»Sechzehn.«

»Aber die Mutter deckt ihn?«

»Und umgekehrt genauso.«

»Habt ihr das Haus der Familie auf den Kopf gestellt?«

Jannes nickte.

»Die Gartenhütte?«

Wieder ein Nicken. »Keine Spur von der Tatwaffe.«

»Wenn es der Sohn oder die Frau gewesen ist, dann war das sicher nicht geplant. Der Mord könnte im Affekt passiert sein, als Winkler im Suff mal wieder aus der Haut gefahren ist. Wenn es einer der beiden war oder beide gemeinsam, dann muss die Tatwaffe noch irgendwo sein«, fasste Simon seine Überlegungen zusammen. »Menschen, die jemanden im Affekt getötet haben, sind anschließend meist vollkommen schockiert von ihrer Tat, handeln kopflos und überfordert, widersprechen sich irgendwann in ihren Aussagen.«

»Dann müssten wir die Waffe gefunden haben«, warf Jannes ein.

Simon nickte nachdenklich. »Bestimmt hat der Täter die Waffe irgendwo in der Nähe versteckt, vielleicht auf einem Nachbargrundstück oder an einem Ort, an den man auf Anhieb gar nicht denken würde, weil er so naheliegend ist.«

»Das ist es ja, was mich wahnsinnig macht«, gestand Jannes. »Meine Leute von der Spurensicherung haben das komplette Grundstück umgeackert und nichts gefunden. Ich schätze, wenn wir die Suche auf die Nachbargärten ausweiten, bekommen wir Ärger mit den Leuten. Ich brauche dafür einen richterlichen Beschluss.«

»Was spricht dagegen, diesen zu erwirken?«

»Ach komm, du weißt doch, wie das läuft. Um den Beschluss zu bekommen, brauche ich eine plausible Spur, und es wäre besser, wir würden dort wirklich auf die Tatwaffe stoßen, wenn ich mir nicht massiv Ärger einhandeln will.«

»Auch wieder wahr«, stimmte Simon zu und schnippte mit dem Finger. »He, habt ihr auch die Spülmaschine überprüft?«

»Die Spülmaschine?«

Simon nickte. »Wenn es die Ehefrau oder der Sohn waren, dann hatten sie nicht viel Zeit, das Ding verschwinden zu lassen. Ich kann mir nicht vorstellen, dass sie in der Situation seelenruhig in Nachbars Garten eine Tatwaffe verbuddelt haben. Stattdessen könnten sie das Messer in die Spülmaschine gelegt haben, in der Hoffnung, dass das heiße Wasser alle Spuren beseitigt.«

»Wenn dem so war, dann haben sie ihre Arbeit gut

gemacht. Die Messer wurden selbstverständlich alle überprüft. Sowohl in Hinsicht auf Fingerabdrücke als auch auf Blutspuren.«

»Und?«

»Blitzblank alle miteinander.«

»Und das kommt dir nicht seltsam vor?«

»Was meinst du?«

»Na ja, die Ehefrau wird die Messer ja wohl mehrmals täglich zur Hand nehmen, um Brot, Gemüse oder Fleisch zu schneiden. Nicht jedes Mal wird sie hergehen und diese nach Gebrauch blank polieren. Findest du es da nicht verdächtig, wenn auf keinem von den Dingern irgendwelche Fingerabdrücke von ihr zu finden sind?«

»Mmh, stimmt!«

»Was für Griffe haben die großen Messer denn?«

Jannes zog die Stirn in Falten. »Holz glaube ich.«

»Und die legt man besser nicht in die Spülmaschine, weil das Holz aufquillt. Wenn also auf den Griffen überhaupt nichts drauf ist, dann käme mir das ziemlich komisch vor.«

Jannes stieß die Luft aus. »Du hast recht und ich sollte mir die Frau und den Jungen morgen noch mal vornehmen.«

»Ich würde die Messer auch noch mal untersuchen lassen. Vor allem die Griffe. Wenn Blut ins Holz eingedrungen ist, dann lässt sich da sicher noch etwas machen.« Simon lehnte sich zurück, nahm sein Pint, trank den Rest des Bieres auf einen Zug aus. Dann winkte er Jonny zu. »Wie lange noch?«

»Zwei Minuten«, antwortete dieser und streckte den Daumen nach oben.

»Das Bier zahlst du?« Er sah Jannes fragend an.

Der nickte grinsend.

Simon fummelte zwei Scheine für die Pizza aus

seinem Portemonnaie, steckte es dann wieder ein, warf einen Blick auf die Uhr. »Verdammt«, stieß er aus, als er sah, dass es gleich halb neun war. »Wenn Noah mir in den Arsch tritt, ist das deine Schuld, klar?«

Jannes nickte. »Grüß ihn von mir.«

Simon streckte Jannes den Mittelfinger entgegen, machte sich auf den Weg zum Tresen. »Für die Pizza«, sagt er zu Jonny, reichte ihm das Geld. »Der Rest ist für dich und das Bier geht auf den Wichser da drüben.«

Jonny grinste, nahm ihm die Scheine ab, reichte ihm dann die heißen Kartons über den Tresen. »Viele Grüße an die Familie.«

Simon verzog das Gesicht, nahm die Pizzen und eilte zu seinem Wagen.

»Noah ist stinksauer«, empfing ihn seine Mutter bereits an der Haustür.

Simon seufzte. »Tut mir leid, ich hatte noch zu tun. In Haunstetten hat es vor ein paar Tagen einen Mordfall gegeben. Ein Familienvater wurde erstochen und Jannes hat mich um meine Einschätzung zu dem Fall gebeten.«

Seine Mutter schüttelte resigniert den Kopf. »Immer das Gleiche. Alles muss hinter deinem verdammten Job zurückstehen. Willst du mit Noah dasselbe machen wie mit deiner Exfrau? Reicht es nicht, dass du deine Ehe wegen deines Jobs in den Sand gesetzt hast?«

»Ja, ja! Komm, spar dir deine Standpauke. Ich bin müde und will einfach nur was mit euch und Noah essen und dann meine Ruhe haben.« Verlegen grinsend hob er die Pizzakartons in die Höhe. »Immerhin hab ich für das Abendbrot gesorgt.«

»Wir haben schon vor einer Stunde gegessen«, sagte sie verbissen. »Um Punkt acht, wie vereinbart. Noah wollte Spaghetti, und die hab ich mit ihm zusammen gekocht. Er hat die Soße selbst gemacht, wollte dich damit überraschen.«

»Wo ist er?« Simon eilte an ihr vorbei, blickte ins Esszimmer, dann ins Wohnzimmer.

Seine Mutter war ihm nachgeeilt. »Du kommst mal wieder zu spät«, antwortete sie scharf. »Er hat auf dich gewartet, und als du mal wieder nicht kamst, ist er nach oben und hat sich in seinem Zimmer eingeschlossen.«

»Scheiße«, stieß Simon aus, drückte seiner Mutter die Kartons in die Hände, wollte sich auf den Weg nach oben machen.

»Warte«, stoppte sie ihn. »Es geht ihm nicht gut.«

Langsam drehte er sich wieder um. »Was meinst du? Ist er krank?«

Seine Mutter seufzte. »Nicht körperlich.«

Simon runzelte die Stirn. »Soll heißen?«

Sie seufzte, kam näher zu ihm, fixierte ihn mit ihrem Blick. »Die Scheidung ist jetzt drei Jahre her, stimmt doch, oder?«

Simon nickte unbehaglich.

»Und deine Ex hat einen neuen Ehemann …«

»Worauf willst du hinaus?«

»Ich glaube, dass er all die Jahre gehofft hat, dass seine Mutter und du wieder zueinander findet. Dass das jetzt nicht mehr geschehen wird, ist ihm inzwischen klar geworden. Umso mehr klammert er sich jetzt an die Hoffnung, dass du endlich der Vater wirst, den er verdient hat. Noah ist sieben, verdammt noch mal, er braucht dich!«

Simon senkte den Blick, nickte schließlich. »Ich rede mit ihm.«

Seien Mutter starrte ihn mit undeutbarem Blick an.

»Was ist?«, fragte er verunsichert.

»Das reicht nicht«, gab sie zurück und klang, als würde sie keinen Widerspruch dulden. »Wenn du es mit meinem Enkelsohn auch noch verkackst, bekommst du es mit mir zu tun, verstanden?«

Er nickte, hatte das Bedürfnis, im Erdboden zu versinken.

»Noah hat Schwierigkeiten in der Schule«, fuhr seine Mutter fort. »Wusstest du das?«

Hilflos schüttelte er den Kopf und kam sich noch schäbiger vor.

»Er war immer gut in Mathe«, bohrte sie nach. »Aber selbst da geht es mit seinen Leistungen rapide abwärts. Ich denke, du solltest mit seiner Mutter darüber reden. Ihr müsst eine Lösung finden, bevor der Kleine noch schlechter wird und richtige Probleme bekommt.«

Simon runzelte ungläubig die Stirn. »Davon höre ich jetzt zum ersten Mal.«

Seine Mutter stöhnte gereizt. »Na, du machst ja auch nicht die Hausaufgaben mit ihm, wenn er hier ist. Dafür sind dein Vater und ich zuständig. Deine Erziehung beschränkt sich auf ein paar Stunden abends an den Wochenenden, wenn ihr zusammen irgendwelchen Mist auf Netflix schaut.«

Simon stieß die Luft aus, legte den Kopf in den Nacken, schloss die Augen. Seine Mutter hatte recht. Noah war ein Kind, sein kleiner Junge, und er hatte verdammt noch mal die Pflicht, für ihn da zu sein. Er öffnete die Augen, sah seine Mutter an. »Ich verspreche, dass ich mit Bienchen rede, okay? Zusammen finden wir eine Lösung, und wenn Noah das nächste Mal herkommt, werde ich früher Schluss machen und für ihn da sein.«

Seine Mutter nickte, sah aber nicht so aus, als würde sie ihm glauben. »Dann geh jetzt zu ihm und redet miteinander. Vielleicht schaffst du es ja, zu ihm durchzudringen und herauszufinden, was den armen Kleinen umtreibt. Ich hab den Eindruck, dass es da etwas gibt, das er verheimlicht.«

NEUN

AUGSBURG

Simon

»Das geht so nicht weiter, Simon!«, beschwerte sich Noahs Mutter, seine Ex.

»Sind doch nur ein paar Stunden, mach also mal halblang.«

»Ausgemacht war, dass ich ihn dir gegen Mittag bringen soll«, erwiderte sie. »Du wolltest dir für heute freinehmen, vorher einkaufen. Und jetzt soll ich ihn erst am Abend bringen, weil du mal wieder in der Arbeit festhängst?«

»Ich komm nicht früher weg …«

»Das interessiert mich nicht. Und es langt mir jetzt wirklich! Nicht nur, dass du Noah mit deiner Unzuverlässigkeit fertigmachst, du bringst auch ständig all meine Pläne durcheinander.« Sie brach ab, seufzte. »Unsere Pläne.«

»Tut mir leid …«

»Ach vergiss es«, schnitt sie ihm das Wort ab. »Wie oft hab ich diesen Satz schon gehört? Ich weiß bald nicht mehr, wie ich das meinem Ehemann gegenüber noch rechtfertigen soll. Ihm geht das alles genauso gegen den Strich wie mir.«

Er räusperte sich betreten. »Habt ihr denn etwas vor?«

Seine Ex stieß scharf die Luft aus. »Stell dir vor, das haben wir tatsächlich. Wir wollen einfach ein bisschen raus übers Wochenende und wenn du erst heute Abend Zeit für deinen Sohn hast, dann lohnt es sich kaum noch, wegzufahren.«

»Okay«, stieß Simon aus. »Dann bring ihn vorbei, meine Eltern sind ja da.«

Eine Weile herrschte Schweigen in der Leitung. »Deine Eltern?«

Die Stimme seiner ehemaligen Frau klang gefährlich leise. »Noah freut sich auf seine Großeltern, keine Frage, aber du bist sein Vater und solltest ihn empfangen, wenn er zu euch kommt. Kannst du deine Verantwortung nicht wenigstens einmal ernst nehmen?«

Simon legte den Kopf in den Nacken. »Gut«, gab er nach und seufzte ergeben, richtete sich auf, schaltete den Bildschirm aus. »Du hast natürlich recht. Ich mach mich auf den Weg zu meinen Eltern. Bringst du Noah hin?«

»Wie siehst du denn aus?« Simon, der fast zeitgleich mit seinem Wagen angekommen war und ihr die Wagentür geöffnet hatte, musterte sie besorgt.

»Na schönen Dank auch«, gab seine Exfrau zurück, stieg aus dem Wagen und half Noah, den Sicherheitsgurt zu lösen. Ohne Simon zu beachten, wartete sie, bis Noah ausgestiegen war, ging vor ihm in die Hocke und strubbelte ihm durchs Haar. »Ich wünsch dir viel Spaß mit deinem Papa«, sagte sie.

Simon horchte auf. Ihre Worte passten nicht zu dem zornigen Tonfall in ihrer Stimme und noch weniger zu dem sanften Wesen, in das er sich einst verliebt hatte. Bienchen hatte er sie genannt, weil sie immer gut gelaunt vor sich hin gesummt hatte, egal was sie tat. Verwirrt beobachtete er sie. Es war, als hätte man ihre Flügel gebrochen. Er erschrak selbst über dieses Bild in seinem Kopf.

Was war nur passiert?

Hatten die beiden gestritten? Seinetwegen?

Sofort fühlte er sich wieder schuldig, sein schlechtes Gewissen schnürte ihm die Kehle zu. Sie hatte seinetwegen schon so viel durchgemacht. Er hatte ihre Ehe in den Sand gesetzt, Noah vernachlässigt und jetzt war er allem Anschein nach auch noch dafür verantwortlich, dass Bienchen seinetwegen mit ihrem Jungen stritt.

»Tut mir wirklich leid«, sagte er zerknirscht. Er sah sie an, wollte, dass sie begriff, dass er dieses Mal wirklich meinte, was er sagte.

Doch sie ignorierte seine Entschuldigung, hob die Schultern. »Du bist eben, wie du bist«, erklärte sie lapidar und wieder fiel ihm der dunkle Unterton in ihrer Stimme auf.

»Ist alles in Ordnung bei dir?«

»Klar«, sagte sie und richtet sich auf.

Besorgt musterte er sie. Ihm fiel auf, dass sie nicht nur aschfahl und müde aussah, sondern regelrecht ausgezehrt wirkte. Sie zitterte leicht, als würde sie frösteln, und das bei der Hitzewelle, die aktuell herrschte.

»Ich brüte wahrscheinlich irgendwas aus«, erklärte sie. »Die Sommergrippe geht ja um.«

»Pass auf dich auf«, sagte er, immer noch besorgt.

»Kümmer dich lieber um dich und darum, dass das mit Noah besser klappt«, antwortete sie und knetete nervös ihre Finger.

Eine Weile standen sie einander gegenüber, dann war es seine Exfrau, die das Schweigen brach. »Geh doch schon mal zu Oma und Opa, Schatz«, wandte sie sich lächelnd an Noah, der mit hängenden Schultern davontrottete. Sie sah Simon an, schüttelte den Kopf. »Du musst endlich deinen Scheiß geregelt bekommen. Kümmere dich um Noah, sprich mit ihm, sei für ihn da – als Vater und nicht als Kumpel. Freunde hat er genug!« Sie brach ab und einen Moment hatte Simon das Gefühl, sie würde jeden Augenblick in Tränen ausbrechen, doch dann hatte sie sich wieder im Griff. »Ich mach mich jetzt auf den Weg.«

»Habt einen schönen Tag«, wünschte er ihr.

»Einen schönen Tag? Ich will einfach nur noch ins Bett und mich ausruhen.«

Simon starrte sie an. »Ich dachte, ihr wollt wegfahren?«

Ihre Augen flatterten, sie wich seinem Blick aus. Dann hob sie die Schultern und seufzte. »Ach kümmer dich doch um deinen eigenen Mist!«

»Welche Laus ist der denn über die Leber gelaufen?«, murmelte Simon vor sich hin, als er zum Haus zurückging. Nachdem er die Haustür aufgestoßen hatte, sah er Noah auf der Treppe zum ersten Stock sitzen. Der Junge starrte noch finsterer vor sich hin als seine Mutter.

»Habt ihr euch gestritten? Ist was passiert?«

Noah hob die Schultern, sagte aber nichts.

Simon strich sich eine Strähne seines dunklen Haars aus der Stirn und ließ sich neben Noah auf die Treppenstufen fallen. »Was ist los, Noah?«

»Was schon …«

»He, Kumpel.« Er legte den Arm um die schmalen Schultern des Jungen. »Du kannst mir alles sagen. Deine Mutter war heute irgendwie anders als sonst oder bilde ich mir das ein? Muss ich mir Sorgen machen?«

Noahs Gesicht verdüsterte sich. »Die dreckige Fotze hat sie nicht mehr alle.«

»Wie bitte?« Simon zuckte zusammen, wich ein Stück von ihm ab, musterte ihn fassungslos. »Was hast du da eben gesagt?«

Noahs Gesichtsausdruck veränderte sich erneut. Jetzt sah er aus, als bräche er jeden Augenblick in Tränen aus.

»Warum sprichst du so über deine Mutter?«

Simon wusste, dass seine Stimme eiskalt und hart klang. Aber solche Worte durfte er dem Jungen nicht durchgehen lassen. Noah musste verstehen, dass er so nie wieder mit ihm reden durfte. Schon gar nicht über seine Mutter.

Wieder umfasste er seine Schultern, suchte seinen Blick. »Was ist los mit dir? Weißt du überhaupt, was es bedeutet, was du da eben von dir gegeben hast?«

Noah schüttelte den Kopf.

»Wieso sagst du es dann?«

Noah wich seinem Blick aus.

»Wer spricht so? Woher kennst du dieses Schimpfwort überhaupt?«

Nichts.

»Hast du das in der Schule aufgeschnappt?«

Noah Gesicht sah jetzt trotzig aus.

»Hast du diese Worte auch gegenüber deiner Mutter verwendet?«

Noahs Augen schwammen in Tränen.

»Du brichst ihr damit das Herz, ist dir das klar?«

Noah zuckte mit den Achseln.

»Ist dir das etwa egal?«

Schweigen.

»Bist du wütend auf deine Mama?«

Noah sah ihn an, nickte schließlich.

»Erklärst du mir auch, wieso? Warum bist du wütend? Liegt es daran, dass deine Mutter wieder geheiratet hat?«

Noah seufzte.

»Schatz, rede mit mir!«

»Deswegen bin ich nicht sauer.«

»Wieso dann? Liegt es an mir? Willst du nicht mehr zu mir kommen, weil ich immer so lange weg bin? Ist das der Grund?«

Sein Junge sah ihn erschrocken an, schüttelte heftig mit dem Kopf. »Du bist Polizist und musst deine Arbeit machen, das weiß ich doch.«

»Und warum bist du dann so wütend? Oma und Opa machen sich auch Sorgen. Du hättest keinen Appetit und auch in der Schule gäbe es Probleme. Was ist denn los? Hast du Kummer? Bedrückt dich etwas? Neulich wolltest du nicht mal, dass ich dein Zimmer betrete. Komm, Noah, rede mit mir. Bitte! Was ist los?«

»Das ist, weil ich so traurig bin«, druckste Noah herum und biss sich auf die Unterlippe. »Wegen Mami.«

»Was macht sie denn, das dich traurig macht?«

»Nichts. Eigentlich nichts. Aber das ist es ja. Sie redet kaum mit mir, will nicht mehr mit mir spielen. Und sie weint ganz oft. Ich hab Angst, dass ich was falsch mache, dass ich kein guter Junge bin und dass sie deshalb so oft weint. Und sie hat schon ein paar Mal vergessen, mich von der Schule abzuholen. Ich versuch doch, alles richtig zu machen. Ich will nicht, dass sie traurig ist.«

In Simon verkrampfte sich alles. Natürlich glaubte er seinem Sohn, doch keines seiner Worte ergab auch nur im entferntesten Sinn. Ein solches Verhalten passte einfach nicht zu Bienchen, die er nur als fürsorgliche Mutter kannte, die völlig vernarrt in ihren Jungen war.

So, wie Noah sie schilderte, war sie nicht.

»Wie lange geht das schon so?«, fragte er mit belegter Stimme.

Noah hob die Schultern. »Lange«, sagte er schließlich. »Vielleicht drei Monate.«

»Hast du schon mal etwas zu ihr gesagt deswegen?«

Noah nickte zaghaft.

»Und?«

»Sie hat mich angebrüllt, ist wütend geworden.«

»Aber warum denn, mein Kleiner? Liegt es an dem neuen Mann deiner Mutter? Streitest du dich mit ihm? Ist er nicht nett zu dir?« Er konnte nicht verhindern, dass seine Stimme jetzt wieder misstrauisch klang, wie immer, wenn es um IHN ging.

»Er ist okay«, murmelte Noah.

»Bist du sicher?«

»Ja«, schrie Noah ihn plötzlich an, sprang auf, boxte ihn mit der Faust in die Körpermitte.

»Was war das denn?« Erschrocken hielt er seinen Sohn fest, sah ihn kopfschüttelnd an. »Was geht nur in dir vor? Du schlägst nach mir, beleidigst deine Mutter … Was hast du denn?«

»Sie tut mir auch weh.« Noahs leise Stimme stand in vollkommenem Gegensatz zum zornigen Beben seines kleinen Körpers.

»Was heißt das, sie tut dir weh? Schlägt Mami dich etwa?« In Simons Kopf überschlugen sich die Gedanken.

Wieder führte er sich vor Augen, dass seine Exfrau immer die beste und liebevollste Mutter gewesen war, die ein Kind sich wünschen konnte. Und das war sie schon gewesen, bevor Noah geboren war. Sie war völlig vernarrt in dieses in ihr wachsende Leben gewesen, das sie angehimmelt und behütet hatte. Niemals würde sie ihm auch nur ein Haar krümmen, davon war er überzeugt.

»Geschlagen hat sie mich nicht«, gab Noah zu seiner grenzenlosen Erleichterungen zurück, sah ihn aber dennoch finster an. »Aber ich glaube, dass sie mich nicht mehr lieb hat.«

Simon riss entgeistert die Augen auf. »Wie kommst du denn auf diesen Blödsinn, Junge? Deine Mama würde für dich sterben, genau wie ich.«

Noahs Mund verzog sich, dann fing er an zu weinen. »Und wieso will sie mich dann loswerden?«, stieß er zwischen zwei Schluchzern hervor, sah ihn mit bebenden Schultern an.

»Loswerden? Was meinst du damit?«

Noah schluckte gegen die Tränen an, schniefte ein paar Mal. »Sie hat es selbst gesagt … noch heute Morgen.«

»Was genau hat sie gesagt?«

»Sie hat über dich gesprochen …«

»Was hat sie gesagt?«

»*Wenn dein Vater nicht so ein beschissener Idiot wäre, müsste ich nicht drüber nachdenken, dich in ein Internat zu stecken.*«

Simon schnappte nach Luft, sah seinen Sohn sprachlos an.

»Sie hat wirklich Internat gesagt?«, vergewisserte er sich, als er seine Fassung wiedererlangt hatte. »Und mich einen Idioten genannt?«

Noah nickte wimmernd.

Schnell zog Simon ihn in seine Arme, strich ihm sanft über den Rücken. Als das Schluchzen endlich verebbt war, schob er Noah eine Armlänge von sich weg, sah ihn ernst an. »Niemand schickt dich in ein gottverdammtes Internat, damit das klar ist! Das verspreche ich bei allem, was mir heilig ist.«

ZEHN
AUGSBURG
2016

Simon

»Alter, hab ich dir was getan oder wieso guckst du, als hätte man dir in deinen Salat gespuckt?« Jannes setzte sich neben Simon und nahm einen kräftigen Bissen von seiner Leberkäsesemmel. »Und seit wann stehst du auf Hasenfutter?«

»Mein Magen«, antwortete Simon und stocherte lustlos in seinem Salat herum. »Aber hey, lass du es dir schmecken.«

»Würde ich ja, wenn mein bester Kumpel nicht schon wieder den Trauerkloß gäbe. Was ist los mit dir? Und was war das am Samstag beim Spiel? Ich dachte echt, ich mach dir und Noah eine Freude mit den Karten, und dann redet ihr kaum miteinander.«

Simon ließ seine Gabel fallen, als habe er sich daran verbrannt. »Es ist momentan schwierig mit Noah. Ich weiß bald nicht mehr, wie ich mit ihm umgehen soll. Er ist …« Simon brach ab, schluckte angestrengt. »Ich weiß auch nicht, wie ich es erklären soll.« Er sah seinen Kumpel ernst an. »Du hast keine Kinder, noch nicht einmal eine Frau. Du weißt nicht, wie man sich fühlt, wenn es dem Nachwuchs beschissen geht.«

Jannes sah ihn besorgt an. »Ist Noah krank?«

»Einen Schnupfen könnte man heilen. Aber das ... er hat seine Mutter eine dreckige Fotze genannt.«

Jannes grunzte überrascht. »Wie bitte?«

Simon nickte. »Das war vor ungefähr zwei Wochen, an dem Tag, an dem meine Ex ihn zu mir brachte und mich so saublöd angemacht hat.«

»Was? Das passt doch überhaupt nicht zu ihr. Ihr wart doch auch nach der Trennung immer cool miteinander.«

Simon nickte schwer. »So hat sie sich nie aufgeführt, seit ich sie kenne. Und das mit Noah schafft mich wirklich. Irgendetwas stimmt mit dem Jungen nicht. Ich habe es wohl zunächst nicht wahrhaben wollen. Aber da läuft etwas verdammt schief.«

»Und wieso hat Noah seine Mutter derartig beleidigt?«

Simon fasste zusammen, was Noah ihm geantwortet hatte.

»Klingt nicht gut«, warf Jannes ein. »Hast du eine Erklärung?«

»Ich hab das Gefühl, dass es an diesem Vollpfosten liegt.«

»Am neuen Mann deiner Ex?«

Simon nickte.

»Sagtest du nicht, dass er ein Pfundskerl ist? Gebildet, stinkreich, beruflich ein Überflieger?«

»Schon«, gab Simon zu. »Das dachte ich anfangs. Bienchen wirkte so glücklich, als er um ihre Hand anhielt. Es schien, als habe sie das große Los gezogen.«

»Schien? Was hat sich verändert?«

Simon schnaubte. »Wenn ich das wüsste. Mit der Zeit kommen mir immer mehr Zweifel.«

Jannes sah ihn ernst an, legte seine Semmel beiseite, wischte sich die Finger an einer Serviette ab. »Kann es sein, dass in Wahrheit du es bist, der Probleme mit der neuen Ehe deiner Exfrau hat? Kurz nach eurer Scheidung hast du mir erzählt, dass du alles dafür geben würdest, sie zurückzubekommen. Du sagtest, du liebst sie noch immer.«

»Und was zur Hölle sollte das mit Noahs gestörtem Verhalten zu tun haben?«

Jannes hob die Brauen. »Eine ganze Menge, mein Freund. Denk mal scharf nach. Könnte es sein, dass Noah spürt, wie sehr du noch immer an seiner Mutter hängst?«

Simon schluckte. Hatte Jannes recht?

Sein Freund ließ ihm Zeit, bevor er weitersprach. »Das alles ist eigentlich logisch. Du bist sein Vater. Ist doch klar, dass er lieber dich an ihrer Seite sehen würde als den neuen Kerl. Du projizierst quasi deine negativen Gefühle auf den Kleinen und das, was deine Ex und du jetzt erlebt, könnten die Auswirkungen sein.«

Simon schloss die Augen, legte den Kopf in den Nacken.

Das schätzte er an Jannes. Er hatte es wirklich drauf, den Finger in die Wunde zu legen, Probleme zu analysieren und auf den Punkt zu bringen – so schmerzhaft dieser auch sein mochte.

Er öffnete die Augen wieder, nickte Jannes zu. »Möglich, dass du recht hast.« Er stöhnte. »Das mit Bienchen und mir hab ich gründlich vermasselt. Es war meine verdammte Schuld, dass sie abgehauen ist, weil sie es nicht mehr aushielt. Dabei ging es ja nicht nur um meine unmöglichen Arbeitszeiten.«

»Sondern?«

»Selbst wenn ich zu Hause war, musste sie mich teilen.«

»Ich versteh nicht ...«

»Ich war in Gedanken dann trotzdem hier. Sie hat es recht treffend formuliert: Das Zusammensein mit mir fühle sich an, als würden wir eine Ehe zu dritt führen – sie, ich und mein Job. Aber ich begreife nicht, was ihr Neuer da besser machen soll. Er arbeitet vermutlich mehr als ich und trägt in seinem Job eine noch höhere Verantwortung.«

»Was willst du damit sagen?«

»Möglicherweise ist es ja das, was ihr zusetzt. Sie begreift jetzt, dass sie vom Regen in die Traufe gekommen ist und dass es die perfekte Ehe nicht gibt.«

Jannes lachte auf. »Also jetzt sprechen dein Ego und die Eifersucht aus dir, Alter. Weißt du, was ich denke?«

Simon sah ihn gereizt an.

»Ich denke, dass es dir ganz recht wäre, wenn es zwischen den beiden nicht klappen würde. Gibs zu, du hoffst noch immer, dass sie zu dir zurückkommt. Deshalb suchst du buchstäblich nach Hinweisen und lauerst nur darauf, sie im richtigen Moment wieder aufzufangen.«

Simon runzelte die Stirn. »Hältst du mich für ein solches Arschloch? Das mit meiner Ex ist vorbei, nicht nur wegen ihres neuen Kerls.« Er stieß die Luft aus, suchte nach Worten. »Bienchen und ich harmonieren als Freunde besser, als wir es als Paar je taten. Ich mach mir einfach Sorgen.«

»Warum genau?«

»Neulich sah sie wirklich beschissen aus, wirkte traurig und müde, nur noch wie ein Schatten ihrer selbst.«

»Vielleicht hat sie nur mal schlecht geschlafen.«

»Nein, da steckt mehr dahinter. Soviel ich weiß, hat sie sogar ihren Job an den Nagel gehängt. Dabei hat sie es geliebt, zu unterrichten. Allein deswegen dürfte Noah in der Schule nicht so stark abfallen – seine Mutter ist Lehrerin, verdammt!«

»Das eigene Kind zu unterrichten, ist sicher nicht einfach.«

»Schon klar«, gab Simon zu. »Aber mir kommt es vor, als habe sie nicht die Kraft, sich für unser Kind einzusetzen. Du hast sie nicht gesehen. Als sie Noah das letzte Mal zu mir brachte, war es schon schlimm, doch als ich ihn zurückgebracht habe, sah sie aus wie eine wandelnde Leiche. Ich mach mir ernsthaft Sorgen.«

»Vielleicht hat sie sich was weggeholt? Es grassiert gerade wieder eine Grippewelle.«

»Kein Mensch baut durch eine Grippe so extrem ab.«

»Ich denke, dass es an eurer Familienkonstellation liegt. Die ist für euch alle schwierig. Noah wird vermutlich gegen den neuen Mann seiner Mutter offen rebellieren und die beiden haben damit zu kämpfen. Dein Part ist es jetzt, die Wogen zu glätten. Ich finde, das bist du ihr schuldig.«

Simon kratzte sich betreten hinterm Ohr, musterte seinen Freund. »Manchmal hasse ich dich, weißt du das?«

Jannes grinste bereit. »Weil ich so ein Schlaui bin?«

Simon boxte ihn spielerisch in die Seite. »Ganz genau! Sollen wir wieder?«

Jannes nickte, stand auf. Simon tat es ihm gleich, blieb aber zurück, als sein Handy in der Hosentasche klingelte. Er zog es hervor, sah eine unbekannte Nummer auf dem Display. Er wollte es schon wieder zurück in seine Tasche stecken, als ein ungutes Gefühl in beschlich.

Seufzend nahm er den Anruf an und blickte alarmiert zu Jannes, als er die aufgeregte Stimme seiner Exfrau hörte. Sie stammelte irgendwas von einem Gesicht, das stark angeschwollen sei.

»Ich versteh kein Wort, wenn du so schreist«, unterbrach er sie und presste das Handy noch fester an sein Ohr.

»Dein Sohn ... er ist im Krankenhaus«, stammelte sie.
»Es geht ihm sehr, sehr schlecht und ich weiß einfach nicht, warum. Du musst herkommen, sofort!«

Als Simon eine knappe Viertelstunde später im Aufzug der Uniklinik stand, kämpfte er gegen seine aufsteigende Panik an und beschwor den Aufzug, schneller zu fahren. Als die Türen endlich aufglitten, schoss er aus der Kabine, steuerte auf die Tür der Intensivstation zu, klingelte.

Eine Schwester kam auf ihn zu. Er stellte sich vor, fragte nach seiner Frau und seinem Sohn. Sie schien Bescheid zu wissen, bedeutet ihm, ihr zu folgen. Zwei stumme Stoßgebete später sah er seine Exfrau im Gang stehen. Er eilte auf sie zu, nahm sie stumm in die Arme, strich ihr sanft über den Rücken. »Alles wird gut«, stammelte er.

Verlegen wand sie sich aus seiner Umarmung, trat einen Schritt zurück, als wollte sie einen Sicherheitsabstand wahren.

»Was ist passiert?«, fragte er und hörte selbst, wie verängstigt er klang.

»Der Arzt meinte, es handelte sich um eine extreme allergische Reaktion.«

Simon riss die Augen auf. »Hat er etwa Nüsse gegessen?«

Sie schnappte nach Luft. »Natürlich nicht, Simon. Noah reagiert seit seinem zweiten Lebensjahr allergisch auf alle Arten von Nüssen. Das weiß ich doch.«

»Dann hast du nichts im Haus, was Nüsse enthält?«

Sie schüttelte den Kopf. »Darauf achte ich penibel.«

»Und wenn er sich selbst etwas von seinem Taschengeld gekauft hat? Süßigkeiten oder Chips beispielsweise?«

»Noah weiß, dass er das nicht essen darf. Ich hab ihn darauf sensibilisiert, damit genau so etwas niemals passiert.«

Simon hob die Brauen empor. »Und doch sind wir hier.«

Sie brach in Tränen aus, ging in die Hocke, wirkte vollkommen fertig.

Am liebsten hätte Simon sie gepackt und fest in seine Arme geschlossen, doch er wusste, dass sie es nicht noch einmal zulassen würde. Stattdessen stand er einfach nur da, sah hilflos zu, wie die Mutter seines Kindes vor seinen Augen zerbrach.

»Sie sind der Vater?«

Simon wirbelte herum, sah sich einem älteren Arzt gegenüber. Er reichte ihm die Hand. »Simon Fuhrmann. Ja, Noah ist mein Sohn.«

Seine Ex, die sich inzwischen beruhigt zu haben schien, richtete sich auf, sah den Mediziner aus rot geweinten Augen an. Ein Anblick, der Simon tief im Innern berührte.

»Wie geht es ihm inzwischen?«, fragte sie mit bangem Blick.

»Wir haben die Situation unter Kontrolle gebracht«, antwortete der Arzt. »Er atmet, die Schwellung geht langsam zurück.«

»Dann ist er nicht mehr in Lebensgefahr?«

Der Arzt lächelte schmallippig. »Er ist stabil.«

»Können wir zu ihm?«, fragte Simon.

Der Arzt nickte bedächtig, sah sie beide abwechselnd an. »Zuvor sollten wir aber darüber sprechen, wie es dazu hat kommen können.«

Simon nickte, blickte fragend zu seiner Ex und wunderte sich, wie verunsichert sie auf einmal wirkte.

»Okay«, stimmte sie zögernd zu.

»Der Auslöser für die Allergie waren definitiv Nüsse«, erklärte der Arzt.

»Aber das ist unmöglich«, stammelte sie und sah aus, als würde sie jeden Moment zusammenbrechen. »Das kann einfach nicht sein.«

»Leider doch«, antwortete der Arzt. »Ich habe mit Noah gesprochen und er hat mir versichert, dass er nur das gegessen hat, was Sie ihm gegeben haben.«

Simon zuckte zusammen, starrte sie mit großen Augen an. »Wie konnte das passieren? Hast du irgendein Fertigprodukt verwendet?«

Sie schüttelte schwach den Kopf, wirkte dabei wie betäubt.

»Aber wie ist es dann passiert? Du weißt doch, was Nüsse bei Noah auslösen können. Und wenn er nur gegessen hat, was du ihm gegeben hast …« Er brach ab, warf die Hände in die Luft. »Er hätte sterben können, verdammt!«

Seine Ex schien vor seinen Augen zu schrumpfen, war nur noch ein Häufchen Elend.

»Was ist passiert?«, ertönte hinter ihnen eine herrische Stimme. Simon wirbelte herum, sah sich seinem Nachfolger gegenüber.

Wie immer sah er aus wie aus dem Ei gepellt.

Herausgeputzt wie Barbies Ken, schoss es Simon mal wieder durch den Kopf. Der Typ erinnerte ihn selbst in diesem Moment an diese verdammte Plastikpuppe.

»Das ist mein Ehemann«, stellte seine Ex ihn dem Arzt vor. Dann stieß sie einen tiefen Seufzer aus. »Noah ist hier. Er hat irgendeine Speise mit Nüssen gegessen.«

»Du meine Güte«, stieß der Kerl aus.

Bei Simon stellten sich die Nackenhaare auf. Er

starrte Bienchens Neuen an, als ihm bewusst wurde, dass Jannes recht hatte. Er hasste diesen Typen aus tiefster Seele. Ihm wurde speiübel.

War am Ende wirklich alles seine Schuld?

Benahm Noah sich seinetwegen so merkwürdig?

Und ging es seiner Ex deswegen so mies?

Hatte sein Sohn am Ende selbst dafür gesorgt, hier zu landen? Hatte er Nüsse gegessen und gehofft, dass seine Eltern auf diese Weise wieder zueinanderfinden würden?

Hatte er Noah die falschen Signale gesendet?

Sein Blick blieb auf dem neuen Ehemann seiner Ex haften, als würde er in ihm die Quelle allen Übels suchen. Warum spielte sich dieser Ken-Verschnitt eigentlich dermaßen auf?

Simon versuchte, in seinen viel zu glatten Zügen zu lesen. Dann sah er zu seiner Ex, die sich vor ihm noch kleiner machte.

»Ich weiß es nicht«, stammelte sie kraftlos. »Ich hab wirklich nicht die geringste Ahnung.«

Simon beobachtete, wie Ken sie an sich zog, ihr einen Moment tief in die Augen sah. »Alles wird gut«, sagte er wieder und wieder, strich ihr währenddessen beruhigend über den Rücken.

Simon kam sich vor wie im falschen Film, mit Schauspielern, die ihre Rolle zu mies spielten. Während dieser Ken sie fest an sich drückte, schien es Simon, als würde sie sich unter dessen Zärtlichkeiten winden.

Als ihr Blick auf Simon traf, schnappte er lautlos nach Luft. Ihre Augen … Er erkannte sein Bienchen nicht wieder. Niemals zuvor hatte er eine solche Dunkelheit darin gesehen.

ELF
AUGSBURG

2016

Simon

»Simon, hast du endlich mit Noah darüber gesprochen?«
Seine Mutter schaute ihn besorgt an.

»Noch nicht, und ich weiß auch ehrlich nicht, ob ich
das tun sollte.«

»Wieso nicht?«

Er hob hilflos die Schultern. »Soll ich meinem Sohn
ins Gesicht sagen, was ich wirklich glaube? Dass ich
befürchte, er habe mit diesen verdammten Nüssen selbst
sein Leben in Gefahr gebracht? Wie soll er mir jemals
wieder vertrauen können, wenn ich ihm so etwas
zutraue?«

»Glaubst du das? Denkst du, dass Noah diese Nüsse
absichtlich gegessen hat?«

Simon rauft sich verzweifelt die Haare. »Alles
andere ergibt keinen Sinn. Bienchen weiß schließlich,
was passiert, wenn Noah Nüsse isst. Sie würde ihn
niemals in Gefahr bringen. Und ansonsten ist da
niemand, der …«

Simon brach ab, starrte seine Mutter mit weit aufgerissenen Augen an. »Aber dieses Arschgesicht könnte es gewesen sein.«

Seine Mutter verzog das Gesicht. »Benimm dich nicht wie ein neidisches Kind! Versau dem Jungen das nicht. Wie soll Noah diesen Mann jemals als seinen Stiefvater respektieren, wenn du ihm bewusst oder unbewusst so etwas signalisierst? Glaub mir, Kinder bemerken solche Schwingungen.«

Simon stieß die Luft aus.

Reagierte er über?

Tat er Ken unrecht, wenn er ihn verdächtigte?

Du bist Bulle!

Betrachte die Sache mal aus beruflicher Perspektive!

Er verdrängte die Stimme seiner Vernunft, sah seine Mutter an, die ihn noch immer musterte.

»Du denkst nicht wirklich, dass es der neue Mann gewesen ist, oder?«, fragte sie ihn.

Er hielt ihrem Blick stand, während es weiter in ihm brodelte. »Ehrlich gesagt weiß ich nicht, was ich denken soll«, gab er zu. »Aber Fakt ist, dass es durchaus möglich ist. Vielleicht war es ja ein Versehen?«

»Wieso sollte sein Stiefvater Nüsse in das fertig gekochte Essen geben? Versehentlich kann so etwas kaum passieren.«

Simon hob die Schultern. »Bienchens Essen … na ja … Sie ist zwar eine gute Köchin, aber ihre Experimente sind nicht jedermanns Geschmack. Vielleicht hat er sich nichts dabei gedacht, wollte das Zeug nur verfeinern und hat etwas hinzugefügt, in dem Nussextrakt enthalten war.«

»Warum sollten sie so etwas im Haus haben?«

»Ich weiß es doch auch nicht!«, schnauzte Simon und schämte sich im gleichen Moment über seinen harschen Ton. Heftig ein- und ausatmend, versuchte er runterzukommen und erinnerte sich wieder daran, wie seltsam und abweisend seine Exfrau auf die liebevolle Geste ihres Ehemannes reagiert hatte. War da mehr dran? Oder war das nur wieder mal sein eigenes Wunschdenken?

Lag es vielleicht daran, dass sie sich vor ihm geschämt hatte, dass Noah so etwas passiert war?

»Ich geh jetzt nach oben«, sagte er schließlich völlig überfordert. Er musste nachdenken, alleine.

Seine Mutter sah ihn traurig an. »Ist in Ordnung, mein Junge. Das alles ist auch für dich nicht leicht.«

Er nickte, fühlte sich mies. »Tut mir leid, ich wollte dich nicht anschnauzen«, entschuldigte er sich und küsste sie auf die Wange. »Mach dir keine Sorgen um deinen Enkel, ja? Es geht ihm gut. Morgen kann er sogar wieder zur Schule gehen. Und wenn er das nächste Mal hier ist, dann rede ich mit ihm, versprochen!«

Endlich allein fand Simon immer noch keine Ruhe. Er tigerte von Zimmer zu Zimmer, musste gegen den inneren Drang ankämpfen, Noahs Mutter anzurufen und ihr all die Fragen zu stellen, die in seinem Kopf herumgeisterten.

Ob sie es für möglich hielt, dass ihr Mann für die Nüsse im Essen verantwortlich war?

Er griff schon nach dem Handy in seiner Tasche, ließ es aber dann doch stecken. Besser, er ließ die Sache vorerst auf sich beruhen. Noah ging es wieder gut, das war die Hauptsache. Vielleicht war alles wirklich nur ein dummes Versehen gewesen.

Aber um das Gespräch mit Noah kam er nicht herum. Er musste dringend mit ihm reden, wenn er das nächste Mal bei ihm war. Nicht dass der Kleine sich aus falscher Hoffnung heraus selbst in Gefahr brachte.

Er nahm sich ein Bier aus dem Kühlschrank, wollte sich aufs Sofa setzen und ein Spiel ansehen. Aber er schaffte es nicht, abzuschalten. Seine Gedanken kreisten permanent um seine Exfrau.

Ihr Blick …

Augenblicklich verkrampfte sich Simons Magen. Bittere Galle schoss in seinen Mund und selbst das Bier, mit dem er den Geschmack hinunterspülen wollte, schmeckte scheußlich.

Wieder sah er ihren Blick vor seinem geistigen Auge. Den Blick, den sie ihm zugeworfen hatte, als Ken sie so fest an sich gedrückt hatte. Er atmete scharf aus, als ihm bewusst wurde, dass er sich geirrt hatte. Als Polizist musste er oft in der Mimik anderer lesen. Und dennoch hatte er bei Bienchen falsch gelegen. Der Ausdruck in ihren Augen war nicht düster gewesen.

Mit geschlossenen Augen visualisierte er die Szene ein weiteres Mal wie einen Film in Zeitlupe.

Sie hatte ihn angesehen!

Ihn, Simon! Ihren Ex.

Nicht ihren Ehemann.

Dazu ihre angespannte Körperhaltung …

Irgendwie hatte sie auf ihn gewirkt, als wollte sie ihm etwas mitteilen …

Ihn auf etwas aufmerksam machen.

Ihr Blick …

Irgendetwas hatte ihn erschreckt.

Er hatte beinahe flehend ausgesehen.

Das war es! Und noch etwas anders.

Ihre Pupillen! Sie waren vergrößert gewesen. Ekel? Angst? Panik? Ja, er hatte die blanke Panik in ihren Augen gesehen.

Ist doch logisch, flüsterte der pragmatische Teil in ihm. *Euer Sohn wäre fast gestorben …*

Simon legte den Kopf in den Nacken, konzentrierte sich.

Nein, verdammt!

Sie hatte ihn so angesehen, nachdem längst feststand, dass keine Lebensgefahr mehr für Noah bestand. Diese extreme Panik in ihren Augen ergab in diesem Moment keinen Sinn.

Ken ...

Irgendwas war mit ihm.

Wieder ließ er auch den Verlauf ihrer Trennung und ihres neuen Umgangs als getrenntes Paar Revue passieren. Selbst nach der Trennung waren sie weiter Freunde geblieben, die sich mochten und einander vertrauten.

Wann war das abgekühlt? Seit wann wollte sie kaum noch mit ihm telefonieren, ging ihm aus dem Weg, zeigte kein Interesse mehr an seinem Leben?

Weil ihr kein Paar mehr seid!

Blödsinn, das ist es nicht!, widersprach er sich selbst.

Wieder sah er den neuen Mann an ihrer Seite vor sich, dem er heimlich den Spitznamen einer Plastikpuppe gegeben hatte, und versuchte, sich in dessen Position zu versetzten.

Wie würdest du dich fühlen, wenn deine Frau nach wie vor so viel mit ihrem Exmann zusammen herumhängt?

Nicht gut!, gestand er ihm zu. Und dennoch würde sich eins nie ändern. Wir haben ein Kind zusammen, die beiden nicht.

Hatten seine Ex und ihr Mann deswegen Streit gehabt?

War sie deswegen so merkwürdig drauf? Weil sie nicht wusste, wie sie mit der schwierigen Situation umgehen sollte? Unbewusst schüttelte er den Kopf. Seine Exfrau hatte nicht verunsichert oder unter Druck gesetzt ausgesehen, sondern panisch, kam er zu dem gleichen

Schluss wie vorhin. Und das ergab selbst in diesem Kontext keinen Sinn.

Er setzte sich an seinen Schreibtisch, klappte seinen Laptop auf, schaltete ihn ein, ging online.

Anschließend gab er Kens richtigen Namen in die Suchleiste, drückte auf den Button. Doch außer dem, was er bereits über seinen Nachfolger wusste, spuckte das Netz nichts aus.

»Scheiße«, stieß er aus, stand auf, ging in den Gang hinaus und riss seinen Autoschlüssel vom Brett.

»Wo willst du hin?«, fragte seine Mutter, als er ihr unten im Flur in die Arme lief.

»Muss noch mal ins Präsidium.«

Sie runzelte die Stirn. »Du hast Feierabend. Es ist fast zehn Uhr.«

Er grinste milde, küsste seine Mutter auf die Wange. »Du kennst das doch von mir. Mach dir keine Sorgen, ich hab nur etwas vergessen.«

ZWÖLF
AUGSBURG

2016

Simon

»Das glaub ich jetzt nicht! Hast du etwa die Nacht hier verbracht?«

Jannes' Stimme riss Simon aus einem unruhigen Schlaf. Er richtete sich in seinem Bürostuhl auf, stöhnte, weil sein Rücken sich anfühlte, als sei ihm über Nacht ein Buckel gewachsen. Er streckte sich, zuckte bei dem Knacksen seiner Wirbelsäule zusammen.

»Im Ernst, seit wann bist du schon hier?«, fragte Jannes.

Simon unterdrückte ein Gähnen, lehnte sich in seinem Stuhl zurück. »Ungefähr seit elf gestern Abend.«

Jannes starrte ihn kopfschüttelnd an. »Hat dich deine Mutter vor die Tür gesetzt?«

Simon verneinte und rieb sich die brennen Augen. »Es geht um Noah, ich hätte zu Hause eh kein Auge zugemacht.«

»Wie gehts ihm denn inzwischen?«

»Besser«, antwortete Simon. »Es war seine Allergie. Jemand hat Nüsse ins Essen getan.«

»Jemand?«

Simon nickte. »Deswegen bin ich hier. Die Scheiße hat mir keine Ruhe gelassen. Ich bin hergekommen, weil ich in Ruhe nachdenken wollte, und hab das Intranet durchforstet.«

»Wonach suchst du?«

»Nach Antworten.« Simon seufzte. »Meine Ex kann es nicht gewesen sein. Egal wie fertig sie momentan auch sein mag, sie weiß, dass Noah sterben könnte, wenn er Nüsse isst. Das würde sie niemals riskieren.«

»Und Noah selbst?«

»Das hab ich in Erwägung gezogen, wirklich, doch auch das passt für mich nicht. Noah ist ein Schisser. Kein draufgängerisches Kind, das mit dem Kopf durch die Wand muss, sondern vorsichtig und stets besonnen. Er klettert nicht, vergisst niemals seinen Helm beim Radfahren, geht kein unnötiges Risiko ein. So ist er schon von klein auf gewesen, das liegt in seiner Natur. Warum sollte ein Kind, das so umsichtig ist, sein Leben aufs Spiel setzen?«

»Mmh, wer zur Hölle hat denn gesagt, dass er es selbst war?«

»So direkt keiner, aber es stand plötzlich im Raum.«

»Und was denkst du?«

»Ich glaube, dass der beschissene Vollidiot ihm die Nüsse untergejubelt hat.«

»Der neue Mann deiner Ex?«

Simon nickte. »Nur das ergibt einen Sinn.«

Jannes starrte ihn perplex an. »Hörst du dir eigentlich selbst zu? Du beschuldigst deinen Nachfolger, dein Kind in Gefahr gebracht zu haben. Und das mit voller Absicht. Der Typ weiß doch auch, dass Noah allergisch auf Nüsse reagiert.«

»Sicher weiß er das.«

»Und wieso sollte er so etwas tun?«

Simon hob die Schultern. »Warum ist meine Ex so seltsam drauf in letzter Zeit? Wieso will sie Noah ins Internat abschieben? Wieso, weshalb, warum – ich hab keine verfickte Ahnung. Ich weiß nur, dass alles aus dem Ruder läuft, seit sie diesen Wichser geheiratet hat.«

»Schon wieder!«, stöhnte Jannes. »Hatten wir das nicht neulich schon? Ich wiederhole: Anfangs fandest du ihn cool, hast erzählt, wie liebevoll er sich um Noah kümmert. Der perfekte Stiefvater. Was hat sich verändert?«

Simon nickte verbissen. »Ich hab mir das wohl eingeredet, vielleicht auch gewünscht für den Jungen. Aber in Wahrheit weiß ich verflucht wenig über den Kerl.«

»Fass doch mal zusammen, was du hast.«

»Ich weiß, was er beruflich macht und dass er aus Nürnberg stammt. Meine Ex hat mir vor einigen Monaten erzählt, dass er seit Jahren keinen Kontakt zu seinen Eltern hat, aber warum wusste sie auch nicht. Er redet wohl nie über früher, lässt niemanden wirklich an sich heran.«

»Weißt du das auch von deiner Ex?«

»Nur zum Teil. Es ist mir rückblickend selbst klar geworden. Wir haben uns ja ab und zu gesehen, aber da kam nie etwas Persönliches von ihm. Nie auch nur eine Erwähnung über seine Herkunft und Vergangenheit. Findest du das nicht seltsam?«

»Mach mal halblang, Simon. Hast du ihm etwa viel von dir erzählt? Du bist der Exmann seiner Frau.«

»Ja, das hab ich mir auch gesagt und mich die halbe Nacht lang gefragt, was genau mich so verdammt misstrauisch macht, und die Antwort ist, dass er auf mich wirkt wie ein Schauspieler, der seine Rolle vom Vorzeige-Ehemann hervorragend spielt. Zu perfekt, um echt zu sein.«

Jannes lachte. »Und das nur, weil er keinen Kontakt

zu seinen Eltern hat? Ich hab meine Mutter auch schon seit zwei Jahren nicht besucht, weil sie eine narzisstische Bitch ist. Nicht jeder hat so perfekte Eltern wie du, mein Freund.«

Simon schnaubte. »Ich weiß selbst, wie seltsam das klingt. Aber ich hab einfach ein verflucht mieses Gefühl. Mit dem Kerl stimmt etwas nicht und ich werde herausfinden, was das ist.«

»Wie willst du das anstellen?«

Simon grinste. »Ich hab etwas gefunden. Nicht über ihn selbst, aber über seine Familie, die er so geschickt vor uns allen verbirgt. Vor zweiundzwanzig Jahren hat es in Nürnberg einen Jagdunfall gegeben, in den sein Vater involviert war. Er wurde erschossen und bis heute weiß keiner, wer das gewesen ist.«

Jannes starrte ihn an. »Der Vater deines Nachfolgers wurde ermordet?«

Simon hob die Schultern. »Die Kollegen in Nürnberg sind nie von Mord ausgegangen. In den Akten heißt es, der Mann sei auf der Jagd erschossen worden. Wahrscheinlich von einem anderen Jäger oder von Wilderern. Das Ganze wurde als Unfall deklariert.«

»Du sagtest eben, man wisse bis heute nicht, wer das war?«

»Genau!«

Jannes strich sich übers Kinn. »Lass mich raten, du vermutest, dass es kein Unfall war und dass sein Sohn damit zu tun haben könnte?«

Simon hob die Schultern. »Möglich wäre es. Das würde erklären, warum er bis heute keinen Kontakt mehr zu seiner Mutter hat. Vielleicht ging der Kontaktabbruch auch von ihr aus. Vielleicht ahnt oder weiß sie, dass er der Todesschütze war.«

»Du glaubst tatsächlich, dass der neue Ehemann

deiner Exfrau seinen eigenen Vater erschossen hat? Warum sollte er so etwas Kaltblütiges tun?«

»Das will ich herausfinden.«

»Wie?« Jannes starrte ihn ungläubig an. »Moment mal, du willst doch nicht etwa nach Nürnberg fahren und mit der Mutter reden?«

Simon grinste.

»Das kannst du nicht machen. Wenn das rauskommt, bist du am Arsch. Du kriegst Ärger mit dem Boss, ganz davon zu schweigen, wie es deine Ex finden wird, wenn du ihrem Macker hinterherspionierst.«

Simon nickte verbissen. »Das Risiko gehe ich gerne ein. Ich muss einfach wissen, wer der Kerl ist, der mit meinem Jungen unter einem Dach lebt. Ich hab sonst keine einzige ruhige Minute mehr.«

Simon fühlte sich wie erschlagen, als er aus seinem Wagen stieg. Jeder einzelne Knochen schmerzte, in seinem Kopf tobte ein Presslufthammerkonzert. Stöhnend streckte er seinen Rücken durch, ignorierte den Schmerz, der von seinem Nacken die Wirbelsäule hinunterschoss, und atmete tief ein. Dann fummelte er ein Päckchen Aspirin aus der Hosentasche, riss es auf, ließ das Pulver auf seine Zunge rieseln, schluckte es trocken hinunter.

Er verharrte bei geöffneter Tür im Wagen, ließ sich Zeit, das Haus auf der anderen Straßenseite zu betrachten. Der Anblick überraschte ihn. Vor ihm erstreckte sich ein imposantes Gebäude, das mehr einer Villa als einem gewöhnlichen Haus glich. Die Fassade war maisgelb gestrichen, die Fensterläden strahlend weiß und der sichtbare Teil des Gartens glich einer kunstvoll angelegten Parklandschaft.

Er schlug die Autotür zu, verriegelte den Wagen, ging auf das geschmiedete Eisentor zu, drückte auf den Klingelknopf, trat einen Schritt zurück und wartete.

Nichts.

Er legte den Kopf in den Nacken, versuchte es anschließend erneut, schickte ein stummes Stoßgebet zum Himmel. Die Vorstellung, drei Stunden vergeudet zu haben, um jetzt vor verschlossenen Türen zu stehen, ließ seinen Magen verkrampfen. Was jetzt?

Aufgeben?

Nein, es musste einfach jemand zu Hause sein. Wieder klingelte er, wartete.

Als ein leises Rauschen ertönte, zuckte er zusammen.

»Was wollen Sie?«, fragte eine weibliche Stimme, die laut und blechern aus der Gegensprechanlage ertönte.

»Mein Name ist Simon Fuhrmann. Ich bin von der Kriminalpolizei.« Er zog sein Portemonnaie hervor, klappte es auf, griff nach seinem Dienstausweis.

»Können Sie sich ausweisen?«

»Selbstverständlich.«

Ein Seufzen. »Um was geht es denn? Ist etwas mit meinem Jungen?«

Simon räusperte sich. »Nein, es geht um den Unfall Ihres Ehegatten. Da wir den Fall neu aufrollen, habe ich ein paar Fragen an Sie.«

Ein Surren erklang, dann öffnete sich langsam und quietschend das Tor.

Simon betrat das Grundstück, marschierte zielstrebig auf die Haustür zu, als eine gepflegte ältere Dame ihm auf dem Kiesweg entgegenkam. Sie sah ihrem Sohn kein bisschen ähnlich. War das etwa die Mutter? Wenn ja, kam der Neue seiner Ex wohl eher nach seinem toten Vater.

»Ihren Ausweis?«, verlangte sie und streckte eine perfekt manikürte Hand aus.

Er hielt ihn ihr hin und hoffte, dass sie seinen Bluff nicht gleich aufdeckte, indem sie auf den Ausstellungsort sah. Sein Partner Jannes hatte recht, seine Gründe, hier herumzuschnüffeln, waren rein privater Natur. Sollte das herauskommen, könnte ihm das ganz schön Probleme bereiten.

Seine Sorge war unbegründet. »In Ordnung, Herr Fuhrmann«, sagte sie und lächelte ihn an. »Heute ist wunderbares Wetter. Wollen wir uns nicht draußen hinsetzen und miteinander reden?«

Simon nickte freundlich und musterte sie unauffällig. Ihr platinblondes Haare war zu einem Bob geschnitten, die Seiten sehr kurz rasiert, was ihr einen frechen jugendlichen Touch verlieh. Zu einer schlichten weißen Hose trug sie eine gleichfarbige Seidenbluse, die ihrer schlanken Figur schmeichelte. Eine Modelfigur, mit der sie in jedem Modemagazin noch Furore machen würde, obwohl sie doch schon älter sein musste, wie er hastig überschlug, als sie vor ihm her auf die Terrasse hinter dem Haus zuging.

Der sich ihm bietende Anblick, war nicht weniger spektakulär. *Eine Millioneneurovilla!*, schoss es ihm durch den Kopf, als er den Blick vom Haus zum Grundstück schweifen ließ. Was er vor sich sah, übertrumpfte selbst die Traumgärten, die er sich früher mit Bienchen in Zeitschriften angesehen hatte, wenn sie Pläne schmiedeten. Perfekt zurechtgestutzte Buchsbäumchen in edlen Kübeln, mannshohe Gräser, die sich sanft im Wind wiegten, ein Gartenteich, der sich perfekt in die Landschaft einfügte. Doch die Krönung des Ganzen war der in den Terrassenboden eingelassene riesige Whirlpool neben einer Lounge-Ecke.

»Kommen Sie«, winkte ihn die Hausherrin freundlich zu den Sofas und Sesseln.

Simon schluckte bei all dem Luxus. Seine Ex hatte ihm ja erzählt, dass ihr Neuer aus gutem Hause stammte. Doch niemals hätte er gedacht, dass er aus einer Familie kam, die derartig im Geld zu schwimmen schien.

»Wollen wir uns setzen?«, lud die Frau ihn lächelnd ein, indem sie auf zwei einander gegenüberstehende Sessel wies. »Und nennen Sie mich bitte Christine, ja?«

»In Ordnung, Christine. Meinen Namen kennen Sie, ich bin Simon.« Er blickte sich immer noch staunend um, bevor er sie wieder ansah. »Wunderschön haben Sie es hier. Leben Sie alleine?«

Sie lachte auf. »Nein. Ich lebe hier mit meinem Lebensgefährten Steve. Er ist momentan beim Golfen.«

Simons Blick fiel erst jetzt auf Wasserbälle und aufblasbare Kinderspielsachen, die auf der Wasseroberfläche schwammen. »Oh, ich hoffe, ich habe Sie nicht beim Herumtollen mit Ihren Enkelkindern gestört?«

»Ich habe keine Enkelkinder«, kam es verblüfft zurück.

Christine folgte seinem Blick, lachte dann amüsiert. »Ach das! Die Poolspielsachen gehören Steves Kindern. Sie verbringen ihre Ferien bei uns.«

»Oh«, stieß Simon überrascht aus und versuchte, unauffällig Christines Alter zu schätzen.

»Ich werde nächstes Jahr siebzig«, erklärte sie, als könne sie seine Gedanken lesen, und schmunzelte, als ihm die Worte wegblieben. »Sicher fragen Sie sich, wie eine fast Siebzigjährige zu einem Mann kommt, dessen Kinder noch mit Aufblasenten spielen.«

»Ach was, entschuldigen Sie ...«

»Schon gut«, unterbrach Christine ihn bestens gelaunt. »Ich kenn all die Vorurteile und hab gelernt, damit umzugehen.« Sie zwinkerte ihm zu. »Steve ist

Ende fünfzig, also nur knapp zehn Jahre jünger als ich. Er war dreiundfünfzig, als sein jüngstes Mädchen zur Welt kam. Knapp ein Jahr später ging seine Ehe in die Brüche. So etwas passiert recht oft, wenn Männer Frauen heiraten, die ihre Töchter sein könnten.«

Simon konnte sich nun selbst das Schmunzeln nicht länger verkneifen.

Christine musterte ihn, dann legte sie den Kopf in den Nacken, lachte. »Und ich kann Ihre Gedanken lesen, darf ich?«

»Bitte sehr«, entgegnete Simon und fiel in ihr Lachen ein.

»Na gut, der Grund Ihres Besuchs ist der Unfalltod meines ersten Mannes, das sagten Sie doch, richtig?«

»Ja, deshalb bin ich hier.«

»Tja, Sie glaubten wohl, auf eine Frau zu treffen, die nach dem mysteriösen Unfalltod ihres Mannes sein ganzes Geld erbt und es mit ihrem jugendlichen Liebhaber verprasst. Tut mir leid, dass ich Ihre klischeehafte Sichtweise zunichtegemacht habe.«

Simon hob beschwichtigend die Hände. »Ich würde mir niemals anmaßen, ein Urteil über jemanden zu fällen, den ich erst einmal gesehen habe.«

»Dann sind Sie einer von sehr wenigen Menschen auf dem Planeten.«

Simon sah sie an, verkniff sich eine Bemerkung, weil er spürte, dass sie noch etwas sagen wollte.

»Sehen Sie, ich kenn die Menschen und weiß, was sie reden. Seit dem Tod meines Mannes nennen mich die Leute hier die Schwarze Witwe. Diese Idioten denken wirklich, ich wüsste das nicht. Sie lächeln mir ins Gesicht, während sie sich hinter meinem Rücken ihre Mäuler zerreißen.«

»Das tut mir sehr leid«, sagte Simon und meinte es auch so. Diese jung gebliebene Frau faszinierte und verblüffte ihn gleichermaßen. Es fiel ihm schwer, sie sich als die Mutter des Mannes seiner Ex vorzustellen.

Er hatte eine humorlose, verbitterte alte Schachtel erwartet. Doch Christine strahlte geradezu vor Lebenslust. Simon konnte sich vorstellen, dass sie durchaus auch auf jüngere Männer anziehend wirkte.

Christine winkte ab. »Vergessen wir die Lästermäuler und kommen wir zu Ihrem Anliegen. Sie wollen also den Fall um Manfreds Tod wieder aufrollen?«

Simon lehnte sich zurück, nickte.

»Oh mein Gott, bitte entschuldigen Sie meine Unhöflichkeit. Darf ich Ihnen etwas zu trinken anbieten?«

»Machen Sie sich keine Umstände«, gab er zurück.

Sie schüttelte vehement den Kopf, sprang auf. »Ach was, ich brauch auch eine Erfrischung. Was möchten Sie? Kaffee? Tee? Was Kaltes oder doch lieber etwas Alkoholisches?«

»Ich muss noch fahren«, erklärte er. »Aber ein Kaffee wäre wunderbar.«

Minuten später stellte Christine eine verlockend duftende Tasse Kaffee vor ihm ab, einen Teller mit Keksen daneben. Schließlich stellte sie noch eine edel aussehende Karaffe mit einer rötlichen Flüssigkeit auf den Tisch, zum Schluss zwei Gläser. Sie goss in eines davon etwas von dem Zeug aus der Karaffe, hob das Glas ein wenig hoch. »Das ist ein sehr edler Port. Nur für den Fall, dass Sie es sich doch noch anders überlegen.« Sie nippte an ihrem Glas, grinste schelmisch. »Ich hoffe, Sie verurteilen mich nicht, weil ich bereits kurz nach dem Mittag zu harten Sachen greife. Ich habe kein Alkoholproblem, finde aber, dass gewisse Situationen im Leben einen Drink vertragen könnten.«

Simon nickte verständnisvoll. »Der Tod Ihres Ehemannes ... Er setzt Ihnen noch immer zu?«

Sie stieß ein Seufzen aus, trank ihr Glas in nur einem Zug leer, goss sich erneut etwas von dem Port ein. Dann sah sie ihn ernst an. »Ehrlich gesagt, nein. Sein Tod hat mir noch nie zugesetzt.«

Simon musterte sie erstaunt.

»Sehen Sie, mein Ehemann war ein außergewöhnlich guter Arzt. Onkologe und Chirurg, um genau zu sein. Er hat unzählige Leben gerettet. Selbst in scheinbar aussichtslosen Fällen hat er wahre Wunder verbracht. Doch ansonsten ...« Sie schluckte schwer, nippte erneut an ihrem Port. »Er war ein wirklich sehr schlechter Mensch und ein noch mieserer Ehemann.«

»Was heißt das?«

»Dass ich nicht getrauert habe«, gab sie schulterzuckend zu.

Simon starrte die Frau weiterhin verdutzt an. »Ich hab die Akte von damals gelesen. Das, was meine Kollegen über Sie und die familiäre Konstellation zusammengetragen haben, und ich hatte irgendwie den Eindruck ...«

»Lassen Sie mich das näher erläutern«, unterbrach sie ihn. »Manfreds Tod war natürlich ein Schock für mich. Und auch für unseren Sohn. Aber ich habe nicht wie um eine Liebe geweint oder groß getrauert. Geschockt haben mich lediglich die Umstände seines Todes. Die haben mir sogar wirklich Angst gemacht.«

»Hegen Sie Zweifel an der Unfallthese?«

»Ich will es mal so ausdrücken«, begann sie, mit dem Glas in ihren Händen spielend »es gab einige Menschen, die meinen Mann nicht besonders mochten. Doch die Vorstellung, dass er einen von denen dermaßen verärgert hatte, dass er zu einem solch drastischen Schritt fähig war, schockierte mich und das tut es bis heute. Vor allem, da diese Person noch immer auf freiem Fuß ist.«

In Simons Kopf wirbelten die Gedanken umher.

»Natürlich verdächtigten Ihre Kollegen auch mich und meinen Jungen. Doch keinem von uns beiden konnte etwas nachgewiesen werden.« Christine sah ihn ernst an. »Sind Sie deswegen hergekommen? Weil Sie glauben, dass ich es gewesen sein könnte?«

»Hatten Sie denn ein Motiv?«

Christine lächelte ihn offen an. »Mehrere sogar. Manfred war steinreich und sein gesamtes Vermögen ging nach seinem Tod an mich. Er hat mich betrogen, mich gedemütigt und war sogar gewalttätig mir und meinem Jungen gegenüber. Ich hätte gute Gründe gehabt, ihn umzubringen, doch ich muss Sie enttäuschen. Ich war es nicht. Ich kann nicht mal mit einer Waffe umgehen. Und wie Sie wissen, wurde Manfred am Kopf getroffen. Wer auch immer das war, muss sehr treffsicher gewesen sein. Genau das ist auch der Grund, warum ich nicht an einen Unfall glaube. Meinem Mann wurde buchstäblich das Gehirn aus dem Schädel geschossen. Wie kann man da an einen Unfall denken?«

Simon nickte nachdenklich. »Und Ihr Sohn? Wie hat er damals reagiert?«

»Er war zu der Zeit in Erlangen an der Uni, hat studiert. Für den Tatzeitpunkt hatte er ein Alibi … Er war mit einem Mädchen zusammen.«

Simon nickte. »Das habe ich gelesen. Ging ihm der Tod seines Vaters nahe?«

Christine nickte, sah jetzt traurig aus. »Kinder sind anders als wir Erwachsenen. Sie verzeihen so viel …«

»Sie sagten eben, Ihr Mann sei gewalttätig gewesen.«

»Ja, das war er! Und er hatte nie etwas für unseren Jungen übrig. Dennoch vergötterte der Kleine ihn, eiferte ihm nach, wollte sein wie er. Und nach seinem Tod ... tja ... mein Junge fiel nach der Beerdigung in ein tiefes Loch, zog sich mehr und mehr von mir zurück und irgendwann hörte ich gar nichts mehr von ihm.«

»Und heute?«

Christine schüttelte den Kopf. »Ich weiß nur, dass er in Augsburg lebt und in München arbeitet. Er will mich nicht sehen, nicht mit mir reden – keine Ahnung, warum. Vielleicht ist alles noch immer zu schmerzhaft für ihn.«

Simon überlegte fieberhaft. Was Christine ihm schilderte, stand im krassen Gegensatz zu seiner Vermutung, und doch glaubte er ihr. Natürlich war es möglich, dass sie log, aber dann machte sie ihre Sache verdammt gut.

»Hatten Sie damals eine Vermutung hinsichtlich des Täters oder des Tathintergrundes?«

Christine nickte langsam. »Allerdings. Ich denke, dass es einer der Ehemänner war, dessen Frauen Manfred flach gelegt hatte. Das waren viele und es würde mich nicht wundern, wenn da draußen einige uneheliche Kinder von ihm herumliefen. Kinder, die ahnungslosen oder auch wissenden Ehemännern untergejubelt wurden.«

»Und trotzdem haben meine Kollegen damals auch in Hinsicht auf Ihren Sohn ermittelt?«

»Nur kurz«, erwiderte Christine. »Sie mussten uns natürlich beide befragen, haben aber schnell erkannt, dass es der falsche Ansatz war.«

»Und Sie? Haben Sie nie an Ihren Jungen als Täter gedacht? Nach allem, was er als Kind durchmachen musste.«

»So ein Mensch ist er nicht«, antwortete Christine bestimmt. »Er ist herzensgut, fleißig, ehrlich. Sieht zwar aus wie sein Vater, ist aber Gott sei Dank charakterlich ganz anders.«

»Sie vermissen ihn?«

Christines Augen schwammen in Tränen, als sie nickte. Nach wenigen Sekunden hatte sie sich wieder im Griff. »Ich gäbe einiges drum, wenn er sich endlich bei mir melden würde.«

Simon stöhnte innerlich, als ihm klar wurde, welche unerwartete Wende das Gespräch genommen hatte. Aus Christine würde er nur weitere Lobeshymnen auf den Sohn rausbekommen. Er musste sich wohl was einfallen lassen. »Mein Magen ist heute etwas empfindlich«, erklärte er, bemühte sich um einen verkniffenen Gesichtsausdruck. »Ich hätte vielleicht doch lieber einen Tee nehmen sollen. Dürfte ich wohl mal Ihre Toilette benutzen?«

Sie nickte und wies zu den offen stehenden Glastüren hinter ihnen. »Gehen Sie einfach durch bis zum Gang im Erdgeschoss. Kurz vor der Treppe die letzte Tür auf der linken Seite.«

Simon nickte, stand auf, ging ins Haus. Er durchquerte eine riesige Küche samt angrenzendem Esszimmer und ein gemütliches Wohnzimmer mit Wintergarten, bevor er den beschriebenen Flur betrat. Vor dem Gäste-WC angekommen, holte er eine Münze aus seiner Hosentasche, drehte mit deren Hilfe den Riegel von außen herum, sodass es aussah, als säße innen jemand auf der Toilette. Dann eilte er die Treppe hinauf in den ersten Stock.

Das erste Zimmer, in das er hineinlugte, war ein Schlafzimmer, das daneben ein Kinderzimmer, ganz in zartem Rosa gehalten. Der nächste Raum war ein weiteres Kinderzimmer, in dem die Farbe Pink überwog. Das letzte Zimmer am Ende des Ganges war eine dunkle Höhle mit etlichen Bravo-Postern von Rockbands an den Wänden. Simon vermutete, dass es sich um das Jugendzimmer von Christines Sohn handelte. Dem Mann seiner Ex.

Mit einem mulmigen Gefühl trat er ein, verschloss die Tür hinter sich, fing an, in den Schubladen zu wühlen, ohne recht zu wissen, wonach er suchte. Als er das gedämpfte Klappern von Geschirr vernahm, gab er enttäuscht auf. Der Kerl war seit Jahren nicht hier gewesen. Hier würde er kaum etwas Verräterisches finden.

Besser er ging zurück, ehe Christine ihn hier beim Schnüffeln ertappte. Wieder an der Tür blickte er sich noch einmal um, als ihm ein Foto auf einem der Wandregale auffiel. Es zeigte den Mann seiner Ex als etwa Zwanzigjährigen mit einer bildhübschen Blondine im Arm. Rasch zog er sein Handy aus der Tasche, fotografierte das Bild ab und machte dann, dass er aus dem Zimmer kam. Leise schlich er die Treppe nach unten, lauschte am untersten Absatz. Aus der Küche kamen Geräusche. Er eilte daher zuerst zur Gästetoilette, drehte den Riegel herum, öffnete die Tür, schloss sie lautstark.

Dann machte er sich auf den Weg in Richtung Küche. Christine blickte ihm entgegen. »Geht es Ihnen besser? Soll ich Ihnen einen Tee kochen?«

Er verneinte dankend. »Darf ich Ihnen eine letzte Frage stellen?«

Sie nickte.

»Wissen Sie, ob Ihr Sohn verheiratet ist? Ob er Kinder hat?«

Sie lehnte sich mit der Hüfte an die Arbeitsplatte, sah ihn aufrichtig an. »Es gibt kaum etwas, das ich mir mehr wünsche, als das mein Junge glücklich ist, auch wenn er mich nicht daran teilhaben lässt. Aber ich weiß nichts von ihm. Ich hoffe, dass er inzwischen Vater ist. Dass eine nette Frau gefunden hat, die ihn liebt. Ich will ehrlich sein: Als damals diese schlimme Sache mit seiner Anneke passiert ist, befürchtete ich, dass er sich umbringt. Er war felsenfest davon überzeugt, sich niemals wieder in eine Frau verlieben zu können. Nicht nachdem er Anneke verloren hatte.«

Simon starrte die Frau an. »Wer ist Anneke?«

»War …«, kam es nach einer Weile von Christine. »Sie war seine Verlobte. Sie planten, zusammenzuziehen, wenn beide fertig studiert hatten. Sie studierten zusammen an der FAU in Erlangen, waren so glücklich miteinander. Und dann geschah dieses entsetzliche Unglück.«

»Ein Unfall? Was ist passiert?«

Sie verzog traurig das Gesicht. »Kein Unfall. Es hieß, Anneke habe sich selbst umgebracht. Doch das glaub ich bis heute nicht. Sie war eine so glückliche junge Frau. Extrem klug, total liebenswert, hatte ihr ganzes Leben noch vor sich. Und sie war vollkommen verrückt nach meinem Jungen, genau wie er nach ihr.«

»Gab es irgendwelche Vorzeichen?«

Christine schüttelte nachdenklich den Kopf. »Ich hab es auch nur durch die Zeitung erfahren und versteh es bis heute nicht. Es war ein paar Monate nach dieser Sache mit meinem Mann, als ich zufällig etwas über ihren angeblichen Selbstmord las. Ich weiß nur, dass es in Erlangen passiert sein muss. Doch mein Junge weigerte sich beharrlich, mit mir darüber zu reden. Teilweise kam es mir vor, als wolle er versuchen, sie aus seinem Gedächtnis zu verbannen, sie totzuschweigen. Ich hab versucht, ihm klarzumachen, wie ungesund es ist, ein Trauma hinunterzuspielen, so zu tun, als sei nichts passiert. Ich dachte, es hilft ihm vielleicht, zu wissen, dass ich da bin, wenn er reden möchte.«

»Hat er ihr Angebot angenommen und mit Ihnen geredet?«

Christine seufzte. »Leider nein. Es war, als wäre zwischen uns etwas zerbrochen. Unser Verhältnis wurde zusehends schlechter. Zuerst verbarrikadierte er sich in seinem Zimmer, dann verschwand er quasi über Nacht wieder in seinem Wohnheim, rief kaum noch bei mir an. Danach wurden seine Besuche immer seltener und schließlich hat er den Kontakt zu mir komplett abge-brochen.

Bis heute weiß ich nicht, was ich damals falsch gemacht haben könnte und wieso er mir seither aus dem Weg geht.«

Simon

Zurück in seinem Wagen lehnte Simon seinen Kopf gegen die Stütze, schloss die Augen. Beim Anblick des Fotos hätte er niemals damit gerechnet, dass eine so dramatische Story dahinterstecken könnte.

Er atmete tief aus, öffnete die Augen wieder und zog sein Handy hervor. Dann klickte er auf seine Fotogalerie, suchte das Bild, zoomte hinein. Nachdenklich starrte er die beiden jungen Leute an, schüttelte ungläubig den Kopf.

Zwei Menschen aus dem direkten Umkreis dieses Kerls hatten auf ominöse Art und Weise ihr Leben lassen müssen.

Erst sein Vater. Dann seine Verlobte.

In Simons Kopf überschlugen sich die Gedanken.

Was stimmt nicht mit dir?

Dass Christine ihren Sohn geradezu glorifizierte, wunderte ihn nicht. Sie war seine Mutter und sah ihn mit verklärtem Blick. Um die Wahrheit über ihn herauszubekommen, musste er jemanden finden, der ihn von früher kannte. Einen Außenstehenden. Am besten jemanden, der auch Anneke gekannt hatte.

Er öffnete die Suchmaschine, gab einige Stichworte ein und fast sofort ploppten etliche archivierte Zeitungsberichte auf, die über den Selbstmord einer zwanzigjährigen Biologiestudentin berichteten. Anneke K. lautete ihr Name.

Laut den Berichten war sie von einem hohen Gebäude auf dem Campus in den Tod gesprungen, während unten zahlreiche Glotzer gestanden und gejubelt hatten.

Simon drehte sich der Magen um. Und doch fand er es seltsam tröstlich, dass die Jugend auch schon damals dermaßen verroht gewesen war. Augenscheinlich war alles beim Alten geblieben, was schlimm genug war.

Seufzend googelte er weiter, fand heraus, dass Anneke aus Bayreuth stammte und in Erlangen studiert hatte, wie Christine ihm bereits mitgeteilt hatte. Was sie nicht erwähnt oder vielleicht auch nicht gewusst hatte, war, dass Anneke in einer WG mit ihrer Freundin gelebt hatte. Aber das half ihm auch nicht weiter. Er brauchte ihren Nachnamen.

Er googelte nach Traueranzeigen um den Zeitraum des Vorfalls, wurde knappe drei Wochen später fündig. Eine Familie Kroll aus Bayreuth trauerte um die Tochter, die Schwester, die Nichte und Cousine.

Anneke Kroll also. Das musste sie sein.

Simon suchte das Telefonbuch von Bayreuth, gab den Namen Kroll in das Suchfeld ein. Er fand zwei Einträge. Einen Bernd und eine Dorothea. Adressen standen nicht dabei, doch wozu hatte er Jannes?

Er rief ihn auf dem Handy an.

»Du musst zwei Adressen für mich rausfinden«, kam er gleich auf den Punkt. »Der Familienname ist Kroll. Ein Bernd und eine Dorothea, beide aus Bayreuth. Ich fahre jetzt los, werde in knapp eineinhalb Stunden dort sein. Bis dahin muss ich wissen, wo die beiden wohnen. Hilfst du mir?«

»Okay! Was hast du herausgefunden?«

»Mehr als ich mir erhofft hätte«, gab Simon zurück. »Aber lass mich das erst durchziehen. Sobald ich wieder in Augsburg bin, rufe ich dich an und erzähle dir alles.«

»Mann, Simon, noch mal«, warnte Jannes. »Mit deinem Herumschnüffeln riskierst du deinen Job. Wenn das rauskommt, reißen sie dir den Arsch auf. Ist dir das klar?«

»Schon möglich«, brummte Simon unwirsch. »Lass das einfach meine Sorge sein. Und jetzt mach bitte, um was ich dich gebeten habe. Es ist wirklich wichtig für mich.«

Als ein Klicken in der Leitung ertönte, grinste Simon. Jannes war wirklich schnell beleidigt, aber er würde ihm dennoch helfen. Nur das zählte. Er startete den Motor, gab Bayreuth-Ortsmitte in sein Navi ein und fuhr los.

Als er vor dem Mehrfamilienhaus hielt, in dem Bernd Kroll lebte, hoffte er, dass er bei ihm mehr Glück hatte als bei Dorothea Kroll. Dort hatte niemand auf sein Klingeln reagiert. Von einem Nachbarn hatte er erfahren, dass sie seit einigen Jahren im Heim lebte. Das Haus stünde leer, da ihr Sohn bisher wohl noch keine Entscheidung getroffen habe, was damit passieren solle.

Er stieg aus dem Wagen aus, ging auf die Haustür zu, drückte wahllos auf einige Knöpfe. Er wollte nicht riskieren, gleich hier unten abgewimmelt zu werden, was bei seinem Erscheinen direkt vor der Wohnungstür um einiges schwerer fallen dürfte. Erfahrungsgemäß drückte in Mehrfamilienhäusern irgendjemand immer auf Öffnen, ohne groß nachzufragen.

Seine Rechnung ging auf. Der Türöffner surrte. Er schlüpfte ins Haus, stieg Stockwerk um Stockwerk hinauf, auf der Suche nach dem Namen Kroll.

Ganz oben angekommen pfiff Simon aus dem letzten Loch, verfluchte seine frühere Leidenschaft für Zigaretten, der er zwar bis auf wenige Stängel in der Woche abgeschworen hatte, aber selbst die rächten sich jetzt.

Nur langsam kam er wieder zu Atem, drückte noch schnaubend den Klingelknopf und hielt seinen Dienstausweis parat.

Diesmal musste er nicht lange warten. Die Tür ging auf und ein Mann starrte ihn misstrauisch an.

»Simon Fuhrmann von der Kriminalpolizei«, stellte er sich vor. »Gehe ich recht in der Annahme, dass Sie ein Angehöriger von Anneke Kroll sind?«

»Bin der Bruder«, brummelte der Mann. Er warf einen Blick auf Simons Ausweis, runzelte die Stirn. »Was macht ein Polizist aus Augsburg in Bayreuth? Das mit Anneke war in Erlangen und ist über zwanzig Jahre her.«

Simon musterte Bernd Kroll, studierte seine misstrauisch hochgezogenen Augenbrauen, die zu bedrohlichen Schlitzen verengten Augen. Kroll wirkte wie ein Spürhund auf ihn. Wachsam und bereit, jederzeit zum Sprung anzusetzen. Bei ihm würde er mit Ausflüchten kaum weiterkommen.

Er räusperte sich. »Ihre Vermutung ist richtig. Ich bin privat hier«, gab er zu. »Ihre Schwester Anneke war damals mit jemandem liiert, den ich persönlich kenne. Wie ich hörte, waren sie sogar verlobt.«

»Na und?« Das Misstrauen auf Krolls Gesichtszügen vertiefte sich.

»Dieser Mann, mit dem Anneke zusammen war, ist

mittlerweile mit meiner Exfrau verheiratet und es ist einiges vorgefallen, was mir Kopfzerbrechen bereitet.«

Bernd Kroll sah ihn unschlüssig an. Dann verzog er das Gesicht zu einem Grinsen.

»Soso. Das durchgeknallte Arschloch hat sich also Ihre Ex gekrallt? Spricht nicht für Sie.«

»Ich versteh nicht ...«

»Sie müssen ein ziemlich mieser Fang gewesen sein, wenn sich die Ärmste lieber in die Arme meines psychotischen Fast-Schwagers gestürzt hat.«

Simon stieß scharf die Luft aus. »Hört sich an, als hätten sie sich nicht sonderlich gemocht.«

»Das ist die Untertreibung des Jahrhunderts.«

»Haben Sie noch Kontakt zu ihm?«

»Ich bin froh, wenn ich von dem überheblichen Wichser nie mehr etwas höre oder sehe.«

»Darf ich fragen, wieso?«

»Dürfen Sie nicht, sorry. Ich hab wirklich keine Zeit für diese ollen Kamellen.« Er musterte Simon mit einem schiefen Grinsen. »Außerdem ist Ihre Ex ja wohl erwachsen. Keiner hat sie gezwungen, sich auf diesen irren Scheißkerl einzulassen.«

Simon schluckte gegen die aufsteigende Beklemmung an. »Es geht mir nicht nur um meine Exfrau. Wir haben auch einen Sohn. Sein Name ist Noah und er ist erst sieben Jahre alt. Ich mach mir Sorgen um ihn, verstehen Sie? Ich hab den Eindruck, dass der neue Mann meiner Ex-Frau und dem Jungen gefährlich werden könnte. Und jetzt, da ich das von Ihrer Schwester weiß«, er stoppte, sah sein Gegenüber flehend an, »bitte, sagen Sie mir alles, was Sie über ihn wissen. Ich muss um meines Sohnes und meiner Ex willen herausfinden, ob dieser Mann der ist, der er vorgibt zu sein.«

TEIL DREI

VIERZEHN
SYLT/ARCHSUM
2019

Marika

»Was soll das heißen … er ist längst drinnen?« Marikas Atem stockte und sie musste sich zusammenreißen, Lina nicht zu schütteln, um ihr eine Antwort zu entlocken. Nur mühsam hielt sie Abstand und aktivierte die Taschenlampen App ihres Handys, um sie im Auge zu behalten.

Lina hingegen blieb ruhig, sah sie nur mitleidig an.

»Wer ist längst drinnen? Reden Sie endlich!«, drängte Marika sie.

»Nicht aufregen. Es ist eh zu spät«, antwortete Lina. »Gleich geht es los!«

»Was zur Hölle sagen Sie da?« Marikas Stimme war schrill, Panik kochte in ihr hoch während sie versuchte, mit dem Handystrahl alle Ecken auszuleuchten.

»Er ist jetzt da. Und dein Thomas ... na ja, lass dich überraschen.«

»Der Mann, der Sie … der dich niedergeschlagen hat … er ist hier?«

Lina schwieg.

»Warum? Was geht hier vor?«

»Hör gut zu.« Lina schluckte angestrengt, sah ihr fest in die Augen. »Alles, was jetzt passiert, hat nichts mit dir zu tun, das solltest du wissen.«

»Ich verstehe nicht. Was willst du von uns? Und was will der Typ, der dich überfallen hat?«

»Du stellst die falschen Fragen.«

Marika riss die Augen auf. Dann ging ihr ein Licht auf. »Er ist nicht einfach so hergekommen. Das hat auch nichts mit dir zu tun. Der angebliche Überfall … den hat es gar nicht gegeben, stimmts?«

»Binde mich jetzt los, okay? Dir wird nichts passieren, wenn du brav mitspielst. Es geht nicht um dich, das ging es nie …«

»Ich verstehe das nicht, was soll das alles?«

»Noch mal, es geht nicht um dich! Und du musst dich jetzt entscheiden … Für ihn oder für dich. Binde mich los!«

Marika schüttelte den Kopf, schluckte gegen die Enge in ihrem Hals an.

»Ich weiß, du hast Angst, aber bitte vertrau mir. Binde mich los, dann kann ich dir helfen – aber nur dann!«

Marika hob die Hände an ihre Ohren, presste die Lider fest zusammen, blendete alles aus. Was sollte sie tun? Wer auch immer sich ins Haus geschlichen hatte und wahrscheinlich jetzt im Keller war – sie war ihm schutzlos ausgeliefert. Und Thomas? Ihre Gedanken rasten. Sie musste zu ihm und nachsehen, ob es ihm gut ging.

Warum?

Die Stimme in ihrem Kopf war eindringlich.

Du kannst auch weglaufen oder dich mit deinem Handy in einem der Zimmer oben verbarrikadieren. Irgendwann werden die Leitungen schon wieder funktionieren.

Nein, dachte Marika und öffnete die Augen. Ich werde nicht abhauen. Sie starrte Lina an, räusperte sich, sprach langsam, als müsste sie sich selbst Mut zusprechen: »Ich geh jetzt in den Keller hinunter und sehe nach meinem Mann.«

»Das würde ich nicht machen«, sagte Lina. »Mach mich los und ich verspreche, dass dir nichts Schlimmes passieren wird. Und dann lass uns zusammen in den Keller gehen.«

»Auf keinen Fall«, flüsterte Marika, drehte sich auf dem Absatz um, lief zur Kellertür. Mit Hilfe ihrer Taschenlampen-App auf dem Handy würde sie es nach unten schaffen, ohne sich die Beine zu brechen.

In die finstere Tiefe leuchtend, trat sie auf die oberste Treppenstufe.

Ihr Herz pochte bis zum Hals.

Was erwartete sie da unten?

Oder wer?

Sie wirbelte herum, rannte zurück in die Küche.

»Hast du es dir anders überlegt?«, fragte Lina. Ihre Stimme klang erleichtert.

Marika ging auf die Anrichte zu, zog eine der Schubladen auf, nahm das große Fleischmesser heraus.

»Das würde ich mir überlegen«, warnte Lina und klang, als sei sie ehrlich besorgt. »Leg das Ding zurück, bitte. Du brauchst das nicht, wenn du einfach nur machst, was man dir sagt.«

Marika sah die Frau an, schüttelte den Kopf, ging an ihr vorbei. An der noch geöffneten Kellertür ankommend, leuchtete sie erneut in die Dunkelheit, machte den ersten Schritt, das Messer als Schutzbarriere vor sich haltend. »Thomas?«, rief sie mit zitternder Stimme, verfluchte sich innerlich dafür, dass sie es nicht schaffte, ihre Furcht zu verbergen.

Nichts.

»Schatz? Geht es dir gut?«

Ein leises Stöhnen erklang.

Thomas …

Marika blieb wie erstarrt auf der Treppe stehen.

Ein neuerliches Stöhnen.

Thomas! Nein!

Etwas in ihrem Innern brach entzwei. Sie stolperte nach unten, vertrat sich auf den letzten Stufen, fing sich wieder und dann sah sie ihn. Er lag auf dem Boden vor dem Sicherungskasten.

Sie leuchtete ihn an, registrierte, dass er auf dem Bauch lag, den Kopf zur Seite geneigt. Seine Lider flatterten. Unter seinem Kopf lag etwas Dunkles.

Marika brauchte einen Augenblick, bis sie realisierte, dass es Blut war.

Sie ging neben ihm in die Knie, starrte auf die Wunde hinter seinem Ohr, aus dem noch immer das Blut floss. Sanft fasste sie ihn an der Schulter. »Thomas, hörst du mich?«

Er reagierte weder auf ihre Stimme noch auf ihre Berührung. »Thomas«, flehte sie. »Bitte, sag doch was.«

Nichts.

»Thomas, du musst aufstehen, hörst du?«

Wieder nichts.

Verdammt, fluchte sie innerlich. Sie war auf sich gestellt, musste ihn irgendwie hochschaffen. Nur weg hier. Aber wie?

Schließlich legte sie das Handy so auf den Boden, dass das Licht der Taschenlampe nach oben strahlte, direkt neben das Messer aus der Küche. Dann stellte sie sich breitbeinig über Thomas Oberkörper, packte ihn unterhalb der Achseln, versuchte, ihn nach oben zu ziehen, doch er war zu schwer.

»Bitte, Thomas. Du musst mithelfen«, keuchte sie,

zerrte an seinem Oberkörper. Doch sie schaffte es nicht mal, ihn auch nur aufzusetzen.

Als ihr klar wurde, was das bedeutete, seufzte sie. Sie brauchte Hilfe. Linas Hilfe! Und dafür musste sie tun, was Lina verlangte.

Am Ende siegte ihr Pragmatismus. Sie stieg über Thomas hinweg, ging neben seinem Kopf in die Hocke, sah ihn an. »Ich muss noch mal hoch, verstehst du? Danach komm ich wieder und Lina muss helfen, dich von hier wegzubringen.«

Sie griff nach dem Messer, nahm danach das Handy, wollte sich aufrichten, als sie sah, dass Thomas' Augen sich panisch weiteten. Sein Mund klappte auf und es sah aus, als wollte er etwas sagen, doch alles was sie hörte, war ein Stöhnen.

»Ich bin gleich wieder da«, raunte sie ihm zu.

Unter Thomas' Stöhnen mischten sich verwaschene Laute.

»Ich versteh dich nicht, was ist?«

Sie sah, wie sein Blick sich von ihr löste, an ihr vorbeiglitt, sich hinter ihr verlor.

Ein kühler Luftzug streifte ihren Rücken, richtete die feinen Härchen in ihrem Nacken auf.

Sie wollte herumwirbeln, nachsehen, was Thomas anstarrte, als sie ein Rascheln vernahm. Ein Schmerz durchfuhr ihren Schädel, ihr wurde schwindelig. Sie kämpfte dagegen an, versuchte, sich aufzurichten, blinzelte gegen den Schmerz an. Die Umgebung vor ihr verschwamm, ihre Beine knickten weg, ihr Kopf sank vornüber.

Schwärze umgab sie, durchdrungen von einem Zungenschnalzen. »Tststs. Du hättest auf meine Süße hören sollen.« Die Stimme klang nicht furchterregend, nicht einmal aufgebracht ... nur sanft und mitfühlend.

Marika versuchte, ihren Kopf der Stimme zuzuwenden, doch ihr Sichtfeld war begrenzt auf ein winziges helles Loch inmitten völliger Dunkelheit. Sie spürte Hände an ihrem Oberkörper, die an ihr zogen, dann einen festen Ruck.

»Bitte«, nuschelte sie mit letzter Kraft. »Wir haben doch nichts getan.«

»Du nicht«, gab die Stimme zurück und klang, als käme sie von weit her.

»Bitte, lassen Sie uns in Ruhe.« Marika wusste nicht, ob sie die letzten Worte nur gedacht oder ausgesprochen hatte. Längst hatte die Dunkelheit sie aufgesogen.

FÜNFZEHN

SYLT/ARCHSUM

2019

Marika

»Aufwachen, meine Liebe, wir haben nicht mehr viel Zeit.«

Die Stimme drang fordernd durch den Nebel in ihr Gehirn, löste eine Kettenreaktion aus. Zuerst explodierte der Schmerz in ihrem Kopf. Dann prasselten die Erinnerungen auf sie ein. Thomas … Der Keller … Jemand hatte zuerst ihn, danach sie außer Gefecht gesetzt. Bittere Galle strömte in ihren Mund. Sie wimmerte, lehnte sich vor, doch irgendwas hielt sie fest umklammert.

Oder irgendjemand?

Als sie den Mund öffnete, spürte sie, dass Flüssigkeit daraus hervorschoss, auf ihren Oberkörper floss. Ihre Bluse sog sich damit voll. Sie roch den beißenden Gestank von Erbrochenem.

»Du hast zu fest zugeschlagen.«

Linas Stimme.

»Sie hat vermutlich eine Gehirnerschütterung.«

»Ich hatte keine Wahl. Ich musste verhindern, dass sie Dummheiten macht.«

Marika erkannte die Stimme des Mannes aus dem Keller. Sie klang verändert. Nicht mehr sanft, eher herrisch und kalt.

»Scheiße, verdammt!«, fluchte Lina. »Musste das sein? Konntest du sie nicht ohne Gewalt ruhigstellen? Sie hätte sich bestimmt nicht gewehrt.«

»Ich hab dir gesagt, dass ich kein Risiko eingehen werde.«

Marika lauschte, versuchte, sich zu orientieren, kämpfte dabei gegen den dumpfen Druck in ihrem Kopf an. Allein der Versuch, ihre Augen zu öffnen, war ein Kraftakt. Lichtblitze schossen durch ihren Schädel, als die plötzliche Helligkeit auf ihre Pupillen traf.

Demnach haben wir wieder Strom, war ihr erster Gedanke. Sie blinzelte ein paar Mal, erkannte die Umrisse zweier Menschen vor sich. Sie kniff die Augen zu Schlitzen zusammen, um besser sehen zu können, erkannte neben Lina einen Mann, der sie mit einer Mischung aus Besorgnis und Ungeduld anstarrte. Sie hatte den Kerl nie zuvor gesehen.

Als ihre Blicke sich trafen, verzog er den Mund zu einem Lächeln. »Ich muss mich entschuldigen, Marika. Normalerweise würde ich keiner Frau Gewalt antun, doch ich musste dafür sorgen, dass du vernünftig bleibst und nicht wegläufst.« Er legte den Kopf schräg, studierte aufmerksam ihre Gesichtszüge, dann ihre Gestalt, um erneut ihrem Blick zu begegnen. »Erstaunlich«, murmelte er. »Ich hab mir dich ganz anders vorgestellt. Damit meine ich nicht dein Aussehen, sondern das, was du ausstrahlst. Deine Persönlichkeit.«

Marika fuhr es eiskalt den Rücken herunter, als er fast schon amüsiert mit dem Kopf schüttelte.

»Ich dachte, ich hätte es mit einer schwachen Frau zu tun, mit einem Menschen, der längst aufgegeben hat, doch du … Du hast mich wirklich überrascht – im positiven Sinne.« Er grinste, wirkte wie jemand, der nur nett plaudern wollte.

Was passierte hier?

Marika ließ ihn nicht aus den Augen, versuchte, sich ein Bild von ihm zu machen, als sein Blick nach links schweifte. Sein Gesicht verfinsterte sich, wurde hart.

Marika folgte seinem Blick, schrie auf.

Thomas …

Er saß auf einem Stuhl neben ihr, genau wie sie mit dem Oberkörper an die Lehne gefesselt, die Knöchel fixiert. Im Gegensatz zu ihr waren auch seine Hände hinter dem Körper zusammengebunden. Sein Kopf ruhte auf seiner Brust. Es schien, als sei er noch immer bewusstlos.

»Er braucht wohl ein wenig länger«, erklärte der Mann im Plauderton wie zuvor. »Genau wie du wird er mit höllischen Kopfschmerzen aufwachen. Doch das tut dem, was wir vorhaben, glücklicherweise keinen Abbruch.« Er zwinkerte ihr zu.

»Wer sind Sie?«, fragte Marika und zuckte zusammen, als sie bemerkte, wie dünn und verängstigt sie klang.

»Bleiben wir doch beim freundschaftlichen Du«, schlug der Mann lächelnd vor.

»Meine Süße hast du ja bereits kennengelernt. Und verzeih, dass sie dir einen falschen Namen genannt hat. Sie heißt natürlich nicht Lina. Und ich … tja …« Er brach ab, kratzte sich ungelenk hinterm Ohr, sah sie an. »Mein Name ist Bernd. Und sie«, er wies auf die falsche Lina »ist Stine, meine Freundin.«

Marika sah die Frau an, schluckte, als sie den verärgerten Ausdruck in deren Augen bemerkte.

»Du hättest ihr unsere Namen nicht sagen sollen«, stieß Stine aus, als sei Marika nicht anwesend.

Er hob die Schultern. »Warum nicht? Sie kennt ja ohnehin unsere Gesichter.«

Stine räusperte sich, wirkte verunsichert.

»Du machst dir wie immer zu viele Gedanken.« Bernd sah Stine gereizt an, machte dann eine Kopfbewegung in Thomas' Richtung. »Hilf lieber nach, damit er endlich zu sich kommt. Wir haben noch viel vor.«

Stine nickte, trat auf Thomas zu, holte zum Schlag aus.

Marika zuckte zusammen, als ein heftiges Klatschen ertönte.

Thomas neben ihr wimmerte leise, dann röchelte er.

Wieder holte Stine zum Schlag aus, doch diesmal hielt Bernd sie zurück. »Warte einen Augenblick, wir brauchen ihn bei klarem Verstand.«

»Wollt ihr Geld?«, fragte Marika nach. »Thomas verdient recht gut. Er kann euch jede Summe bezahlen, die ihr haben wollt.«

Bernd sah sie an, grinste. »Ahnst du immer noch nicht, dass wir nicht wegen ein paar beschissener Kröten hier sind?«

»Was wollt ihr dann?«

»Spielen«, gab Bernd zurück, musterte sie mit diesem penetranten Lächeln, das ihr zunehmend unheimlich wurde.

»Spielen?« Sie starrte ihn perplex an.

»Ja, spielen«, bestätigte er. »Du kennst doch sicher *Wahrheit oder Pflicht*? Ein Kinderspiel? Sicher hast du es als kleines Mädchen oft mit deinen Freundinnen gespielt.«

In Marikas Kopf drehte sich alles. Schließlich nickte sie zögernd.

»Das ist der Grund, warum wir hier sind. Wir wollen mit euch ein Spiel spielen und sehen, wohin es führt.« Bernd holte Luft, sah zu Thomas, danach wieder zu ihr. »Es gibt da etwas, was du über deinen Mann nicht weißt.

Und es gibt auch einiges, was er über dich nicht weiß. Findest du nicht, dass es lustig wäre, wenn wir euch helfen, endlich ehrlich zueinander zu sein?«

Marika spürte, wie alles in ihr zu Eis gefror. War es möglich, dass dieser Kerl sie nicht nur kannte, sondern genau wusste, mit welchen Absichten sie hergekommen war?

Sie schloss die Augen, mahnte sich, ruhig zu atmen, sich zu konzentrieren.

In Gedanken ging sie alle Möglichkeiten durch. Nein, das war ausgeschlossen, stellte sie fest. Sie war vorsichtig gewesen, hatte niemandem von ihren wahren Plänen erzählt, sie hatte sich nichts anmerken lassen – all die Monate über nicht.

Sie öffnete die Augen, nun wesentlich gefasster. Bernds Blick ruhte immer noch auf ihr. Genauer auf ihrem Bauch. Dann suchte er wieder ihren Augenkontakt.

Das genügte.

Etwas in ihr zerbrach, als sie seine Blicke deutete. Hatten Stine und Bernd sie vielleicht beobachtet? Und wenn, seit wann? Sie ertrug die Ungewissheit nicht länger, musste wissen, was hier passierte. »Bitte«, stieß sie aus, »tun sie uns nichts, wir haben doch niemandem etwas angetan.«

Bernd schüttelte langsam den Kopf, verzog spöttisch den Mund. »Das stimmt so nicht, meine Liebe, und das weißt du auch. Du ahnst doch schon seit Langem, dass der Mann, mit dem du verheiratet bist, etwas zu verbergen hat. Etwas Furchtbares. Und auch du bist nicht die, die du zu sein vorgibst. Nicht dass ich es dir verübeln könnte.«

Marika schnappte nach Luft, schwieg, sah zu, wie Bernd in die Hände klatschte. »Lasst uns beginnen.« Er drehte sich um, zerrte eine dunkle Reisetasche, die hinter ihm auf dem Boden stand, heran, öffnete den Reißverschluss. Dann kramte er kurz darin und zog schließlich ein Messer hervor, hielt es stolz in die Höhe. »Das hab ich selbst geschmiedet«, sagte er. »Ein echtes Schmuckstück, gefertigt aus hundertachtundzwanzig Lagen Damaststahl. Na, wie findest du es? Sieh es dir nur an.« Er reichte es ihr, grinste. »Nimm es in die Hände. Aber keine Dummheiten machen! In meiner Tasche sind noch mehr davon und ich werde nicht zögern, eines davon zu benutzen, wenn du mich ärgerst.«

Das Messer fühlte sich in Marikas Händen seltsam heiß an.

»Schau genau hin. Lies die Widmung auf der Klinge.«

Sie hob es hoch, bis sie die Gravur sehen konnte, erstarrte.

Bernd lachte heiser, während er sie nicht aus den Augen ließ. »Na?«

»Was bedeutet das?«, fragte Marika leise.

»Diese Frage kann dir dein Ehemann viel besser beantworten.« Er trat auf Thomas zu, packte ihn bei den Haaren, riss seinen Kopf nach oben. »Los jetzt«, herrschte er ihn an, dann drückte er seinen Kopf so weit nach hinten, dass Marika Sorge hatte, der Stuhl würde kippen. »Sag es ihr schon«, zischte er dicht an Thomas' Ohr.

»Aufhören«, flehte Thomas.

»Im Gegenteil, jetzt geht es erst richtig los. Ach ja, deine Frau weiß schon Bescheid«, erklärte Bernd, in den früheren Plauderton wechselnd. »Wir spielen jetzt ein Spiel, bei dem es um die *Wahrheit* geht. Wenn du ehrlich bist, passiert dir nicht viel, doch solltest du lügen, wirst du es bereuen.«

»Ich weiß nicht einmal, wer ihr seid«, wimmerte Thomas.

»Nur Geduld. Das erfährst du schon bald«, versicherte Bernd.

»Geht es um einen Patienten?«, fragte Thomas. »Um jemanden, den ich verloren habe?«

»Du musst weiter in die Vergangenheit zurück«, fiel Stine ein. »Aber lass es uns langsam angehen. Dann bringt es deutlich mehr Spaß für alle.« Sie lachte, sah ihren Begleiter an. »Legen wir los?«

Er nickte, nahm Marika das Messer ab, legte es auf den Tisch, fing an, es zu drehen. Als die Spitze auf Stine zeigte, sah er sie grinsend an. »Wahrheit oder Pflicht?«

Sie überlegte, stieß ein Lachen aus. »Pflicht.«

»Okay«, er nickte. »Deine Aufgabe ist es, jemandem in dieser Runde nonverbal klarzumachen, was du von ihm hältst. Wähle eine Person. Aber bedenke, derjenige muss allein durch diese eine Handlung genau erkennen, wie du zu ihm stehst.«

»Kein Ding«, gab Stine zurück, trat auf Thomas zu, spuckte ihm mitten ins Gesicht. Dann sah sie Bernd an, hob die Achseln. »Zufrieden?«

Er grinste, deutete auf das Messer. »Jetzt drehst du.«

Stine tat, wie ihr geheißen, und als das Messer liegen blieb, zeigte die Spitze zu Marika.

Bernd hob auffordernd die Brauen, als sie zögerte.

»Du musst«, befahl Stine. »Wie ich vorhin sagte, nur wenn du mitmachst, passiert dir nichts.«

Marika schmeckte Gallenflüssigkeit im Mund, schluckte dagegen an, seufzte. »Okay, dann nehme ich die *Wahrheit.*«

»Sicher?«, fragte Bernd.

Sie nickte.

»Dann sag uns allen, warum du unbedingt hier auf die Insel kommen wolltest. Nenn uns den wahren Grund.«

»Du musst dieses beschissene Spiel nicht spielen«,

mischte sich Thomas ein. »Merkst du denn nicht, dass die beiden total irre sind? Sie werden, was immer sie vorhaben, so oder so durchziehen.«

Bernd ignorierte Thomas' Ausruf, trat auf Marika zu, sah ihr fest in die Augen. »Du musst mir jetzt einfach vertrauen, okay? Sag uns, wieso du hier bist!«

Sie holte tief Luft, stieß sie gleich wieder aus. »Ich will einen Neuanfang.«

Der Mann krauste nachdenklich die Stirn, nickte. »Das lass ich gelten, was meinst du?«, wandte er sich an Stine, die zustimmend nickte.

Bernd packte den Tisch, schob ihn näher zu ihr, sah auf das Messer. »Jetzt drehst du!«

Marika stieß mit dem Zeigefinger halbherzig gegen den Griff, beobachtete, wie das Messer sich langsam drehte, wie die Spitze wieder auf Stine zeigte.

»Ich wähle *Wahrheit*«, rief sie aus, klatschte in die Hände und blickte zu Marika. »Du darfst mir eine Frage stellen und ich werde dir die pure Wahrheit sagen.«

Marika nickte, schloss die Augen.

Was sollte sie diese Verrückte fragen?

Eine Idee schoss durch ihren Kopf. Sie öffnete ihre Augen, blickte zwischen Stine und Bernd hin und her.

»Warum wollt ihr uns töten?«

Stine starrte sie perplex an, sah dann zu ihrem Begleiter. Schließlich schüttelte sie den Kopf. »Also Bernd und ich sind nicht diejenigen, die mit der Absicht, jemanden umzubringen, auf die Insel gekommen sind. Unsere Intention ist es, dafür zu sorgen, dass jemand, der uns nahesteht, endlich Gerechtigkeit erfährt.«

Marika runzelte die Stirn. »Was heißt das?«

»Bitte halte dich an die Spielregeln! Du hast gefragt und eine Antwort bekommen. Das Spiel geht weiter.«

Marika stöhnte frustriert, sah, wie Stine das Messer drehte und es auf Thomas zeigend liegen blieb.

Düster starrte Thomas auf das Messer. »Fickt euch.«

Ein dumpfer Schlag ertönte, dann ein Aufschrei.

Alles war so schnell gegangen, dass Marika es kaum mitbekommen hatte, doch als sie zu ihrem Mann sah, blutete seine Nase.

Bernd, der sich noch die Hand rieb, zuckte entschuldigend mit den Achseln. »Ein wenig Höflichkeit sollten wir uns bewahren, findest du nicht?«

Sein Gesicht verzog sich, als er Thomas eindringlich ansah. »Jetzt rede endlich!«

»Wahrheit«, stieß Thomas widerwillig aus und blickte aus zusammengekniffenen Augen zu Marika, als wollte er ihr etwas signalisieren.

Nicht. Mach das nicht, schrie alles in Marika, die das Gefühl hatte, er würde schon seine Rache gegen die Eindringlinge planen. Sie schluckte, als ihr bewusst wurde, dass es wohl bei seinem Wunsch bleiben würde. Niemals würde er es schaffen, sich aus dieser aussichtslosen Lage zu befreien.

Sie sah, wie Bernd das Messer nahm und zu Stine blickte, die ihm zunickte. »Ja übernimm du ...«

Bernd nickte zufrieden, ging mit dem Messer auf Thomas zu, hielt ihm die Klinge vor die Nase. »Sagt dir diese Gravur etwas?«

Thomas starrte auf die grazilen Buchstaben, schüttelte den Kopf.

Bernd seufzte übertrieben laut, sah zu Stine, dann zu ihr. »Er lügt! Leider!« Er umschloss den Griff des Messers fest mit seiner rechten Hand, stieß die Klinge dann aus dem Nichts heraus mit voller Wucht in Thomas Oberschenkel, kurz oberhalb seines Knies.

Ein animalisches Kreischen ertönte, das in ein heulendes Wimmern überging.

Marika, die viel zu entsetzt war, um reagieren zu können, spürte, wie ihr ätzende Magensäure in den

Mund schwappte. Sie beugte sich nach links, übergab sich auf den Küchenfußboden.

»Schnauze jetzt!« Bernds Stimme duldete keinen Widerspruch und augenblicklich verstummten auch Thomas' Schmerzenslaute.

Nur an seinem keuchenden Atem erkannte Marika, dass er furchtbare Qualen zu leiden schien.

Sie schloss die Augen, zwang sich, an etwas anderes zu denken.

»Du bist dran«, holte Stines Stimme sie zurück.

Marika blinzelte, schüttelte in stummer Verzweiflung den Kopf. »Ich weiß, dass du Angst hast«, sagte Stine sanft. »Aber du musst einfach nur die Wahrheit sagen, dann passiert dir nichts, das verspreche ich dir.«

Das blutbesudelte Messer zeigte unerbittlich in ihre Richtung.

Ihr Herz hämmerte hart gegen ihre Rippen. Vielleicht sollte sie einfach Pflicht wählen?

Doch ein Blick in Bernds Gesicht sagte ihr, dass das keine gute Idee war.

»Wahrheit«, flüsterte sie resigniert, kämpfte gegen die Tränen.

Stine atmete erleichtert auf, was Marika klarmachte, dass sie wohl die richtige Entscheidung getroffen hatte.

Bernd trat auf sie zu, nahm im Vorbeigehen das Messer in die Hand, sah sie durchdringend an. »Meine Frage an dich könnte durchaus als Angriff auf deine Privatsphäre interpretiert werden. Ich hoffe, dass du mir dies verzeihst.« Er machte eine bedeutungsvolle Pause, grinste überheblich. Dann beugte er sich zu ihr hinab, bis sein Gesicht auf Höhe des ihren war. Er war ihr jetzt so nahe, dass sie seinen Atem riechen konnte. »Liebst du deinen Ehemann?«

Marika zuckte zusammen, starrte Bernd an. Dann Thomas. Sein Gesicht war leichenblass, die Augen lagen in dunklen Höhlen und doch war da ein Funkeln in ihnen, das ihr sagte, dass er genau bei der Sache war. Ihn schien ihre Antwort auf diese bescheuerte Frage tatsächlich zu interessieren.

Sie seufzte, wich Thomas' Blick aus, starrte Bernd an, der mit dem Messer in seinen Händen abwartete.

Er würde ihr, ohne zu zögern, dasselbe antun wie Thomas, sollte sie lügen. Sie holte tief Luft, kämpfte gegen die Übelkeit in ihrem Innern an, schloss ergeben die Augen, horchte in sich hinein. Ein Teil von ihr hatte schreckliche Angst davor, die Wahrheit auszusprechen.

Warum?

Die Stimme in ihrem Kopf war eindringlich.

Weil du deinen tollen Ehemann nicht verletzten willst?

Etwas in ihrem Inneren klang wie ein kicherndes Echo.

In Marikas Kopf drehte sich alles. Da musste sie jetzt durch, egal welche Konsequenzen ihre Aufrichtigkeit später haben würde. Jetzt … hier … in diesem Moment ging es nicht um Thomas und um das, was er wollte. Es ging allein um sie und darum, dass sie heil aus dieser Sache herauskommen musste. Nicht um ihretwillen, sondern …

»Du musst jetzt antworten«, unterbrach Bernd ihren Gedankenfluss und Marika fand, dass seine Stimme erneut viel zu nett und zu wohlwollend für dieses teuflische Spiel klang.

Sie öffnete die Augen, sah ihn an, nickte.

»Nein«, stieß sie aus und spürte eine zentnerschwere Last von ihren Schultern fallen. »Nein, ich liebe meinen Ehemann nicht. Nicht mehr …«

Marika

»Hast du das gehört?« Der Mann, der sich ihnen als Bernd vorgestellt hatte, blickte triumphierend zu Thomas. »Deine Frau kapiert, wie es läuft: Sag die Wahrheit und bleibe unversehrt. Vielleicht solltest du öfter auf sie hören.«

Marika schluckte angestrengt, als sie Thomas' Blick auf sich spürte, doch sie wich ihm aus. Ihn nach ihrem Geständnis anzusehen, schaffte sie nicht. Stattdessen starrte sie mit trotzig erhobenem Kinn diesen Bernd an, als wollte sie ihn aufspießen. Hoffentlich bemerkte er nicht, wie verängstigt sie in Wahrheit war. Vielleicht imponierte ihm ihr vorgespieltes Selbstbewusstsein sogar und sie würde verdammt noch mal sein beschissenes Spiel mitspielen, wenn sie im Gegenzug dafür heil aus dieser Sache herauskam.

Und wenn es längst beschlossene Sache ist, dass keiner von euch beiden das hier überleben soll?

Sie verdrängte diesen Gedanken, sah zu Stine, die ihren Blick mit einem Lächeln erwiderte. Das alles war doch völlig absurd. Wer waren diese beiden? Und was hatten Thomas und sie selbst mit diesen Eindringlingen zu schaffen?

»Jetzt bin ich dran«, rief Bernd, deutete lachend auf das Messer, dessen Spitze jetzt auf ihn zeigte. Er fixierte Thomas mit seinem Blick. »Ich entscheide mich für die Wahrheit. Also, stell mir deine Frage.«

Marika befürchtete schon, dass Thomas wieder quer-schießen könnte, doch diesmal schien es, als habe Bernds Wutausbruch von vorhin etwas bei ihm bewirkt. Thomas nickte entschlossen. »Also schön. Ich will wissen, was das hier soll? Was wollt ihr von uns?«

Bernd nickte, räusperte sich. »Nur ein Wort: Rache.«

Thomas blinzelte. »Rache? Wofür?«

»Du brichst schon wieder die Spielregeln«, mahnte Bernd ihn. »Nur eine Frage, nicht zwei.« Grinsend schüttelte er den Kopf und ließ das Messer erneut krei-seln. Zufrieden nickend zeigte er auf die Messerspitze, die am Ende auf Stine zielte. »Los, Baby, was wählst du?«

»Die Wahrheit.«

»Das dachte ich mir. Ich frage dich: Was siehst du, wenn du nachts deine Augen schließt?«

Stine schluckte, wurde blass. Dann holte sie tief Luft, sah zu Thomas. »Ich sehe Blut. Viel Blut und einen aufgeplatzten Körper auf dem harten Betonboden. Ich hab alles versucht, um diese Bilder loszuwerden, doch nichts geholfen. Bis jetzt. Deshalb bin ich hier. Ich hoffe, dass ich endlich wieder schlafen kann, wenn das vorbei ist ...«

»Stopp!« Bernd hob die Handfläche. »Genug! Das waren zu viele Informationen, Schatz. Muss ich dir wirk-lich die Regeln noch mal erklären?«

Stine hob die Achseln, trat zum Tisch vor, drehte das Messer. Als die Spitze auf Marika zeigte, grinste sie verschmitzt. »Du bist dran. Sag uns, was du wählst. *Wahrheit* oder *Pflicht?*«

Marika nickte, blickte sich um. Sie erschrak, als sie Thomas' eisigen Blick bemerkte, und spürte, wie ihr Magen sich zu einem Knoten zusammenzog. »Wahrheit«, krächzte sie und hielt die Luft an.

»Okay, dann sag uns die Wahrheit«, forderte Stine sie auf. »Wo warst du heute Nachmittag tatsächlich, nachdem du deinem Ehemann mitgeteilt hattest, dass du zu deinem Therapeuten gehst?«

Panik schoss in Marika hoch. Sie starrte auf ihre bebenden Hände, die genau wie ihre Knie ein Eigenleben führten. *Denk dran, was Thomas passiert ist, als er gelogen hat.*

Ja ja, schon gut, beschwichtigte sie sich selbst und versuchte, Stines durchdringenden Blick zu deuten. Würde sie zulassen, dass Bernd auch auf sie einstach, wenn sie jetzt schwindelte? Sie musste sich irgendwie rauswinden, ohne alles aufzudecken. Und dann hatte sie die rettende Idee: »Ich war in einem Internetcafé.«

Stine sah zu Bernd, wirkte erleichtert, als dieser ihr bestätigend zunickte.

»Gut, das Spiel geht weiter.« Bernd stand direkt neben Marika und wies auf das Messer. »Drehen.«

Sie tat, wie ihr geheißen, und als sie sah, dass die Spitze am Ende auf Bernd zeigte, schickte sie einen stummen Dank zum Himmel. Sie brauchte Zeit, bis Thomas an der Reihe war und womöglich nachbohrte, was sie in diesem Café gesucht hatte.

»Ich nehme auch die *Wahrheit*«, entschied Bernd und grinste in Marikas Richtung. »Also, stell deine Frage.«

Marika nickte entschlossen. »Du sagtest vorhin, dass du hier bist, um Rache zu nehmen«, knüpfte sie an seine letzte Antwort an. »Rache wofür?«

»Diese Frage beantworte ich nicht«, gab Bernd zurück.

Marikas Mund klappte auf, dann brach ein Lachen aus ihr hervor. »He, das ist gegen die Regeln. Ich habe die *Wahrheit* gewählt und du musst antworten.«

Bernd sah sie finster an, warf dann Stine einen Blick zu, die stumm nickte.

»Okay … das bringt zwar ein bisschen was durcheinander, aber gut.« Er ließ seinen Kopf kreisen, bis seine Wirbel im Nacken knacksten, dann beugte er sich zu Marika hinunter, sodass seine Nasenspitze die ihre fast berührte. »Dein Ehemann hat meine Familie zerstört. Er hat mir jemanden genommen, den ich sehr geliebt habe.«

Marika riss den Kopf herum, sah Thomas an. »Sag, dass das nicht wahr ist!«

Thomas funkelte sie nur zornig an, ohne einen Ton zu sagen.

»Antworte, Thomas. Ist da was dran?«

Bernd stieß ein Kichern aus. »Tja. Schau ihn dir an, deinen tollen Ehemann. In Wahrheit ist er nur ein feiges Dreckschwein. Aber das wusstest du längst, nicht wahr?«

Marika wandte sich Bernd zu. »Ich muss diese Frage nicht beantworten, ich bin nicht an der Reihe.«

Bernd nickte schmunzelnd. Starrte auf das Messer, dann zu Stine. »Ich hab keine Lust mehr zu spielen. Du?«

Sie schüttelte den Kopf.

»Dann beenden wir das hiermit.« Er nahm das Messer an sich, ging zu Thomas' Stuhl. »Deine Frau will wissen, ob es wahr ist, was ich gesagt habe.«

Thomas versuchte vergeblich, vor ihm zurückzuweichen, doch die Fesseln hielten ihn zurück. Er schüttelte den Kopf. »Es war nicht meine Schuld. Ich habe sie über alles geliebt. Ihr Tod war für mich ein genauso großer Verlust wie für dich.«

Bernd seufzte theatralisch, wog das Messer in seiner Hand, dann stieß er blitzschnell zu.

Thomas kreischte, als die Klinge auf seinen zweiten Schenkel niederfuhr.

»Pass auf, dass du nicht die Hauptschlagader erwischst«, mahnte Stine. »Sonst ist der Spaß schnell beendet.«

Marika erstarrte, blickte mit angehaltenem Atem zu Bernd, der das Messer stoßbereit über Thomas' Oberschenkel schweben ließ.

»Jede Lüge werde ich mit einem weiteren Stich bestrafen«, verkündete er.

Thomas Kreischen ging in ein Wimmern über. »Bitte«, flehte er, »lasst uns in Frieden.«

Bernds Gesicht erstarrte zur finsteren Maske. »Du willst Frieden? Du verdammter Wichser wirst deinen Frieden finden, sobald du mir die Wahrheit gesagt hast. Los, beichte, was du meiner Schwester angetan hast!«,

»Gar nichts! Gar nichts hab ich ihr angetan. Es war ihre Entscheidung, vom Dach des Chemikums zu springen. Ich war nicht einmal in der Nähe, als es passiert ist. Als sie tot war ...«, Thomas brach ab, seine Stimme zitterte, »ist meine Welt zusammengebrochen. Sie war mein Ein und Alles. Wir waren verlobt, wollten heiraten, eine Familie gründen. Ich hätte ihr niemals etwas zuleide tun können.«

Bernds Hand schoss vor, packte Thomas am Schopf, riss seinen Kopf in den Nacken. »Du hast Anneke in den Tod getrieben. Du weißt es. Stine weiß es. Ich weiß es. Anneke hätte sich niemals umgebracht. Nicht die Anneke, die ich kannte. Du hast sie zerstört! Hast aus meiner wunderschönen, klugen Schwester, die wusste, was sie wert war, einen bemitleidenswerten Schatten ihrer selbst gemacht. Du hast sie manipuliert, hast systematisch dafür gesorgt, dass sie den Glauben an sich selbst verloren hat. Du bist ein verdammter Irrer! Ein Psycho, der es genießt, andere in den Abgrund zu stoßen.«

Bernd ließ Thomas los, wischte sich angewidert die Hände an der Hose ab, sah zu Marika. »Du weißt, dass es stimmt, nicht wahr?«

Marika hielt seinem Blick ein paar Sekunden stand, dann sah sie zu Boden. Schließlich nickte sie schwach.

»Schatz, ich bitte dich«, kam es brüchig von Thomas, doch sie blendete seine Stimme aus, musste nachdenken.

Als sie wieder aufsah, stand Stine direkt vor ihr. »Anneke hatte einen so grausamen Tod nicht verdient. Sie war ein Engel, weißt du? Zu nett, zu schön, zu schlau. Alle mochten sie und das machte sie zu seinem idealen Opfer. Zuerst spielte er ihr den perfekten Typen vor, danach versuchte er, sie langsam von ihrer Familie und ihren Freunden zu isolieren. Als ihm das nicht gelang, trieb er sie systematisch in den Tod. So ist er, dein toller Ehemann. Er genießt es, Frauen leiden zu sehen, sie zu unterdrücken, dabei zuzusehen, wenn sie sich Stück für Stück selbst verlieren.«

Marika schluckte gegen den Würgereiz an.

Stine trat einen Schritt zurück, nickte Bernd auffordernd zu. »Mach weiter!«

Bernd trat an ihrer Stelle vor Marika, suchte ihren Blickkontakt. »Darf ich dir eine Frage stellen?«

Sie nickte stumm.

»Gut, aber ich warne dich vor, es wird dir schwerfallen, ehrlich darauf zu antworten.«

Marikas Herz hämmerte so heftig gegen ihre Rippen, dass sie Mühe hatte, Luft zu holen. Sie nickte, obwohl sie ahnte, was jetzt kommen würde. Etwas, was ihr eine Heidenangst einjagte.

»Na gut.« Bernd ließ sie nicht aus den Augen. »Als

du in diesem Internetcafé warst, was wolltest du da? Lass dir Zeit mit der Antwort, überleg dir genau, was du jetzt sagst.«

Marika stieß zitternd die Luft aus, wandte den Kopf zu Thomas, der mit schmerzverzerrtem Gesicht auf dem Stuhl saß und aussah, als würde er jede Sekunde aus den Latschen kippen.

Lass dir was einfallen, hämmerte es in ihrem Kopf. *Sag auf keinen Fall die Wahrheit!*

Marika schloss die Augen, hielt instinktiv die Luft an. Was sollte sie tun?

Es aussprechen?

Lügen?

Aber hatte sie eine Wahl? Dieses verdammte Spiel *Wahrheit oder Pflicht* ging vermutlich weiter, nach Bernds einseitigen Spielregeln. Er hätte ihr diese Frage kaum gestellt, wenn er nicht längst die Wahrheit kennen würde.

Sie öffnete die Augen, blickte von Bernd zu Stine. »Ihr seid mir gefolgt, nicht wahr? Ihr wisst längst, was ich dort getan habe. Ihr wisst, was ich geplant habe.«

Die beiden musterten sie stumm.

Marika seufzte, sah ihren Mann an. »Ich war wegen dir in diesem Café«, sagte sie. »Ich hab im Internet nach etwas gesucht. Nach einer Möglichkeit, wie ich ...« Sie brach ab, begann zu weinen.

Als sie sich wieder im Griff hatte, spürte sie eine leichte Hand auf ihrer Schulter. Sie sah auf, begegnete Stines mitleidigem Blick.

»Sprich es aus. Wenn du es ihm gesagt hast, wird es dir besser gehen.«

Marika nickte, strich über eine imaginäre Falte ihrer Bluse, sog gierig ihre Lungen mit Sauerstoff voll. »Ich habe im Internet die Zeiten von Ebbe und Flut recherchiert. Wollte genau wissen, wann ich am Watt sein muss, um vor Ort zu sein, wenn das Wasser kommt.«

Stine nickte ihr aufmunternd zu. »Gut, und weiter ...«

Marika wandte sich Thomas zu. »Ich habe mir alles ganz genau ausgemalt. Wir gehen spazieren, unterhalten uns, küssen uns, vergessen mal wieder alles um uns herum. Du weißt schon, ein weiterer exotischer Platz, an dem du mir zeigen kannst, was für ein toller Hecht du bist. Zuschauer brauchen wir keine. Also wagen wir uns viel zu weit hinaus. Und während du völlig ahnungslos neben mir herläufst, ziehe ich meinen Taser aus der Tasche und strecke dich damit nieder. Ich lasse dich liegen und laufe zurück, sehe später aus der Ferne zu, wie das Wasser kommt und die Strömung dich weit ins offene Meer hinauszerrt, wo du ertrinkst.«

Als sie bemerkte, wie Thomas' Augen sich weiteten, lächelte sie.

»Siehst du«, sagte Stine leise. »Ich hab recht gehabt, es geht dir jetzt schon besser.«

Marika nickte. »Viel besser sogar ...«

»Das ist nicht wahr!«, stieß Thomas aus. »Sag, dass das nicht wahr ist. Das hast du nicht vorgehabt, das hast du jetzt nur erfunden.« Thomas starrte sie an, den Mund halb geöffnet, die Augen aufgerissen. »Warum?«

»Wie dämlich bist du eigentlich?« Marika sah ihn angewidert an. »Ich will deinen Tod, weil ich dich mit jeder Faser meines Körpers und aus tiefster Seele hasse!«

TEIL VIER

SIEBZEHN
AUGSBURG
2018

Marika

E<small>INE ANDERE</small> G<small>ESCHICHTE</small> …

»Hallo Bienchen.«

Erschrocken wirbelte sie herum, brauchte einen Augenblick, um das Gesicht des Mannes hinter sich einzuordnen.

»Jannes?«

»Ja, ich komm oft an Simons Grab und rede mit ihm, so wie früher …«

»So wie früher?« Sie strich über den Grabstein. »So wie früher wird es nie mehr sein ohne ihn.«

»Ach Bienchen …«

»Nicht, mach das nicht. Sag bitte nicht Bienchen zu mir.« Ihre Stimme zitterte. »Er hat mich immer so genannt und es tut weh, weißt du? Ich kann nicht, darf nicht …« Sie stoppte, drängte die Tränen zurück.

Ehe sie sich versah, hatte er sie in die Arme genommen, strich ihr sanft über den Rücken. »Mir fehlt er auch jeden verdammten Tag. Er war ja nicht nur mein Kollege, sondern auch mein bester Freund und hat eine riesengroße Leere hinterlassen.«

Marika löste sich aus der Umarmung, sah Jannes an. »Wenn er dir schon so fehlt, dann kannst du dir sicher vorstellen, wie es Noah geht.« Sie verstummte, kämpfte gegen den dumpfen Schmerz in ihrem Inneren an. Früher hatte sie nicht verstanden, wenn Leute sagten, dass Trauer physische Schmerzen verursachen konnte, doch mittlerweile wusste sie, dass es stimmte. Sie nahm ihr die Luft, krampfte alles in ihr zusammen.

»Kann ich irgendwas für euch tun?«, fragte Jannes.

Marika holte Luft. »Ja. Sorg einfach dafür, dass sein Mörder endlich gefasst und zur Verantwortung gezogen wird.«

Jannes seufzte. »Wir haben alles versucht, wirklich. Wir haben alle Fälle, mit denen dein Exmann in den letzten zehn Jahren betraut war, wieder aufgerollt, über-prüft, und daraufhin untersucht, ob ein Racheakt gegen Simon geplant war. Wir haben mindestens hundert Befragungen durchgeführt und keinen einzigen Hinweis gefunden. Erschwerend kommt hinzu, dass wir die Tatwaffe bis heute nicht gefunden haben.«

»Und das Fahrzeug? Gab es nicht zwei Zeugen, die dabei waren, als die Schüsse auf Simon abgegeben wurden?«

»Ja, die Zeugen sagten in der ersten Befragung aus, dass ein dunkler Lieferwagen neben Simon anhielt, als er seine Einkäufe in den Wagen laden wollte. Die beiden haben einen dumpfen Schlag gehört und als der Liefer-wagen davonfuhr, ist ihnen aufgefallen, dass Simon am Boden lag.«

»Ja und?«

Jannes stieß ein Stöhnen aus. »Natürlich sind wir dem nachgegangen. Dummerweise waren beide Zeugen stark alkoholisiert und haben sich später widersprochen. Nachdem sie zuvor von einem Kastenwagen gesprochen hatten, den sie gesehen haben wollen, war es dann plötzlich ein grauer SUV. Wir haben natürlich auch die Aufnahmen der Außenkameras überprüft, die aber nur einen Teil der Parkflächen erfassen. Leider ist nichts von diesem Fahrzeug auf den Bändern.«

Marika nickte schwer, als wisse sie das alles bereits.

»Diese Zeugen, auf die du dich berufst, erinnerten sich auch nicht an den Fahrer oder das Nummernschild«, fuhr Jannes fort. »Faktoren, die uns die Arbeit immens erschweren.«

»Dann ist es aussichtslos?«

Jannes hob die Schultern. »Es ist jetzt fast zwei Jahre her … Natürlich sind wir noch dran. Aber ich will dir keine falschen Hoffnungen machen.«

»Und was denkst du, wer es gewesen ist?«

Jannes wich ihrem Blick aus, sah auf seine Schuhspitzen. Als er den Kopf hob, schwammen seine Augen in Tränen. »Ich hab nur einen vagen Verdacht. Simon war vor Jahren mit einem Fall betraut, in dem es um einen Drogenring in Bayern ging. Wir haben einen Teil der Typen damals überführen und wegsperren können, doch zwei sind nach wie vor auf der Flucht. War eine ziemlich üble Sache damals.«

»Und du glaubst, das hat etwas mit den Schüssen auf Simon zu tun?«

»Möglich, dass es da einen Zusammenhang gibt.«

Marika sah ihn an, runzelte die Stirn. »Aber warum ist mein Exmann dann der Einzige, auf den geschossen wurde?«

Jannes räusperte sich. »Nach seinem Tod haben wir Sicherheitsvorkehrungen getroffen. Die betroffenen Kollegen sind über Monate hinweg nur noch mit Schutzwesten im Außendienst unterwegs gewesen, wir haben zudem für Personenschutz nach Feierabend gesorgt.«

Marika schluckte. »Bisschen spät für Simon. Aber da ist eine Sache, die ich nicht aus dem Kopf bekomme.«

Jannes stieß die Luft aus. »Ich weiß … die SMS, die er dir am Tag vor seinem Tod geschickt hat.«

»Ja. Er wollte mit mir reden und es klang dringend.«

»Ich hab dir damals schon gesagt, dass es vermutlich um Noah ging. Er machte sich Sorgen um seinen Sohn, weil Noah sich immer mehr zurückzog und nahezu apathisch wirkte. Simon glaubte, dass es Probleme mit deinem Ehemann gab. Er war deswegen sogar bei deiner Schwiegermutter, wollte mit ihr über Thomas sprechen, weil er sich einredete, dass der Kerl etwas auf dem Kerbholz haben könnte. Er hatte den Verdacht, Thomas habe etwas mit dem Tod seines Vaters zu tun, der als Jagdunfall eingestuft worden war.«

»Wie kam er denn auf diese absurde Idee?«

Jannes sah sie ernst an. »Spielt das jetzt noch eine Rolle? Wollen wir es nicht einfach gut sein lassen?«

Sie sah ihn fest an. »Ich muss es wissen, Jannes. Ich muss wissen, was in meinem Mann vorging, kurz bevor er starb.«

Jannes starrte sie an. »In deinem Mann? Du sprichst immer noch von ihm als deinem Mann, obwohl du schon lange mit seinem Nachfolger verheiratet bist?«

Als Marika ihr Fehler bewusst wurde, stieß sie einen leisen Fluch aus.

»Darf ich dir eine Frage stellen?« Jannes sah sie abwartend an.

»Okay…«

»Wenn ihr beide noch so besessen voneinander wart, wieso habt ihr euch dann scheiden lassen? Schau dich doch an, du stehst hier vor mir, leidest offensichtlich unter dem Tod deines Exmannes wie ein Hund …« Er suchte nach Worten. »Simon war genauso, wusstest du das? Wann immer wir uns unterhielten, kam das Gespräch irgendwann auf dich. Er war wie besessen von dem Gedanken, dass dein Mann eine Gefahr für dich und Noah sein könnte, und wenn ich ehrlich bin, glaube ich, dass diese Besessenheit ihn unvorsichtig werden ließ. Sie hat ihm die Sicht auf das Wesentliche verschleiert, verstehst du?«

Marika wurde blass. »Soll das heißen, es ist meine Schuld, dass seine Asche hier vergraben ist?«

Jannes hob beschwichtigend die Hände. »Um Himmels willen, Marika. Das wollte ich damit nicht sagen. Aber ich glaube, er ist durch die Hölle gegangen, als du wieder geheiratet hast. Er wollte dich zurück, verrannte sich und projizierte diese Gefühle auch auf Noah.«

Marika nickte, ließ ihren Blick über das Grab vor ihnen schweifen, bevor sie Jannes wieder anblickte. »Du sagtest damals, dass er dich um eine Adresse in Bayreuth gebeten hat. Hatte das nicht auch irgendwas mit Thomas zu tun?«

»Es ging um den Tod einer Exfreundin deines neuen Mannes. Doch so richtig schlau wurde Simon aus dem Ganzen nicht. Dieses Mädchen starb eindeutig durch Suizid.«

»Wann genau war Simon in Bayreuth und bei Thomas' Mutter?«

»Das war zwei Monate vor seinem Tod.«

»Und danach?«

»Wie ich sagte, er war wie besessen, redete nur noch von deinem Mann. Er hoffte wohl, etwas zu finden, das er ihm anlasten konnte.«

»Und?«

»Da gab es nichts. Selbst du hast Simon gegenüber ja immer wieder behauptet, dass zwischen Thomas und dir alles in bester Ordnung sei. Auch Noah sagte, dass Thomas ihn gut behandelt. Deswegen verstehe ich Simons Misstrauen und seine daraus resultierenden Handlungen bis heute nicht.«

»Hast du Thomas nach Simons Tod deswegen auf die Liste der Verdächtigen gesetzt?«

Jannes verzog das Gesicht. »Das war Routine. Simons Gedanken kreisten ja monatelang um diesen Mann, deswegen dachte ich damals, es könne nicht schaden, auch ihn zu überprüfen. Im Übrigen haben wir auch dich ins Visier genommen, obwohl wir sicher waren, dass du mit Simons Tod nichts zu tun hattest. Wir wollten einfach keine Option unberücksichtigt lassen, verstehst du?«

Marika nickte, wandte sich dann wieder dem Grab zu, ging in die Hocke, zupfte an einem Blumenbouquet.

»Wenn ich dir jetzt eine sehr intime Frage stelle, würdest du sie mir dann beantworten?«

Marika sah zu Jannes auf, hob die Schultern. »Kommt drauf an.«

»Hast du jemals in Erwägung gezogen, zu Simon zurückzukehren?«

Sie stand auf, schwankte dabei leicht, stützte sich am Grabstein ab. Schließlich sah sie Jannes ernst an. »Bis zu seinem Tod hätte ich diese Frage wahrscheinlich mit Nein beantwortet. Doch jetzt … heute … bin ich mir da nicht mehr so sicher.« Sie brach ab, suchte nach Worten und hatte Mühe, nicht in Tränen auszubrechen. »Es hat mich vollkommen überwältigt, als ich begriffen habe, wie viel ich noch für ihn empfinde. Selbst jetzt noch, wo er tot ist.«

ACHTZEHN

AUGSBURG

2018

Marika

Professor Dr. Lindner sah sie schmunzelnd an, während er ein Stück Fisch auf seine Gabel spießte. »Meine Liebe, Sie sind nicht nur eine perfekte Gastgeberin, sondern auch eine exzellente Köchin. Dieser Lachs … ich habe noch niemals zuvor einen so zarten Fisch gegessen.«

Marika seufzte innerlich auf, lächelte ihrem Gast zu. »Sie schmeicheln mir«, gab sie zurück, darauf achtend, nicht zu überschwänglich zu klingen.

Lindner war ein gut aussehender Mann um die fünfzig und leitender Chefarzt des Klinikums in München.

Thomas' Beförderung zum Chefarzt der neurologischen Station stand unmittelbar bevor und daher glaubte er wohl, dass dieser Abend wichtig sei, um den Deal zwischen Lindner und ihm zu besiegeln. Seit Tagen hatte er Marika darauf eingestimmt, alles müsse am heutigen Abend absolut perfekt sein. Ihr Aussehen und Auftreten, Noahs Benehmen. Das Haus in einem tadellosen Zustand, das Essen, die Weine stimmig und delikat.

Marika warf Thomas einen Blick zu, konnte seinen Gesichtsausdruck aber nicht so recht deuten. War er zufrieden mit ihr?

Sie betrachtete seinen Mund und seine Augen, wollte herausfinden, ob sein Lächeln nur aufgesetzt war, doch Thomas verstand es wie kein Zweiter, sein wahres Ich hinter einer Fassade der Freundlichkeit zu verbergen.

Sie spießte das letzte Stück Fisch auf ihre Gabel, steckte sich den Bissen in den Mund, schluckte.

Lindner hatte recht. Vorspeise und Hauptgericht waren ihr hervorragend gelungen. Das Thunfischtatar war butterzart, die Vinaigrette dazu genau die richtige Mischung aus würzig und leicht säuerlich, der Lachs samt Spargel butterzart, das Kartoffelgratin bombastisch. Selbst der Sauvignon Blanc, den sie ausgewählt hatte, schien die perfekte Begleitung zu sein. Immerhin öffnete Thomas gerade die zweite Flasche.

Am Dinner konnte es also nicht liegen, falls Thomas sauer auf sie war. Oder enttäuscht, wie er es stets nannte.

Auch das Dessert – ein leichtes Zitronen-Parfait – sah genauso aus wie im Rezeptbuch abgebildet und würde sicher köstlich schmecken.

Das Einzige, was Thomas gegen sie vorbringen könnte, war ihre Kleiderwahl. Sie hatte sich heute Abend für ein helles Kleid entschieden, beige mit großen dunkelblauen Blumen. Thomas hatte Lindner und sie zwar einander mit überschwänglicher Begeisterung vorgestellt, doch da war etwas an ihm gewesen, an seiner Stimme, dem Ausdruck seines Gesichts, das sie hatte stutzen lassen.

Und auch jetzt beim Essen warf er ihr hin und wieder Blicke zu, die nichts Gutes verhießen.

Was hatte sie falsch gemacht?

Marika schluckte angestrengt, stand auf, als Lindner den letzten Bissen seines Mahls verschlungen hatte, sah von Thomas zu seinem Chef. »Ich möchte mich in aller Form entschuldigen, doch ich muss Sie ganz kurz allein lassen, um in der Küche den Rest des Desserts vorzubereiten. Zum Parfait gibt es eine Soße aus frischen Brombeeren und ich muss die Früchte noch durch ein Sieb passieren.« Sie schmunzelte, dann flog sie nahezu um den Tisch herum, um das schmutzige Geschirr auf dem Weg in die Küche einzusammeln.

Sekunden später war sie dabei, alles in die Spüle zu stellen, als es ihr eiskalt über den Rücken lief.

Noah … Sie hatte ihm sein Abendessen schon vor Lindners Ankunft zubereitet, ihn heute ausnahmsweise früh zu Bett geschickt. Doch Noah war mit seinen neun Jahren kein Kleinkind mehr, hatte eigene Vorstellungen davon, wann es Zeit war, schlafen zu gehen. Marika seufzte, als ihr bewusst wurde, dass sie wohl den Grund für Thomas' versteckten Unmut herausgefunden hatte. Noah war während der Vorspeise zu ihnen ins Esszimmer gekommen, hatte gemault, dass er nicht schlafen könne, und darauf bestanden, noch ein wenig fernzusehen.

Das musste es gewesen sein.

Wenn sie recht hatte, würde Thomas ihr wieder einmal vorwerfen, dass sie den Jungen nicht im Griff hatte. Vor Lindner hatte er seinen Ärger natürlich überspielt, sich als Vorzeigestiefvater gezeigt und Noah erlaubt, noch ein wenig im Elternschlafzimmer zu bleiben, um sich eine Folge seiner Lieblingsserie anzusehen.

Verdammt, warum hatte sie Noah nicht strenger darauf hingewiesen, in seinem Zimmer und den Erwachsenen fern zu bleiben?

Marika spürte, wie ihr Innerstes zu Eis gefror.

Sie malte sich aus, wie Thomas ihr später vorwerfen würde, dass er sich durch Noah vor seinem Chef bloßgestellt gefühlt hatte. Dass sie eine miserable Mutter war, die es nicht einmal hinbekam, ihrem Sprössling Manieren beizubringen.

Ein Teller glitt ihr aus den Händen, knallte auf die Fliesen. Sie sah, dass er in unzählige Scherben zersprang, schloss in stummer Verzweiflung die Augen.

Die Tür schwang auf, bevor sie sich auch nur halbwegs gefangen hatte. Sie riss die Augen auf, sah sich Thomas gegenüber, der mit verkniffenem Gesicht zuerst auf die Scherben auf dem Boden, dann theatralisch seufzend zu ihr blickte. Dann ging er nach nebenan, in den Abstellraum, kam kurz darauf mit Schaufel und Besen zurück, fing an, das Desaster aufzufegen.

»Schatz, ich bitte dich«, stammelte sie. »Lass mich das machen und geh zu deinem Gast.«

Doch Thomas beendete stumm seine Aufräumarbeit, gab die Scherben in den Müll, brachte Schaufel und Besen zurück an ihren Platz. Als er wieder in die Küche kam, lächelte er. »Schon erledigt«, rief er fröhlich, doch sie hatte gelernt, jede Regung in seinem Gesicht zu lesen. Sie sah, dass er vor Zorn kochte.

»Es tut mir leid«, flüsterte sie leise. »Ich hatte glitschige Finger vom Spülmittel und hab nicht aufgepasst.«

Er sah sie an, legte den Kopf schräg, ließ seinen Blick über ihren Körper wandern.

Betreten strich sie über ihr Kleid. »Gefällt es dir nicht?«

Er starrte sie mit diesem abweisenden Blick an, der ihr stets einen Schauer über den Rücken bescherte, schüttelte den Kopf. »Lass uns später reden, ja? Wenn wir wieder allein sind.«

Lindner nahm ihre Hände in die seinen und bedankte sich strahlend für den gelungenen Abend. Sie lächelte tapfer, doch in Gedanken war sie längst bei dem, was gleich folgen würde.

Als die Tür hinter Thomas' Chef ins Schloss gefallen war, packte er sie am Arm, zog sie ins Wohnzimmer. Dort drückte er sie auf den Sessel, kauerte sich vor sie hin, starrte sie mit unergründlicher Miene an. »Findest du, dass ich gut für Noah und dich sorge?«, fing er an und klang nicht einmal wütend. Lediglich der seltsame Unterton in seiner Stimme ließ sie aufhorchen.

Sie nickte zaghaft.

»Ihr lebt in einem wunderschönen Haus, dein Sohn trägt die neuesten Markenkleidungsstücke und ich überschütte dich mit Luxus ...« Er wurde laut, betonte jedes einzelne Wort, während seine Miene von gespielter Traurigkeit zu einer zornverzerrten Fratze wechselte. »Du musst nicht arbeiten für all diesen Luxus! Was könnte ich noch mehr tun?«

»Gar nichts, Liebling«, flüsterte Marika beschwichtigend. »Du bist einfach perfekt, sorgst liebevoll für Noah und mich, dafür werde ich dir ewig dankbar sein.«

Sein Gesichtsausdruck verfinsterte sich noch mehr. »Dann erklär mir, wieso du noch immer wie eine trauernde Witwe ans Grab deines beschissenen Versagers von einem Exmann pilgerst?«

Marika erstarrte.

Thomas baute sich bedrohlich vor ihr auf, die Hände in die Seiten gestemmt. »Sagtest du nicht, dass du froh warst, als diese Ehe geschieden wurde? Dass er ein schrecklicher Partner für dich war? Unzuverlässig, fast nie anwesend.«

Marika nickte.

»Ich gebe zu, ich lass dich auch oft länger allein, als ich möchte, doch mein Job geht mit einer riesigen

Verantwortung einher. Ich rette Tag für Tag Menschenleben. Dennoch versuche ich, beides unter einen Hut zu bringen – meinen Job und meine Familie.«

»Ich weiß«, gab Marika mit brüchiger Stimme zurück.

»Warum also? Was wolltest du auf dem Friedhof? Fehlt er dir so sehr?«

»Nein! Das ist es nicht«, beteuerte sie hastig. »Aber er ist doch Noahs Vater. Ich werde ihm ewig dafür dankbar sein, dass er mir Noah geschenkt hat. Nur deshalb besuch ich ab und zu sein Grab. Das hat nichts damit zu tun, dass ich ihn vermisse. Du weißt doch, dass ich nur dich liebe.«

Sie sah ihn an, versuchte, liebevoll und überzeugend zu wirken. »Du bist der Einzige für mich, bitte glaub mir.«

Thomas nickte schließlich, sah sie milde an. Nach einem weiteren Augenblick der Stille, schüttelte er bedauernd den Kopf. »Ich weiß, dass er Noahs Vater ist. Aber ich versteh nicht, wieso der Junge so tut, als sei mit Simons Tod die Welt untergegangen. Ich bemühe mich nach Kräften, ihm ein guter Vaterersatz zu sein, doch manchmal habe ich das Gefühl, dein Sohn schätzt all meine Aufmerksamkeit und Freundlichkeit überhaupt nicht. Allein die Tatsache, dass er ständig Ärger macht …« Er verzog das Gesicht, als hätte er Schmerzen, griff nach ihren Händen, drückte sie.

Zuerst nur ein wenig zu fest.

Dann drückte er zu.

Sie riss sich zusammen, versuchte, keinen Ton von sich zu geben. Es schmerzte, war kaum auszuhalten.

Sie stöhnte. »Bitte, Schatz, es tut mir unendlich leid.«

Verzweifelt versuchte sie, sich seinem Klammergriff zu entziehen, doch er ließ nicht locker. Schien von Sekunde zu Sekunde immer wütender zu werden.

»Woher hast du überhaupt das Geld für die Blumen gehabt?«

Sie fing an, zu zittern.

»Hast du es von dem genommen, was ich dir zum Einkaufen gegeben habe?«

Als sie ansetzte, etwas zu sagen, hob er stoppend die Hand. »Wusste ich es doch!« Er seufzte übertrieben, sah ihr prüfend in die Augen. »Das Geld war für unser Dinner. Zugegebenermaßen hat man nichts davon bemerkt, dass du das Budget gekürzt hast. Doch in Ordnung finde ich das nicht. Kannst du mir sagen, warum? Was hast du falsch gemacht? Sag es mir!«

Sie hielt seinem Blick stand, nickte leicht. »Ich hab dich nicht gefragt.«

»Ganz genau!«, sagte er und klang, als hätte er einem geständigen Kind den geklauten Lolli entlockt. »Hab ich dir jemals einen Wunsch abgeschlagen? Egal was du brauchst, ich kaufe es dir, oder nicht?«

Sie nickte steif.

»Warum hast du das Geld dann ohne meine Zustimmung genommen?«

Sie sah ihn an, schwieg. Wusste, dass er mit seiner Tirade noch nicht fertig war, besser, sie ließ ihn weiterreden.

»Weil du wusstest, dass ich es nicht gut finden würde, wenn du Geld für dieses tote Arschloch ausgibst. Ich meine …« Thomas brach ab, warf die Hände in die Luft, ließ sie resigniert sinken. »Was er mir alles angetan hat … Er war bei meiner Mutter, kannst du dir das vorstellen?«

Sie schüttelte den Kopf, als wüsste sie nichts davon.

»Er hat in meiner Vergangenheit herumgeschnüffelt und versucht, einen Keil zwischen uns zu treiben. Als er kapierte, dass es zwecklos ist, hat er es bei Noah versucht. Er hat den Jungen manipuliert und beeinflusst, sodass er uns bis heute ständig Ärger macht. Das Kind ist außer Rand und Band, braucht dringend eine richtige Erziehung.«

Sie starrte Thomas an, kämpfte jetzt doch gegen die Tränen. »Bitte, Schatz, lass Noah aus dem Spiel. Er ist doch nur ein kleiner Junge, der seinen Papa vermisst. Gib ihm Zeit und ich verspreche, dass alles so sein wird, wie du es dir immer gewünscht hast. Wir werden die perfekte Familie sein, das schwöre ich.«

Er zog sie zu sich heran, packte ihr Kinn mit Daumen und Zeigefinger, küsste sie hart auf den Mund, stoppte abrupt und verharrte dicht vor ihrem Gesicht. »Wenn ich noch einmal mitbekomme, dass du zum Friedhof gehst, dann muss ich mir leider etwas einfallen lassen, das dir hoffentlich zeigt, wie sehr mir das missfällt.«

Sie nickte, schloss die Augen, hoffte, dass es für dieses Mal vorbei war.

»Und noch was.« Seine Stimme klang gepresst, als könnte er seinen Zorn nur noch unter größter Anstrengung unterdrücken. »Wenn ich das nächste Mal will, dass du dich perfekt in Schale wirfst, zieh dir gefälligst etwas an, in dem du nicht wie eine fette Kuh aussiehst.« Er wich vor ihr zurück, starrte angewidert auf ihren Körper, zupfte mit abfälliger Miene am Saum des Kleides. »Das Ding sieht aus, als hättest du es auf dem Müll gefunden und es steht dir nicht.«

»Ich dachte, das Kleid gefällt dir«, presste sie hervor. »Ich trug es, als wir beide uns kennengelernt haben. Damals war es mir ziemlich eng, aber heute, heute passe ich endlich gut rein.«

Er runzelte die Stirn, lachte schallend. »Da sieht man mal wieder, dass Verliebtheit wirklich blind macht. Ich wollte dich damals so unbedingt, dass mir sogar dieser unansehnliche Fetzen egal war.« Er zwinkerte, gab ihr einen Klaps auf die Wange, stand auf. »Du wirfst das Ding weg, verstanden?«

Sie nickte, spürte, wie der Kloß in ihrem Hals immer größer wurde, ihr die Luft zum Atmen nahm.

Was sie Thomas gesagt hatte, war eine Lüge. Sie hatte dieses Kleid nicht getragen, als sie einander kennenlernten. Sie hatte es lange vor Thomas' Zeit von Simon geschenkt bekommen und es nie anziehen können, weil er sich in der Größe geirrt hatte. Jetzt, da sie mehr als zwanzig Kilo verloren hatte, passte das Kleid endlich und sie hatte beschlossen, es heute für ihn zu tragen. Für Simon. Und für sich selbst.

Sie schluckte die aufkommenden Tränen weg, ging an Thomas vorbei.

»Wo willst du hin?«

Sie drehte sich lächelnd um. »Duschen, Liebling. Ich habe mich in der Küche ziemlich verausgabt und möchte nicht schlecht riechend ins Bett gehen.«

Er grinste. »Trag das Parfum aus Italien auf. Der Duft, der mir so gut gefällt.«

Sie nickte, ging nach oben.

Entgegen ihrer Befürchtung war der Streit glimpflich ausgegangen. Doch sie wusste, dass das nichts zu bedeuten hatte. Er konnte seinen Zorn weiter an ihr auslassen, auf eine Art und Weise, die ihr noch viel weniger gefiel und weit schmerzhafter war, als wenn er sofort aus der Haut fuhr und sie bestrafte.

Sie schickte ein stummes Stoßgebet zum Himmel, betrat das Badezimmer.

Als das warme Wasser auf ihren Körper prasselte, konnte sie die Tränen nicht länger zurückhalten. Sie sank auf den Boden der Duschkabine, schluchzte in stummer Verzweiflung.

Wie hatte sie nur in eine solche Lage geraten können? Sie war eine so unabhängige, charakterstarke Persönlichkeit gewesen, lebenslustig, spontan, durch und durch glücklich, doch von dieser Marika war kaum mehr etwas übrig.

Simon war der einzige Mensch gewesen, dem ihre Veränderung aufgefallen war. Seufzend gestand sie sich ein, wie recht er doch mit allem gehabt hatte. Nur leider würde er das nie erfahren. Sein Körper war zu Asche geworden und Marika glaubte nicht an den Himmel oder irgendwelche Geschichten über Angehörige, die einen über ihren Tod hinweg begleiten.

Sie konnte noch nicht mal mit Simon reden, so wie sein Freund Jannes es wohl ab und zu an seinem Grab tat.

Es war vorbei.

Simon war fort, kam niemals wieder und er würde ihr auch nicht mehr helfen können. Sie rieb sich die Augen, stand auf. Wieso hatte sie auf seine unzähligen Angebote, sich ihm anzuvertrauen, nicht wenigstens einmal reagiert? Jetzt wünschte sie, es getan zu haben.

Stattdessen hatte sie ihm vorgespielt, dass alles seine Schuld sei, Noah seinetwegen ein merkwürdiges Verhalten an den Tag legte, sie deswegen so genervt war.

Warum war sie nicht einfach ehrlich zu ihm gewesen?

Sie hätte Simon nur sagen müssen, was hier in diesen vier Wänden vor sich ging, seit sie Thomas das Ja-Wort gegeben hatte. Vielleicht wäre dann alles anders gekommen?

Marika schloss die Augen.

Dabei hatte alles so gut angefangen …

Thomas war der perfekte Gentleman gewesen, als sie ihm das erste Mal begegnet war. Er hatte sie mit Komplimenten überschüttet, sie umgarnt, ihr das Gefühl gegeben, die einzige Frau auf Erden zu sein. Zumindest für ihn.

Er hatte sie mit kleinen Aufmerksamkeiten überhäuft,

nichts Teures, das ihn als überheblich hätte dastehen lassen. Nettigkeiten eben, die ihr ein Lächeln nach dem anderen entlockt hatten. Mit Noah hatte er es genauso gemacht. Er hatte sich kumpelhaft gegeben, locker, lustig, ein Typ, den sich jedes Kind zum Vater wünschte.

Dann hatte er dieses Haus für sie gekauft, um ihre Hand angehalten. Er hatte nicht ihren Vater um seinen Segen gebeten, denn der lebte seit Jahren im Altenheim, kannte oft nicht einmal seinen eigenen Namen, nein, er hatte Noah in aller Form darum gebeten, seine Mama ehelichen zu dürfen.

Alles war perfekt gewesen, nahezu bilderbuchreif.

Ein paar Wochen nach den Flitterwochen hatten sich dann die ersten Risse in seiner perfekten Fassade gezeigt. Tagelang hatte er die beleidigte Leberwurst gespielt, wenn sie sich mit Freunden und Kollegen traf, ohne ihm zuvor Bescheid zu geben.

Danach fingen die Kontrollanrufe an.

Bald kontrollierte er ihren kompletten Alltag.

Wie er es anstellte, immer genau zu wissen, was sie machte, obwohl er selbst in der Klinik war – darüber konnte sie nur mutmaßen.

Irgendwann hatte er sie gebeten, ihren Job aufzugeben, damit sie sich voll und ganz um Haus und Kind kümmern konnte. Es gefiel ihr zwar nicht, finanziell von ihm abhängig zu sein, doch woher hätte sie wissen sollen, wie weit er noch gehen würde?

Damals hatte sie seine Marotten noch als dumme Eifersüchteleien gesehen, nicht ahnend, wie sehr sie sich täuschte.

Er hatte darauf bestanden, dass sie beide ein gemeinsames Konto hatten, und ihr war es egal gewesen, weil sich ihre finanziellen Mittel auf ein paar hundert Euro Ersparnisse beschränkten. Viel zu spät hatte sie begriffen, dass sie in ihrer grenzenlosen Naivität blindlings in die Falle eines soziopathischen Sadisten getappt war.

Zuerst nahm er ihren Geldbeutel weg, versteckte ihn, ließ sie glauben, sie selbst habe ihn verloren.

Auf die Weise machte er ihr verständlich, dass man ihr keine Kreditkarte anvertrauen durfte. Sie musste ihn wegen allem um Geld bitten, selbst um winzige Beträge, was sich für sie furchtbar erniedrigend angefühlt hatte.

Irgendwann fing er an, ihr Aussehen zu kritisieren. Sie sei zu fett, zu ungepflegt. Danach ging es an ihre Persönlichkeit. Ihr Umgangston sei bäuerlich, ihre Intelligenz bemitleidenswert.

Alles das nagte an ihrem Selbstwertgefühl.

Als er ihr gegenüber zum ersten Mal gewalttätig geworden war, hatte es sich anfangs gar nicht so angefühlt. Sie hatte geglaubt, dass Männer, die ihren Frauen wehtaten, immer zuschlugen, doch bei Thomas war das anders.

Er schlug sie nicht.

Stattdessen biss er sie. Meist an Stellen, die Außenstehende nicht bemerkten. Hinterher tat er so, als sei es nur ein Spaß gewesen, den sie nicht verstand, ein Liebesbiss, den sie fehlinterpretierte.

Manchmal packte er sie einfach nur ein bisschen zu fest an oder riss an ihren Haaren, kniff sie irgendwohin, bis es ihr die Tränen in die Augen trieb.

Doch das Allerschlimmste war der Sex mit ihm nach einer Auseinandersetzung. Allein die Vorstellung verursachte ihr Übelkeit. Wie auf Befehl spürte sie den Schmerz im Unterleib, das Brennen an ihrer Hinterseite.

Sie hatte Thomas schon oft gesagt, dass sie diese Art von Penetration weder mochte, noch den damit einhergehenden Schmerz ertrug, doch er stellte es dann immer so dar, als sei sie einfach nur zu prüde, um mal was Neues auszuprobieren.

Es lief jedes Mal nach demselben Schema ab: Er tat ihr weh und stellte anschließend sich als das Opfer hin. Ein armes Würstchen, das seiner Frau nichts recht machen konnte.

Manchmal ließ er dann seine Wut über sie an Noah aus.

Auch ihn schlug er nicht. Doch er fand eigene Mittel, ihn fertigzumachen.

Einmal hatte er sein Federmäppchen aus dem Schulranzen genommen, obwohl Noah am nächsten Tag eine wichtige Probe schreiben musste und deswegen eine Rüge von seinem Lehrer bekam. Ein anderes Mal hatte er Noahs Frühstück aus dem Ranzen genommen, sodass das Kind den ganzen Tag ohne Essen aushalten musste. Natürlich schob er diese Vorfälle auf Marika und ihre Schusslichkeit.

Es hatte noch unzählige solcher Vorkommnisse gegeben, die Noah entweder bloßstellten oder ihn traurig machten. Daher hatte sie irgendwann einfach aufgegeben sie selbst zu sein. Sie war nur noch Thomas' Ehefrau.

Inzwischen biss sie beim Sex die Zähne zusammen, spielte Thomas vor, wie viel Spaß sie dabei hatte, wenn er ohne liebevolles Vorspiel von hinten in sie eindrang, ihren Anus blutig stieß.

Von alledem ahnte Noah nichts. Sie biss die Zähne noch heftiger zusammen und tat ihr Möglichstes, wenigstens ihren Sohn sorgenfrei aufwachsen zu lassen, auch wenn ihr das in der letzten Zeit immer seltener gelang. Viel zu oft hatte Noah sie dabei ertappt, wie sie weinte und verzweifelt nach einem Ausweg suchte. Als sie eines Tages vorgeschlagen hatte, ihn in ein Internat zu geben, um ihn zu schützen, war er ausgerastet.

Daraufhin war alles noch unerträglicher geworden.

Thomas hatte ihre Absichten hinter dem Internatsvorschlag auf Anhieb durchschaut und seinen Zorn darüber an Noah ausgelassen.

Sie blinzelte gegen die Tränen an, als die Bilder von Noah im Krankenhaus ihre Erinnerung fluteten. Er wäre an den beschissenen Nüssen, die Thomas ins Essen gegeben hatte, beinahe gestorben.

Und sie hatte wieder nichts getan, außer die Schuld auf sich zu nehmen.

Marika straffte die Schultern, stellte das Wasser ab, trat aus der Dusche. Sie musste endlich etwas unternehmen, um ihren Sohn vor diesem Wahnsinnigen zu beschützen.

Warum gehst du nicht einfach zur Polizei?

Die forsche Stimme ihres früheren Ichs in ihrem Kopf erschreckte sie. Schnell schüttelte sie den Kopf, verbannte den Gedanken, der nicht neu war.

Doch was sollte sie sagen?

Sie hatte weder Beweise für ihre Anschuldigungen noch Zeugen. Noah spürte zwar, dass sich zwischen seinem Stiefvater und seiner Mutter etwas verändert hatte, wusste jedoch nicht, was.

Thomas war ihm gegenüber niemals gewalttätig geworden und wenn er sich an ihr ausließ, dann immer nur, wenn Noah fest schlief.

Marika seufzte.

Es war aussichtslos.

Sie hatte niemanden, war allein.

Er hatte sie vollkommen in seiner Hand.

Okay, da waren noch Simons Eltern. Doch durfte sie die armen Leute wirklich mit ihren Problemen belasten, nach allem, was sie durchgemacht hatten?

Nein. Besser wäre es, wenn sie einfach weiter mitspielte und hoffte, dass er ihr eines Tages überdrüssig wurde …

Die Frage war nur, ob dieser Tag jemals käme …

Er genoss es, sie zu kontrollieren, seinen Machtinstinkt an ihr auszuleben, sie mehr und mehr zu seinem Spielzeug werden zu lassen.

Sie schüttelte den Kopf.

Er würde sie nicht gehen lassen.

Niemals …

NEUNZEHN

AUGSBURG

2018

Marika

Auf ihrem Weg ins Schlafzimmer hörte Marika ein leises Wimmern. Es kam aus Noahs Zimmer. Besorgt eilte sie zu seinem Zimmer am anderen Ende des Ganges und drückte vorsichtig die Klinke hinunter.

»Mami«, kam es weinerlich aus seinen zerwühlten Kissen.

»Ja, Schatz, was ist denn los? Hast du schlecht geträumt?« Sie setzte sich zu ihm aufs Bett und strich ihm eine Träne aus dem Gesicht. Bei seinem Anblick krampfte sich alles in ihr zusammen. Ihr war, als würde sie in Simons Gesicht blicken. Noah hatte seine dunklen Augen, sein lockiges Haar, seine Gesichtszüge, die ihm mit jedem Lebensjahr ähnlicher wurden.

Als Noah sie aus diesen lieben Augen anblinzelte, verschmolzen ihre Liebsten zu einer einzigen Person. Dennoch war dieses Abbild ihres verlorenen Mannes noch ein Kind, ihr Junge, der offensichtlich litt.

»Hast du dich mit Thomas gestritten?«, fragte er.

»Ich hab euch gehört, als ich auf der Toilette war.«

Seufzend hob Marika die Decke, schlüpfte darunter und zog Noah fest an sich. »Wir haben gestritten, ja. Doch das hatte nichts mit dir zu tun.«

»Aber ich hab meinen Namen gehört.«

Sie schloss die Augen, seufzte innerlich. »Wir haben kurz über dich gesprochen, hatten deswegen aber keinen Streit. Thomas war nur ungehalten, weil ich vergessen hatte, etwas einzukaufen. Der heutige Abend war wichtig für ihn und deshalb war er nervös. Doch jetzt ist alles gut.«

»Mir fehlt mein Papa«, nuschelte Noah unter Tränen und sprach aus, was auch Marikas Herz zerriss.

»Mir fehlt er auch, Schatz«, sagte sie. »Aber weißt du, er ist immer noch bei uns ...«, sie zögerte. Was sie dem Kleinen sagen wollte, entsprach nicht dem, woran sie glaubte. Dennoch fuhr sie fort. »Wir lieben deinen Papa immer noch, tragen ihn in unserer Erinnerung. Dort darf er weiterleben.«

Sie spürte einen Lufthauch, als die Tür aufschwang und Thomas auf der Schwelle stehen blieb.

Sie drehte den Kopf, lächelte ihm zu. »Lass mir noch ein paar Minuten mit Noah«, bat sie. »Er hat schlecht geträumt.«

Thomas starrte sie sekundenlang mit unbewegter Miene an, drehte sich dann wortlos um und verschwand.

Marika spürte, wie ihr Hals innerhalb von Sekunden austrocknete, wie immer, wenn sie furchtbare Angst hatte. Sie umarmte Noah, küsste ihn in den Nacken, zwang sich, an etwas anderes zu denken, damit ihr Kind nicht wieder ihre Anspannung spürte.

Als sein Atem Minuten später regelmäßiger wurde und seine Augen zufielen, löste sie sich vorsichtig von ihm, stand auf und deckte ihn zu. Dann schlich sie auf den Flur, zog lautlos die Tür hinter sich zu und machte sich auf den Weg ins Schlafzimmer, wo Thomas bereits auf dem Bett lag und ihr mit eisigem Blick entgegensah.

»Er schläft jetzt«, sagte sie leise und legte sich neben ihn.

»Du bist wie eine dieser Helikoptermütter«, stieß er zischend aus. »Du weißt, dass es ungesund ist, wenn du den Jungen so verweichlichst. Er ist neun! In dem Alter sollte er ohne seine Gluckenmutter durchschlafen können und sich nach einem Albtraum auch allein wieder einkriegen.«

»Sein Vater ist tot, das macht ihm zu schaffen«, gab Marika schroffer als beabsichtigt zurück, bereute ihren Tonfall jedoch sofort, als sie sah, wie sich Thomas Gesichtsausdruck verfinsterte. Sie seufzte, drehte sich ihm zu. »Simon fehlt ihm. Hinzu kommt, dass er schon ein paar Wochen nicht mehr bei seinen Großeltern war.«

»Du wolltest das nicht. Du sagtest, dass ihn das Haus an seinen Vater erinnert und er dann jedes Mal wieder in dieses tiefe Loch fällt.«

Sie nickte. »Ich glaube, das war ein Fehler … Vielleicht sollte ich die beiden morgen anrufen und sie bitten, ihn übers Wochenende zu nehmen. Es würde sie auch freuen. Ja, das Leben muss endlich weitergehen, unser aller Leben.«

Als sie seine Hand auf ihrer Schulter spürte, bekam sie eine Gänsehaut. Nicht, weil sie diese Berührung genoss, so wie damals, als sie Thomas gerade kennengelernt hatte, sondern weil sie sich davor ekelte.

Sie schloss die Augen, ließ sich ins Kissen sinken, wünschte sich in Gedanken an einen anderen Ort, schaffte es beinahe, Thomas Küsse und seine Berührungen auszublenden. Als er sie unsanft auf die Seite stieß und an ihrem Slip riss, hielt sie instinktiv die Luft an.

Ein schmerzerfülltes Keuchen entwich ihr, als er

gleich darauf grob in sie hineinstieß, hart, ohne Zärtlichkeit, wie eine verfluchte Maschine.

Nach einigen Sekunden drückte er sie auf den Bauch, legte sich auf sie, stieß erneut zu. Automatisch spulte sie ab, was ihr längst zur Gewohnheit geworden war. Achtete darauf, ab und zu leise zu seufzen, was man mit viel Fantasie als wohlig interpretieren konnte, krallte, als der Schmerz unerträglich wurde, ihre Finger in die Kissen und versuchte, ihren Geist von ihrem gemarterten Körper zu lösen.

Sie presste die Lider fest aufeinander, beamte sich an den Strand in Teneriffa, wo sie früher mit Simon gewesen war. Doch ihre Gedanken hielten sie nicht dort, trugen sie wieder zum Friedhof, zu Simons Grab, zu Jannes, mit dem sie heute Vormittag gesprochen hatte.

Seit Kindertagen war er Simons bester Freund gewesen. Kannte ihn besser, als sie ihn jemals gekannt hatte. Er hatte etwas gesagt, was ihr Unterbewusstsein beschäftigte. Simon habe mit ihr über Noah reden wollen und ihr deshalb diese SMS geschickt. Aber war das plausibel?

Über Noah hätte er mit ihr auch am Telefon sprechen können, selbst auf die Gefahr hin, dass Thomas mithörte. Stattdessen hatte er sie bei seinen Eltern treffen wollen, an dem einzigen Ort, von dem er wusste, dass Thomas niemals dabei sein würde.

Ein brennender Schmerz im Unterleib riss sie ins Hier und Jetzt zurück. Sie spürte Thomas heißen Atem im Nacken, musste sich beherrschen, nicht auf das Kopfkissen zu kotzen.

»Du bist nicht bei der Sache«, knurrte er wütend und stieß noch heftiger in sie hinein. »Denkst du an deinen Ex? Wünschst du, er läge jetzt auf dir?«

Sein Schnauben vermischte sich mit ihren schriller werdenden Schmerzenslauten, nur unterbrochen von ihrem gekeuchten: »Ich will dich, dich, nur dich ...« Sie griff hinter sich, fand Thomas Hintern, drückte ihn fester an ihren Körper, damit er glaubte, sie genieße seine Abartigkeit.

Dann beamte sie sich erneut weit weg. Dachte wieder an Simon, aber nicht an den Sex mit ihm, sondern daran, dass er aus nächster Nähe erschossen worden war. Sie war keine Polizistin und doch wusste sie, dass dieser Tathergang von grenzenlosem Hass zeugte. Sein Mörder hatte ihn nicht hinterrücks erschossen, sondern ihm ins Gesicht gefeuert. Da niemand den Schuss gehört hatte, musste er einen Schalldämpfer benutzt haben. Der Täter hatte sich also vorbereitet.

Wer es auch gewesen war, er musste Simon beobachtet und auf den richtigen Augenblick gewartet haben.

Wenn dieser kaltblütige Mord tatsächlich mit einem früheren Fall in Verbindung stand, ergab es keinen Sinn, dass der Täter nicht irgendwann bei seinen Kollegen weitergemacht hatte. Inzwischen waren fast zwei Jahre vergangen, die Schutzmaßnahmen sicher längst aufgehoben.

Wieder erschien diese ominöse letzte SMS vor ihrem geistigen Auge. Die Nachricht war neutral gewesen, selbst Thomas, der ihr Handy regelmäßig kontrollierte, hätte daraus nicht das Geringste schließen können. Aber wieso war der Angriff auf ihren Exmann unmittelbar danach erfolgt?

Die Augen fest geschlossen, versuchte sie, diesen Körper auf und in ihr zu ignorieren. Flach atmend blendete sie seinen Geruch aus, kämpfte gegen den immer stärker werden Brechreiz an.

War es möglich, dass Thomas …

Sie keuchte, als ihr bewusst wurde, was genau dieser Gedankengang bedeutete.

Das Mädchen aus Bayreuth fiel ihr ein. Thomas' Ex …

Thomas hatte nie mit ihr über das gesprochen, was damals geschehen war, und auch Simon nicht, nachdem er etwas herausgefunden hatte. Sie verstand natürlich Simons Beweggründe, ihr seine Schnüffelei zu verheimlichen. Doch wieso hatte Thomas ihr nichts davon erzählt?

Weil er etwas zu verbergen hatte?

Sie zuckte zusammen, als Thomas keuchend über ihr zusammenbrach und von ihr herunterrollte. Endlich!

Als sie anschließend stumm nebeneinander lagen, bemühte sie sich um einen zufriedenen Gesichtsausdruck, um Thomas mal wieder zu bestätigen, was er für ein toller Liebhaber war.

Die Magensäure stieg unaufhaltsam in ihr hoch. Sie riss sich zusammen, musste noch ein paar Sekunden ausharren. Sie zählte stumm vor sich hin bis sechzig. Bis Thomas' Schnauben in ein leises Schnarchen übergegangen war.

Sie blickte ihn nicht mal an, bevor sie aufstand und ins Bad huschte, um minutenlang heiß zu duschen und alles von ihm abzuspülen. Als sie sich endlich sauber fühlte, setzte sie sich auf den geschlossenen Toilettendeckel, um ihre Gedanken an die damaligen Ereignisse fortzuführen.

Thomas war wütend gewesen, als Jannes ihn nach Simons Tod wie einen Verdächtigen behandelt hatte. Genauso wütend wie an jenem Abend, als er mit diesen Blessuren im Gesicht nach Hause gekommen war. Das war ungefähr drei Wochen vor Simons Tod gewesen.

Sie sah es noch vor sich. Dieses verdächtige blaue Auge, seine aufgeplatzte Lippe und die Schramme, die sich über seine linke Wange zog. Er hatte behauptet, er habe sich das alles bei einem Sturz in der Tiefgarage zugezogen. Schon damals hatte sie Thomas das nicht wirklich abgenommen, zumal er in den Tagen danach kaum mit Noah und ihr gesprochen hatte.

Sie schluckte angestrengt.

Wieso fiel ihr das erst jetzt wieder ein?

War es möglich, dass Simon und er aneinandergeraten waren? Sie sog erschrocken die Luft ein.

Thomas hatte nicht überrascht gewirkt, als Jannes ihm offenbarte, dass Simon in seiner Vergangenheit herumgeschnüffelt hatte. Es war, als hätte er längst darüber Bescheid gewusst. Und doch hatte sein Gesichtsausdruck damals Bände gesprochen …

Er war so voller Hass gewesen.

Voller Hass auf Jannes, auf den toten Simon, auf sie und sogar auf Noah.

Es waren Wochen ins Land gezogen, bis er sich beruhigt hatte, und danach wollte er nicht mehr, dass sie Simon auf dem Friedhof besuchte. Hatte sie für jede Träne, die sie um ihren Exmann vergossen hatte, bestraft.

Was also, wenn Simon damals tatsächlich auf Thomas losgegangen war?

Unbewusst nickte sie diese Frage ab.

Es war gut möglich und wesentlich glaubhafter als dieser angebliche Sturz.

Simon hatte geahnt, dass etwas in ihrer Ehe nicht mit rechten Dingen zuging, gespürt, dass sie log, wenn sie behauptete, alles sei in Ordnung. Gut möglich, dass er Thomas daher abgepasst, ihn bedroht und ihm von seiner Schnüffelei erzählt hatte. Vielleicht war die Situation außer Kontrolle geraten, weil Thomas begriffen hatte, dass Simon ihn durchschaute?

Wenn dem so war, dann hatte Simon Thomas definitiv wütend gemacht. Aber so wütend, dass er zu einem Mord fähig war?

Sie schnappte nach Luft.

Traute sie Thomas wirklich zu, einen anderen Menschen zu töten?

Nein, beschwichtigte sie sich. Jannes hatte ihn doch

überprüft und herausgefunden, dass er ein Alibi hatte. Thomas war zu dem Zeitpunkt in der Klinik gewesen.

Aber er hatte Geld.

Möglichkeiten …

Was, wenn er jemanden bezahlt hatte, Simon aus dem Weg zu schaffen?

ZWANZIG
AUGSBURG
2018

Marika

Zwei Monate später …

»Wo bist du gerade?«

Thomas' Stimme klang seltsam monoton, als er sie auf dem Handy erreichte.

»Bin beim Einkaufen. Ich bin in zwanzig Minuten zurück. Frische Brötchen habe ich schon, jetzt suche ich uns noch etwas Käse und Schinken aus fürs Wochenende. Ich dachte, jetzt, wo du endlich mal wieder frei hast, lassen wir es uns gut gehen.«

»Ja, ja, aber beeil dich besser. Noah macht mal wieder Probleme. Es geht ihm nicht gut.«

Thomas klang nicht sonderlich besorgt, eher spöttisch oder boshaft. Der Einkaufskorb entglitt ihr, krachte scheppernd zu Boden. »Was ist mit ihm?«

Thomas räusperte sich. »Er spuckt seit knapp einer Viertelstunde, ist sehr blass. Ich will dich nicht beunruhigen, aber er hat vierzig Grad Fieber.«

Ihr Hals schnürte sich zu. Wortlos brach sie die Verbindung ab, steckte das Handy weg und rannte aus dem Laden zu ihrem Fahrzeug.

Als sie nur wenig später vor dem Haus hielt, war sie selbst verwundert, wie sie es geschafft hatte, unfallfrei nach Hause zu kommen. Sie stieß die Wagentür auf, rannte auf das Gartentor zu, fummelte unterdessen ihren Schlüssel hervor, schloss die Tür auf.

Schon als sie das Haus betrat, spürte sie, dass etwas nicht stimmte, ohne dass sie es fassen konnte. Ihre Instinkte warnten sie, drängten sie, zu fliehen, keinen Schritt weiter zu gehen. Wären da nicht Noah und ihre panische Angst um ihren Jungen.

Sie hastete die Treppe hinauf zu Noahs Zimmer, wich zurück, als sie ihren Jungen sah, der kreidebleich und zitternd mit verzerrtem Gesicht im Bett lag. Er wimmerte vor sich hin, schien nicht mal richtig bei Sinnen zu sein.

Sie ging neben seinem Bett in die Hocke, befühlte seine glühende, schweißnasse Stirn. Ihr Blick fiel auf den Eimer neben seinem Bett. Das Erbrochene darin sah blutig, schaumig aus. Nein, schrie alles in ihr. Und sie wagte es kaum, Thomas anzusehen, der auf der anderen Seite des Bettes stand.

»Hast du den Notruf gewählt?«, fragte sie mit neutraler Stimme, um Noah nicht noch mehr zu verängstigen.

»Wozu?«, kam es von Thomas im viel zu ruhigen Ton. »Hast du vergessen, dass ich Arzt bin? Was soll ein gestresster Rettungssanitäter mehr ausrichten als ich?«

Jetzt sah sie doch zu ihm, zuckte zusammen, als sie

den hämischen Ausdruck auf seinem Gesicht sah. »Bitte«, stieß sie aus, »wir müssen Hilfe rufen, Noah hat offenbar starke Schmerzen.«

»Ach was! Halb so wild« Er winkte lässig ab. »Ich weiß am besten, was zu tun ist. Ich hab übers Wochenende frei und kümmere mich besser um ihn als jeder meiner Kollegen aus der Notaufnahme.« Er legte den Kopf schräg. »Du musst mir einfach vertrauen, Schatz. Noah wird schon wieder. Sicher hat er nur etwas Schlechtes gegessen oder sich einen Virus eingefangen.«

Marika strich dem Jungen übers Gesicht, suchte seinen Blick. »Schatz, was hast du gegessen?«

Noah schüttelte schwach den Kopf. »Noch gar nichts. Ich hab nur ein bisschen Kakao getrunken und danach ist mir schlecht geworden.«

Sie sah zu Thomas auf, spürte grenzenlose Wut in sich aufsteigen, musste sich zusammenreißen, nicht aufzuspringen und auf ihn einzuschlagen.

Gegen ihre Tränen anblinzelnd, zog sie ihr Handy hervor. Doch Thomas' Arm zuckte blitzschnell hervor, nahm es ihr ab. »Noah geht es schon besser«, sagte er bestimmt. »Er muss sich nur ausruhen, viel trinken und schlafen.« Er ließ Marikas Handy in seine Hosentasche gleiten, strich Noah eine Strähne aus der Stirn. Dann sah er zu ihr. »Ich hab ihm bereits ein Medikament gespritzt, das seinen Magen beruhigt. Alles, was das Kind jetzt braucht, ist Ruhe. Also bitte!« Er wies in Richtung Tür. Wieder schaffte sie es kaum, nicht auf ihn loszugehen, ihm dieses schiefe Grinsen aus dem Gesicht zu prügeln. Zugleich ahnte sie, dass sie das nicht riskieren durfte, schon gar nicht vor Noah. Und das wusste Thomas.

Marika nickte, versuchte, sich nicht anmerken zu lassen, wie es in ihr brodelte, wie sie hin und her gerissen war zwischen dem Bedürfnis, ihren Jungen in den Arm zu nehmen und zu beschützen, und ihrem Drang,

Thomas zu verletzen. Sie schaffte es, sanft zu lächeln, küsste Noah auf die noch immer heiße Stirn, bevor sie sich mit einem wehen Gefühl von ihrem Kind löste.

Als sie vor Thomas mit zitternden Knien aus dem Zimmer trat, überlegte sie fieberhaft. Wenn sie es in den Gang nach unten schaffte, zum Festnetztelefon … Sie wollte gerade lossprinten, als Thomas' Arm den ihren umklammerte und sie festhielt.

»Am besten legst du dich auch ein wenig hin. Du siehst fertig aus, musst dich ausruhen. Ich kümmere mich um deinen Sohn, vertrau mir.«

Sie wirbelte zu ihm herum, starrte ihn zornig an. »Ich soll dir vertrauen?« Sie schüttelte den Kopf. »Was hat Noah? Was hast du ihm gegeben?«

Thomas verzog in gespieltem Entsetzen das Gesicht. »Du glaubst, ich war das? Schatz, das ist Irrsinn! Du weißt doch genau, dass ich Noah wie mein eigenes Kind liebe. Ich tue alles für ihn, gerade jetzt, wo sein Vater tot ist. Ich hab sogar meine Arbeitszeit reduziert, damit ich öfter bei euch sein kann.«

Sekundenlang starrten sie einander einfach nur an.

»Wie kommst du überhaupt auf solch merkwürdige Gedanken?«, fragte er nach einer Weile. »Das macht mir wirklich Sorgen. Vielleicht sollte ich einen Kollegen aus der Psychiatrischen um Hilfe bitten. Er könnte mal einen Blick auf dich werfen, einschätzen, ob du an einer Psychose leidest.«

Sie erstarrte.

»Willst du, dass ich ihn anrufe?«

Sie schüttelte schnell den Kopf.

»Stell dir nur mal vor, wie es Noah gehen wird, wenn seine Mama in der Klapsmühle ist. Ich würde mich natürlich rührend um ihn kümmern, während du verhindert bist. Doch die letzten Jahre waren ja nicht einfach für euch beide. Du warst oft traurig, manchmal sogar wütend, hast so viele Dinge vergessen, wirklich dumme Fehler gemacht. Dann ist dein Exmann gestorben und alles wurde noch viel schlimmer. Für Noah und meinen Kollegen wird es so aussehen, als wäre dir alles zu viel geworden. Als hättest du eine Depression oder Ärgeres.«

»Bitte«, stieß sie aus, »nicht!«

»Dann tu, was ich dir sage, ruh dich jetzt aus. Gönn dir ein wenig Schlaf und lass mich Noah helfen. Du wirst schon sehen, wenn du ein braves Mädchen bist, wird am Ende alles gut.«

Als sie ein paar Minuten später im Bett lag, hämmerte ihr Herz so heftig, dass es schmerzte.

Diesmal war Thomas zu weit gegangen. Viel zu weit.

Sie war sich sicher, dass er irgendwas mit Noah angestellt hatte, damit es ihm so beschissen ging. Vielleicht hatte er ihm ein Medikament gegeben oder gar Drogen. Etwas, das Noah nicht umbrachte, ihn aber zumindest so leiden ließ, dass es unerträglich für sie war.

Etwas, das man in seinem Blut schon bald nicht mehr würde feststellen können. Selbst wenn sie später oder morgen mit Noah zur Polizei ginge, würde es nichts bringen. Man würde sie nur als hysterische Alte einstufen, die mit wilden Anschuldigungen um sich warf.

Sie ballte die Hände zu Fäusten, versuchte, sich in Gedanken vorzustellen, wie sie Thomas im Schlaf erschlug, ihn die Treppe hinabstieß, ihn überfuhr. Ihn auslöschte! Doch jeder dieser Wunschträume endete letztlich damit, dass sie ins Gefängnis musste und Noah im Stich ließ.

Sie richtete sich auf, wischte sich die Tränen aus dem Gesicht.

Ihr war klar, wieso Thomas Noah das angetan hatte.

Es war ihre Schuld … Zumindest in seinen Augen.

Sie erinnerte sich an den Tag vor knapp zwei Wochen, als Thomas in einem ihrer Winterschuhe im Schrank die kleine Schachtel entdeckt hatte, in der sie ihre Antibabypille versteckte.

Daraufhin war er dermaßen ausgerastet, dass sie für den Bruchteil einer Sekunde geglaubt hatte, er würde sie zum ersten Mal schlagen.

Seit Monaten redete er von nichts anderem als davon, endlich Vater zu werden und nicht nur Stiefvater zu sein. Er wollte ein Kind von ihr, um jeden Preis. Nachdem es einfach nicht klappte, hatte er neulich vorgeschlagen, sie solle einen Spezialisten aufsuchen, und es war schwer gewesen, ihm zu vermitteln, dass die Natur eben manchmal etwas länger brauchte.

Nachdem Thomas die Ursache für die negativen Schwangerschaftstests der Vergangenheit herausgefunden und die Wut über ihren Verrat sich etwas gelegt hatte, ging er ihr die ersten Tage aus dem Weg, sprach kaum mit ihr, rührte sie nicht mehr an. Fast hätte sie aufgeatmet, gehofft, dass es dabei bleiben würde.

Zu Noah war er in dieser Zeit wie immer gewesen, freundlich, aber distanziert. Doch was heute passiert war, hatte ihr klargemacht, dass sie auf keinen Fall von Thomas schwanger werden sollte. Noah würde dann nur noch stören in Thomas' ansonsten perfekter Familie.

Noahs schmerzverzerrtes Gesicht erschien vor ihrem inneren Auge, mahnte und rührte sie zu Tränen.

Wie konnte sie ihm bloß helfen?

Was tun, um ihn zu schützen?

Fakt war, Thomas würde nicht lockerlassen, bevor er nicht hatte, was er wollte.

Seine Drohung mit der Psychiatrie hatte sie zutiefst schockiert, doch jetzt, nachdem sie eine Weile darüber nachgedacht hatte, wurde sie ruhiger. Thomas konnte sich nicht rund um die Uhr um Noah kümmern, musste regelmäßig in die Klinik, auch wenn er inzwischen weniger arbeitete als früher. Er war Arzt mit Leib und Seele. Niemals würde er seine Arbeit gänzlich an den Nagel hängen. Er hatte sie nur verunsichern wollen. Ihr Angst machen …

Dennoch musste sie sich fügen oder zumindest vorgeben, dass sie nun bereit war, seinen Herzenswunsch nach einem Kind zu erfüllen.

Sie legte ihre Hände auf den Bauch, rief sich die Zeit vor Augen, als sie mit Noah schwanger gewesen war. Simon hatte sich damals so gefreut, als sie ihm erzählt hatte, dass sie ein Kind von ihm erwartete. Er hatte sie auf Händen getragen. Fast war es gewesen, als hätten die Schwangerschaftshormone auch sein Hirn weich und rührselig werden lassen.

Marika erstarrte, als sich in ihrem Kopf ein Plan abzeichnete. Dann spielte sich vor ihrem geistigen Auge ein Film ab. Ein Film mit ihr in der Hauptrolle …

Das war es!

Das könnte gelingen.

Mit einem Mal schöpfte sie neue Hoffnung, war regelrecht euphorisch und verzog ihren Mund zu einem Grinsen.

Sie verdrängte alle warnenden Stimmen.

Sie musste es einfach versuchen.

Alles auf eine Karte setzen.

Doch zuerst …

Zuerst musste sie ihren schlimmsten Albtraum wahr werden lassen. Sie musste schwanger werden.

EINUNDZWANZIG
AUGSBURG
2019

Marika

Sieben Monate später

»Hast du alles gepackt?« Thomas sah sie freudig grinsend an. Er wirkte wie ein kleiner Junge, der zum ersten Mal ins Ferienlager durfte.

Sie unterdrückte den Zwang, zurückzulächeln, wenngleich ihr Grund zu lächeln ein völlig anderer war als der seine. Sollte er sich also ruhig auf ihren gemeinsamen Urlaub freuen. Wenn alles glatt lief, bedeutete diese Reise für sie das Ende eines siebenmonatigen Albtraums.

Sie verzog das Gesicht, quetschte sich ein paar Tränen ab, nickte.

Thomas bekam von ihrem Gedankenkarussell nichts mit, er war viel zu sehr mit eigenen Wunschträumen beschäftigt. Er kam zu ihr, zog sie in seine Arme, küsste sie. »Du wirst schon sehen, die Auszeit tut uns gut. Und wer weiß, vielleicht klappt es auf Sylt endlich … Deine Ärztin war sehr optimistisch.«

Marika wich seinem Blick aus, seufzte. »Und die Medikamente? Du weißt doch, dass ich ein Antidepressivum nehmen muss. Ist das nicht schädlich für einen Fötus?«

»Dieses Medikament ist auch für Schwangere zugelassen«, erklärte er. »Du weißt, dass ich gründlich recherchiert habe, also mach dir keine Sorgen.« Er hob ihr Kinn an, küsste sie auf den Mund. »Ich bin einfach nur so glücklich, jetzt, wo ich weiß, dass du wieder bereit dazu bist nach allem. Die Fehlgeburt war hart, auch für mich.«

Sie sah ihn zweifelnd an. »Du bist es nicht gewesen, der deswegen tagelang am Tropf hängen musste und anschließend total durchgedreht ist. Ich musste in die Nervenklinik. Mich haben sie über Wochen mit irgendwelchen Mitteln vollgepumpt.«

»Alles nur, um zu verhindern, dass du noch mal Dummheiten machst.«

»Ich wollte mich nicht umbringen«, erklärte sie viel zu lahm, wie ihr selbst auffiel. »Ich denke, das sind die Hormone gewesen. Immerhin war ich schon im dritten Monat, als es zur Fehlgeburt kam. Dieses Auf und Ab der Hormone, das hat mich fertiggemacht.«

Er nickte, lächelte sie liebevoll an. »Das weiß ich doch, Schatz. Auch für mich und Noah war es nicht einfach. Vor allem für Noah nicht. Zusehen zu müssen, wie seine Mama vor die Hunde geht, war hart für den Jungen. Daher war es richtig, deine Ex-Schwiegereltern zu bitten, sich um ihn zu kümmern, während du in der Klinik warst.«

Sie musste sich zwingen, ihm weiter das Häufchen Elend vorzuspielen, als sie ihn ansah. »Aber dort bin ich jetzt nicht mehr.«

»Ganz gesund bist du aber auch noch nicht«, mahnte er. »Du hast nach wie vor üble Tage, an denen du es kaum schaffst, aus dem Bett zu kommen oder dich um dein Kind zu kümmern.«

»Mir wäre es trotzdem lieber gewesen, er hätte bei uns bleiben können.«

»Das hatten wir doch versucht, aber ich muss auch an meine Patienten denken.«

Sie nickte schnell, vergoss eine Krokodilsträne.

»Sobald es dir besser geht, holen wir ihn wieder nach Hause, wie ich es dir versprochen habe.«

Sie sah ihn dankbar an, hoffte, dass er ihre wahren Gedanken nicht erriet, während sie weiter die an sich Zweifelnde mimte. »Es ist nur … Ich weiß nicht … ich fühle mich so leer ohne ihn, so nutzlos, als wäre ich nur noch ein Schatten meiner selbst«, stammelte sie. »Manchmal hab ich das Gefühl, ich bin gar nicht mehr da. Vielleicht wäre das ja für alle das Beste. Was kriege ich schon noch gebacken? Gar nichts. Ich schaffe es ja nicht einmal, mein Baby im Leib zu halten.«

Schmunzelnd strich er ihr eine Strähne ihres langen Haares aus dem Gesicht. »Immerhin hast du dieses Wahnsinnshaus auf Sylt für uns gefunden. Damit hast du mich wirklich überrascht.«

Sie stieß ein Grunzen aus. »Eine Überraschung, die du selbst bezahlt hast, schon vergessen?«

»Was spielt das für eine Rolle? Es ist unser Geld. Es kommt nur auf die Geste an, und gerade zeigst du mir, dass du ernsthaft an dir und unserer Beziehung arbeiten willst. Dass du bereit bist zu einem weiteren Versuch, schwanger zu werden.«

Sie sah ihn mit tränennassen Augen an. »Schön, dass dir das aufgefallen ist. Ich gebe mir wirklich Mühe, doch manchmal …« Sie seufzte leise.

»Keine Sorge. Es ist völlig normal, dass du hin und

wieder noch einen miesen Tag hast. Aber schau dich an. Es geht dir schon viel besser.

»Glaubst du wirklich?«

»Das weiß ich! Du und ich … wir sind auf dem richtigen Weg. Bald sind wir eine echte Familie, du wirst schon sehen.«

Sie ließ ihren Kopf gegen seine Brust sinken, atmete seinen Geruch ein, obwohl sich jede Faser ihres Körpers gegen seine Nähe sträubte.

Wie sehr sie diesen Mann doch hasste.

Ihn aus tiefster Seele verabscheute …

Dennoch ließ sie es zu, dass er sie langsam aus ihrer Bluse schälte, ihren BH öffnete, anschließend bei Hose und Slip weitermachte. Als sie schließlich splitternackt vor ihm stand, hatte sie Mühe, nicht bei jeder seiner Berührungen zurückzuzucken.

Sie lächelte, als er sie näher heranzog, seine Hand um ihre Brust legte. Sie lächelte auch noch, als sie seinen widerlichen Schwanz spürte, der sich langsam aufrichtete und gegen ihren Unterleib pulsierte.

Sogar ein echt klingendes Stöhnen rang sie sich ab, als er sie aufs Bett warf, ihre Beine spreizte und zuerst mit zwei Fingern seiner rechten Hand in sie hineinstieß.

Nicht mehr lange, hörte sie die Stimme in ihrem Kopf, die so aufgeregt klang, wie sie sich fühlte. *Nur noch ein paar Tage, dann bist du dieses verdammte Dreckschwein ein für alle Mal los …*

TEIL FÜNF

Marika

Längst hielten Stine und Bernd sich zurück, überließen Thomas und ihr das Feld. Ein Schlachtfeld, wie es Marika erschien, auf dem endlich alle Wunden offenlagen und Thomas nur langsam begriff, was er angerichtet hatte.

Er starrte sie noch immer vollkommen entsetzt an. Es schien, als weigerte sich sein Hirn, den Sinn der Worte zu begreifen, die sie ihm an den Kopf geworfen hatte. »Aber du warst einverstanden«, stammelte er. »Du wolltest eine Familie und ein Baby von mir.«

»Ich wollte ...? Nein, ich musste dir das vorspielen.« Marika zitterte vor Wut, nachdem sie ihm endlich alles entgegengeschleudert hatte, was in ihr seit Monaten brodelte. »Ich hatte keine Wahl. Du hast meinen Sohn fast umgebracht, um mich unter Druck zu setzen. Und was war das, als du dahintergekommen bist, dass ich die Pille nehme? Du wolltest mich in die Klapse stecken lassen.«

»Aber du warst verzweifelt, als du unser Kind verloren hattest, musstest sogar behandelt werden.«

Marika legte den Kopf schräg. »Bist du da sicher? Wäre es nicht möglich, dass ich dich sehen ließ, was du sehen solltest?«

»Du wolltest unser Baby nicht?«

Marikas Augen verengten sich zu Schlitzen. »Ich wollte DEIN Baby nicht. Ich wollte kein Kind von einem verdammten Irren. Nachdem du meinen Sohn in Gefahr gebracht hattest, wusste ich, dass du zu allem fähig bist. Du hast mich im Schlafzimmer eingeschlossen, während es Noah deinetwegen schlecht ging. Ich hatte furchtbare Angst um ihn und du hast es genossen, uns beide leiden zu sehen.«

Langsam schien Thomas zu begreifen, worauf sie hinauswollte. Er legte seinen Kopf in den Nacken, stieß den Atem aus, als müsste er Dampf ablassen. Als er sie wieder ansah, blitzte der Hass aus seinem Blick. »Du selbst hast für die Fehlgeburt gesorgt? Hast mir anschlie-ßend alles nur vorgespielt? Deine Trauer, die Depressio-nen, der Nervenzusammenbruch, wegen dem du in die Klinik musstest – das alles war nur ein Schauspiel?«

»Ein meisterhaftes, wie ich zugeben muss.« Bernd lachte dreckig. »Das kommt davon, wenn man eine Frau unterschätzt.« Er zwinkerte Marika zu, doch sie igno-rierte ihn, wandte sich wieder Thomas zu. »Du hast dir eine Frau an deiner Seite gewünscht, die keinen eigenen Willen mehr hat, also wurde ich zu dieser jämmerlichen Person.«

»Warum ...«

Marika stoppte ihn mit einer Handbewegung. »Das habe ich nicht dir zuliebe zugelassen. Ich tat es für Noah, um ihn zu schützen. Ich wusste, dass du noch viel weiter gehen würdest, hätten wir beide erst ein eigenes Kind. Irgendwann hättest du Noah nur noch als Störfaktor in deiner erträumten perfekten Familie angesehen. Ich habe um Noahs Leben gebangt, wusste, du würdest eines Tages den letzten Schritt gehen und ihn aus dem Weg schaffen. An dem Tag, als du ihn unter Drogen gesetzt hast, fiel es mir wie Schuppen von den Augen. Mir wurde klar, dass ich dir auch den Mord an Simon zutraute. Also habe ich dich glauben lassen, dass du gewonnen hast, dass ich endlich zu dem willenlosen Wesen geworden sei, dass du haben wolltest. Ich habe das alles inszeniert, damit ich Noah aus dem Haus und in Sicherheit bringen kann, ohne dass du misstrauisch wirst.« Sie seufzte, schloss für den Bruchteil einer Sekunde die Augen. »Diese Medikamente zu schlucken, um die Fehlgeburt auszulösen, war hart. Das Baby war ja auch ein Teil von mir. Doch ein Opfer musste ich bringen, um meinen Plan in die Tat umsetzen zu können. Ach ja, das weißt du ja noch nicht: Nach der Fehlgeburt habe ich mir von meiner Ärztin eine Hormonspritze geben lassen, die verhindert, dass ich erneut schwanger werde. Ein weiteres meiner Babys zu töten, hätte ich nicht übers Herz gebracht.«

Thomas japste nach Luft.

Abermals stoppte Marika ihn, als er zum Sprechen ansetzte.

»Lass mich ausreden! Ich bin kein Monster, ich bin nur eine Mutter, die ihr Kind schützen wollte. Das Monster bist du. Um Noah vor dir zu schützen, musste ich allen Menschen aus meinem Umfeld vorspielen, wie toll unsere Ehe läuft. Selbst Noahs Großeltern habe ich angelogen. Sie wussten ja von Simons Vermutungen, was dich betrifft, und ich hatte Angst, dass sie zur Polizei gehen würden. Doch was hätte das gebracht? Die Polizei hätte nur das gesehen, was du alle Welt glauben ließest. Den perfekten Ehemann, den perfekten Stiefvater für Noah. Wie hätte ich glaubhaft belegen können, dass alles eine Lüge war? Ich hatte keine Beweise, kein Druckmittel gegen dich, war auf mich allein gestellt und wollte kein Risiko eingehen. Ich wusste, die einzige Chance, um endlich frei zu sein, ist, dich zu töten. Freiwillig würdest du mich niemals gehen lassen.«

Thomas Blick irrte zu Bernd und Stine. »Dann steckst du mit den beiden unter einer Decke? Ihr habt das alles zusammen geplant?«

Stine lachte. »Du hast es immer noch nicht kapiert, oder? Deine Frau ist so viel schlauer als du. Schau sie dir an. Sie hat das alles allein eingefädelt. Hat dich an der Nase herumgeführt und dich hierher gelockt, um es zu Ende zu bringen. Wir beide …«, sie deutete auf Bernd, dann auf sich, »wir sind nur Statisten im perfekten Schauspiel deiner Frau.«

Thomas schluckte trocken, rieb sich fassungslos übers Gesicht. »Du kannst mich nicht töten«, sagte er leise zu Marika. »Du bist keine Mörderin.«

Marika seufzte. »Sieht so aus, als hätte ich zumindest den richtigen Zeitpunkt verpasst, es zu testen. Dabei hab ich es bestimmt hundert Mal im Kopf durchgespielt. Habe alle Möglichkeiten, dich umzubringen, immer wieder bedacht. Es stimmt, am Ende hab ich jedes Mal gekniffen. Ich konnte es nicht. Keine Ahnung, ob ich es noch geschafft hätte, solange wir hier auf der Insel sind.«

»Willst du ihn nicht fragen, ob er es tatsächlich gewesen ist?«, fragte Stine.

Marika sah sie an, runzelte die Stirn.

»Ich meine das mit Simon, deinem Ex. Ob er es war, der ihn umgebracht hat.«

Marika hob die Schultern. »Wozu? Er würde mir kaum die Wahrheit sagen.«

Bernd grinste. »Thomas wusste, dass Simon bei mir und bei seiner Mutter gewesen ist. Er wusste alles. Willst du wissen, woher?«

»Ich glaube, das weiß ich längst. Oder besser, ich vermute es.«

»Das dachte ich mir, du bist clever. Also sags ihm«, forderte Bernd sie mit einer Kopfbewegung in Thomas' Richtung auf.

Marika sah Thomas hasserfüllt an. »Simon selbst hat es dir gesagt, nicht wahr? An dem Abend, als du mich dreist angelogen hast, als du mir weismachen wolltest, dein zerschlagenes Gesicht rühre von einem Sturz. In Wahrheit hat Simon dich abgepasst. Er hat dir erzählt, was er herausgefunden hat, und dich unter Druck gesetzt. Deswegen musstest du ihn aus dem Weg schaffen. Weil du wusstest, dass er dich nicht mehr aus den Augen lässt und als Polizist irgendwann einen Weg finden würde, zu beweisen, was du getan hast und wie gefährlich du bist.«

»Ganz genau«, kam es sanft von Stine. »Simon hat Bernd übrigens noch ein weiteres Mal besucht. Er war auch bei den Kollegen in Erlangen, die Annekes Fall damals bearbeitet haben. Er fand heraus, dass man in ihrem Blut Spuren von Drogen und Medikamenten gefunden hatte. Substanzen, die eine Psychose auslösen können. Die Idioten von der Polizei glaubten, dass Anneke das Zeug freiwillig eingeworfen hatte, weil sie Jahre zuvor mal wegen einer Überdosis LSD ins Krankenhaus musste. Doch in Wahrheit …« Sie brach ab, starrte zu Thomas. »In Wahrheit hast du ihr das Zeug schon während eurer Beziehung immer wieder heimlich eingetrichtert, um sie gefügig zu machen. Du hast rasch bemerkt, dass sie eine Nummer zu groß und zu selbstbewusst für dich war. Dass sie sich niemals gefallen lassen würde, was du gewöhnlich mit deinen Frauen abgezogen hast. Anneke ließ sich von dir nicht lange einschüchtern, manipulieren und kontrollieren. Sie hatte dich recht bald durchschaut, war stärker als du. Das hast du nicht ertragen.«

Stine machte eine Pause, ließ ihren Blick schweifen, sah in Bernds triumphierendes und in Marikas fassungsloses Gesicht, bevor sie fortfuhr.

Mit anklagendem Zeigefinger wies sie auf Thomas, der unter ihrem Blick zusammenzuckte. »Um Anneke kleinzukriegen, hast du sie unter Medikamente gesetzt, die sie paranoid werden ließen. Du hast vermutlich mit der Dosierung herumexperimentiert, zuerst mit geringen Dosen, die ausreichten, um sie zu verunsichern.

Ach ja, das war die Zeit, als ich ihr verändertes Verhalten noch damit erklärt habe, dass sie sich deiner vielleicht nicht ganz sicher war. Ich Idiotin hab so was von falsch gelegen.

Später hast du dann in die Vollen gegriffen. Anneke wusste wohl nicht, was mit ihr los war. Doch ihr wurde immer klarer, dass du ihr nicht guttust, dass sie dich nicht mehr in ihrem Leben will. Sie trennte sich nicht von ihren Freunden, wie du es von ihr verlangt hast, indem du sie von uns allen abgeschottet und dich geweigert hast, uns auch nur kennenzulernen. Nein, sie trennte sich von dir. Daraufhin hast du ihr dann zusätzlich Drogen untergejubelt. Du wusstest, dass diese Kombination aus Medikamenten und Drogen bei angeschlagenen Persönlichkeiten zu einem totalen Zusammenbruch führen würde. Genau das passierte auch mit Anneke. Sie ist in den Tod gesprungen, obwohl sie das niemals gewollt hätte.«

Marika keuchte, spürte, wie eine eisige Kälte Besitz von ihr ergriff. »Ist das wahr?« Sie starrte ihren Mann an. »Hast du das arme Mädchen damals auf diese Weise in den Tod getrieben?«

Thomas verzog das Gesicht zu einer schmerzverzerrten Maske. »Es stimmt, dass ich ihr was gegeben habe. Aber ich wollte nie, dass sie sich umbringt. Ich wollte, dass sie sich fügt, dass sie begreift, wie sehr sie mich braucht. Mich, und nur mich! Sie sollte doch nur einsehen, dass wir füreinander geschaffen waren, dass ich der perfekte Mann für sie bin! Ich wollte sie einfach nicht verlieren …«

Marika spürte, wie etwas in ihr brach. Dann begriff sie. Dieser Mann ... ihr Mann … er war kein Sadist, wie sie die ganze Zeit über geglaubt hatte, sondern eine zutiefst verletzte Seele auf der Suche nach Perfektion innerhalb seiner Familie. Für diese Obsession war er bereit, über Leichen zu gehen, und genau das machte ihn gefährlich.

»Du hast Simon also tatsächlich umgebracht, nicht wahr? Er stand zwischen uns und er wäre niemals freiwillig aus Noahs und meinem Leben verschwunden.«

Thomas sah sie einfach nur an, was Antwort genug war.

»Aber du hattest ein Alibi. Wie hast du die Polizei täuschen können?«

Bernd stieß ein theatralisches Seufzen aus. »Genau der Punkt hat Stine und mich eine Menge grauer Haare gekostet. Doch dann sind wir dahintergestiegen, wie es ablief.«

Marika sah stirnrunzelnd zu Stine.

»Er hat es natürlich nicht selbst getan«, sagte Stine mit einem abfälligen Blick auf Thomas. »Zuerst dachten wir, dass er jemanden bezahlt hat. Doch dann wurde uns klar, dass dein Ehemann zu raffiniert ist, um ein derartiges Risiko durch einen Fremden einzugehen. Es muss jemand gewesen sein, gegen den dieser Scheißkerl ein Druckmittel in der Hand hatte.«

In Marikas Kopf überschlugen sich die Gedanken. Ein Druckmittel? Wegen was? Thomas selbst hatte Anneke in den Tod getrieben. Gegen wen sollte er also etwas in der Hand gehabt haben, dass derjenige bereit war, für Thomas zu töten?

Ihr fiel das Gespräch mit Jannes ein. Er hatte eine Vermutung geäußert. *Er dachte wohl, er könnte etwas mit dem Tod seines Vaters zu tun haben.*

Marika erstarrte. »Der Tod deines Vaters war das Druckmittel.« Sie lachte bitter auf. »Das ist es! Simon dachte, du seist das gewesen. Doch in Wahrheit war es deine Mutter. Deine Mutter hat deinen Vater umgebracht und du wusstest das. Damit konntest du sie erpressen, alles von ihr verlangen.«

»BINGO!«, rief Bernd, sprang auf und klatschte in die Hände. Dann zwinkerte er ihr zu. »Anneke und du … ihr hättet euch sicher gut verstanden. Sie hätte dich gemocht, da bin ich sicher.« Er seufzte, dann ging er zu Thomas, der immer mehr in sich zusammensank. »Du hast deine Mutter erpresst, nicht wahr? Hast ihr Angst gemacht. Gesagt, dass du zur Polizei gehst, wenn sie nicht genau das tut, was du verlangst.«

Thomas schüttelte den Kopf, sah Marika an. »Das ist nicht wahr, ich hab meine Mutter nicht erpresst. Nachdem dein Exmann mich zusammengeschlagen und bedroht hatte, ich nun wusste, dass er in meiner Vergangenheit herumgekramt hat und bereit war, weiterzumachen, bin ich zu ihr gefahren. Ich hab mit ihr geredet, wollte wissen, ob die Gefahr besteht, dass er etwas finden könnte, was sie belastet, wenn er nur tief genug gräbt. Bis zu dem Zeitpunkt wusste ich selbst nicht mit Sicherheit, ob sie es war, die meinen Vater erschossen hat. Sie hat es ja immer bestritten ...«

Er hielt inne, seine Augen flatterten, bevor er fortfuhr:

»... doch instinktiv wusste ich, dass sie es war, die die Waffe abgedrückt und Vater erschossen hat. Deshalb hatte ich mich von ihr zurückgezogen, ich konnte ihr nicht mehr in die Augen sehen.«

Marika zuckte vor ihm zurück. »Deine Mutter hat deinen Vater ermordet?«

Thomas nickte.

»Warum bist du nicht zur Polizei gegangen?«

»Weil sie meine Mutter ist. Und außerdem hatte ich keinen Beweis dafür.«

»Hat sie es denn zugegeben, als du zu ihr gefahren bist?«

Er schüttelte den Kopf. »Natürlich nicht. Doch ich wusste es, nachdem sie auch Simon erschossen hatte. Nur sie hatte einen Grund, ihn zu erschießen. Simon war der Wahrheit zu nahe gekommen.«

»Und trotzdem hast du sie weiterhin gedeckt? Hast eine zweifache Mörderin einfach davonkommen lassen?«

»Er ist aus demselben Holz geschnitzt, vergiss das nicht«, kommentierte Bernd. »Er hat meine Schwester auf dem Gewissen.«

»Und warum hat deine Mutter deinen Vater umgebracht?«, fragte Marika.

»Weil er ein Arschloch war. Er hat sie während ihrer gesamten Ehe gedemütigt, betrogen und misshandelt. Mich hat er auch regelmäßig verprügelt, trotzdem liebte ich ihn über alles. Er war mein Held und meine Mutter wusste das. Nur meinetwegen ertrug sie ihn all die Jahre und ich glaube, manchmal hasste sie mich dafür. Als ich älter war, und das Zusammenleben mit meinem Vater immer unerträglicher für sie wurde, hat sie zumindest versucht, aus dieser Ehe zu entkommen. Sie wollte ihn verlassen. Doch er drohte ihr, zwang sie, einen Ehevertrag zu unterzeichnen, demzufolge sie bei einer Scheidung leer ausgehen würde. Etwas, was ihr Angst einjagte. Sie wollte nicht als alleinerziehende, mittellose Mutter enden, also hielt sie weiter die Füße still. Doch sie fing an, sich an ihm zu rächen, indem sie mit anderen Männern schlief. Die Ehe meiner Eltern war eine einzige Katastrophe, meine Kindheit ein Albtraum. Als ich wegen meines Studiums nach Erlangen gezogen war, muss es eines Tages zum Eklat gekommen sein. Vater ist ausgerastet, hat Mutter gedroht, dass er sie umbringt, wenn sie sich weiter mit anderen Männern trifft.«

»Hat sie dir jemals davon erzählt«, fragte Marika fassungslos.

Thomas schüttelte den Kopf. »Nicht so konkret. Nur einmal, als sie einen Portwein zu viel intus hatte, nuschelte sie etwas, was ich in dem Moment noch als das Gelaber einer Betrunkenen einstufte. Erst viel später habe ich mir die ganze Geschichte zusammenreimen können. Meine Mutter hat es meisterlich verstanden, uns allen etwas vorzuspielen. Am Ende hatte sie wohl keinen anderen Ausweg gesehen, als ihn umzubringen. Doch sie musste geschickt vorgehen, alles akribisch planen, damit niemand, auch ich nicht, jemals dahinterkommen würde.«

Marika wischte sich die Tränen aus dem Gesicht, schüttelte verwirrt den Kopf. »Ich begreife nur nicht, wieso du am Ende ein noch schlimmeres Monster als dein Vater geworden bist. Du hast doch erlebt, was es mit einer Frau macht, wenn der Mann sie quält und unterdrückt. Warum hast du es genauso gemacht wie er?«

Thomas schluckte. »Das stimmt nicht. Ich habe keine der Frauen in meinem Leben betrogen. Ich habe keine Frau geschlagen und ich würde niemals ein Kind misshandeln.«

Marika stieß ein ungläubiges Lachen aus. »Du hast mein Kind fast umgebracht! Zweimal sogar …«

Thomas schüttelte den Kopf. »Noah ist nicht viel passiert. Ich hätte niemals zugelassen, dass er stirbt. Du solltest einfach nur begreifen, wie ernst es mir mit dir ist.

Dass ich mir nichts mehr wünsche, als eine funktionierende, perfekte Familie. Eine perfekte Frau, die perfekte Mutter meiner Kinder. Und du solltest erkennen, dass ich der perfekte Mann für dich bin. Doch du hast es mir schwer gemacht, hattest deinen eigenen Kopf, deine eigene Vorstellung von einer funktionierenden Familie. Und da war auch immer noch dein Exmann. Er wollte dich zurück und ich spürte, dass du irgendwann einknicken würdest, und wenn es nur wegen Noah wäre. Deswegen wollte ich, dass auch wir so schnell wie möglich ein Kind bekommen, doch du wolltest abwarten. Du hast alle meine Versuche, aus dir meine perfekte Frau zu machen, boykottiert. Du warst es, die mich zum Äußersten getrieben hat. Irgendwie musste ich dir doch klarmachen, dass du mich brauchst und niemand anderen, mich und nur mich.«

»Behauptest du gerade, dass es meine Schuld war, dass ich dich dazu getrieben habe? Dass du mich so schlecht behandeln und erniedrigen musstest, weil ich nicht spurte? Nicht das abhängige Mäuschen war, dass dir du dir in deinen verfluchten Machoträumen ausgemalt hast?« Marika spürte, wie ihr speiübel wurde. »Ist es das, was du brauchst? Macht über eine Frau, die du brichst, damit sie in deine abstruse Vorstellung einer idealen Frau passt? Hast du mich deswegen wieder und wieder anal missbraucht, damit ich erkenne, was für ein großartiger Kerl du doch bist?« Sie sammelte Speichel in ihrem Mund, spuckte ihm die Ladung ins Gesicht. »Wie krank bist du eigentlich?«

Er zuckte zurück, hob die Schulter, versuchte, einen Teil der Spucke auf diese Weise aus seinem Gesicht zu wischen.

Nach mehreren erfolglosen Versuchen ließ er es bleiben und sah sie an. »Du irrst dich. Irrst dich gewaltig.«

»Wie war es dann? Sag es mir!«

»Du hast mich wütend gemacht. Hast mich immer mehr an Anneke erinnert und alles wieder aufleben lassen. Ich spürte, dass du mir entgleitest, dass ich dich verliere, genau wie sie damals.«

Marika starrte ihn an. »Hast du mir auch irgendwelches Zeug eingetrichtert?«

»Nein«, stammelte er. »Ich wollte nicht das Risiko eingehen, dass dir dasselbe zustößt wie Anneke. Ich liebe dich. Das habe ich immer und es ist die volle Wahrheit.«

»Du bist krank«, gab Marika zurück. »Zu denken, dass das, was du empfindest, auch nur im Geringsten etwas mit Liebe zu tun hat, ist abartig.« Sie stoppte, schüttelte den Kopf. »Und du belügst dich selbst, wenn du sagst, dass du weder Noah noch mir jemals etwas Schlimmes angetan hättest. Die Grenze hattest du spätestens überschritten, als du Noah mit Nüssen vergiftet und seinen möglichen Tod in Kauf genommen hast. Beim zweiten Mal war mir klar, dass es mit jedem weiteren Versuch gefährlicher werden würde. Du weißt es vielleicht selbst noch nicht, aber dein krankes Hirn hätte irgendwann Oberhand gewonnen. Deine Mutter ist eine Mörderin und du trägst ihre Gene in dir. Ob du es willst oder nicht, irgendwann wärst auch du zum Mörder geworden.«

Thomas erstarrte. »Was willst du damit sagen? Dass du mich stoppen musst? Willst du mich etwa wirklich umbringen?«

Marika lachte bitter. »Du hältst dich für so schlau und bist doch zu dumm, das Wichtigste zu begreifen …« Sie hielt inne, sah erst Stine, dann Bernd an, begriff plötzlich, worauf das alles hinauslief. »Die beiden beobachten uns wahrscheinlich seit Jahren. Seit Simons Tod, nehme ich an. Sie wissen alles über uns, wussten, was ich vorhabe und warum. Denkst du wirklich, dass sie hergekommen sind, um einfach nur zu quatschen und ein blödes Spiel zu spielen?« Sie schnaubte, sah kopfschüttelnd in Thomas' aschfahles Gesicht. Dann deutete sie mit dem Kopf auf seine Wunden an den Schenkeln. »Stine und Bernd sind hergekommen, um dich umzubringen. Und wenn du heute Nacht stirbst, dann müssen sie auch mich aus dem Weg räumen, weil ich die einzige Zeugin bin.«

Marika

Nach Marikas Ausbruch war es totenstill im Haus. Keiner der Anwesenden antwortete, widersprach oder erklärte sich. Jeder von ihnen schien seinen eigenen Gedanken nachzuhängen. Einzig Bernd grinste vor sich hin, als amüsierte er sich köstlich.

»Was?«, fuhr Marika ihn an, als er sich nachdenklich übers Kinn rieb und sie musterte, als müsste er in ihr lesen. »Hör endlich auf mit deinen Spielchen und hör auf zu grinsen. Ich wüsste nicht, was hier gerade lustig sein sollte.«

Er nickte schwer. »Du hast recht und dennoch unrecht. Das hier ist nicht lustig, aber in dem anderen Punkt muss ich dir widersprechen«, sagte Bernd und wies mit dem Zeigefinger auf sie. »Wir sagten es dir bereits. Es geht hier nicht um dich und du hast eine reale Chance, das alles zu überleben.«

»Ach ja? Und was soll ich dafür tun? Kaffee kochen, euch ein paar Snacks zubereiten.«

Bernd lachte kicksend. »Das wär nett, aber nicht zielführend.«

»Was wäre denn zielführend?«, fragte Marika, die spürte, wie alles in ihr hochkochte, wie sie alle inneren Warnungen, ihre Besucher nicht unnötig zu reizen, in den Wind schlug. Und der Grund war grauenhaft. Sie fühlte sich längst jenseits der Furcht, war wirklich überzeugt davon, dass sie hier nie lebend herauskäme.

Bernd rückte näher, beugte sich zu ihr hinunter, bis ihre Nasenspitzen sich fast berührten. »Zielführend wäre, wenn du genau das tust, was du vorhattest, als du auf die Insel gekommen bist. Du tötest deinen Ehemann und dann bist du uns los.«

»Für wie blöd haltet ihr mich? Wenn ich mache, was ihr verlangt, kann ich trotzdem noch bezeugen, dass und wie ihr hier eingedrungen seid, wie ihr Thomas und mich gefesselt und unter Druck gesetzt habt. Ich kann aussagen, dass du auf Thomas eingestochen und mich anschließend gezwungen hast, ihn zu töten.«

Bernd verzog das Gesicht. »Aber das würdest du nicht tun. Schließlich wolltest du nur deinen Jungen zurück und endlich frei sein. Ich biete dir genau das: deine Freiheit.«

»Freiheit? Ist das dein Ernst?« Marika sah ihn stirnrunzelnd an. »Ich werde lebenslang hinter Gittern sitzen. Und das nennst du Freiheit? Oder soll ich der Polizei vielleicht sagen, dass ich nicht wusste, was ich tat, und dann eben nur in die Klapse kommen, auch lebenslang?«

»Wir würden selbstverständlich dafür sorgen, dass du aus dem Schneider bist«, versprach Bernd. »Du tötest das Arschloch und anschließend fesseln wir dich. Ich würde dir vorsichtshalber auch eine Verletzung zufügen, damit es glaubhafter wirkt.«

»Ein kleines tödliches Loch im Kopf, oder was meinst du?«

Bernd gluckste. »Tststs. Vertrauen ist wohl nicht dein Ding? Also, noch mal, du wirst überleben, und wenn wir fertig sind, wird nichts darauf hindeuten, dass du ihn umgebracht hast. Wir hinterlassen keine Spuren, alles wird so aussehen, als seien Unbekannte ins Haus eingedrungen und hätten Thomas und dich gequält, ihn getötet. Du musst einfach nur aussagen, dass die Typen maskiert waren. Der Polizei wird nichts anderes übrig bleiben, als dir zu glauben. Niemand wird ins Gefängnis kommen. Und der Abend wird nur für einen von uns übel enden – sofern du mitspielst ...«

Marika schluckte. In ihrem Kopf überschlugen sich die Gedanken.

Bernd hatte recht. Sie war hergekommen, um ihren Ehemann umzubringen. Doch jetzt, wo dies der einzige Ausweg zu sein schien, um zwei anderen Wahnsinnigen zu entgehen, konnte sie es nicht mehr tun. Und da war noch was: Niemand garantierte ihr, dass Bernd sich am Ende an ihre Absprache hielt und sie am Leben ließ.

Sie sah Stine an, doch deren Gesichtsausdruck war leer, ihre wahren Gedanken verbergend.

»Denk an deinen Jungen«, mahnte Bernd. »Du willst ihn zurück. Nur deswegen bist du hierher gekommen. Tu es für ihn!«

Sie schloss die Augen.

»Ich kann nicht.«

Ein enttäuschtes Seufzen erklang. »Ich hab mich wohl doch in dir getäuscht«, kam es nach einer Weile von Bernd.

»Mach es!«

Marika riss die Augen auf, starrte Thomas an.

»Was?«

Ihr Mann nickte. »Dass wir in dieser entsetzlichen Situation sind, ist allein meine Schuld. Dass die beiden hier sind auch. Also tu es, dann hast zumindest du eine Chance.«

Sie schüttelte den Kopf, spürte, wie ihr die Tränen kamen.

»Du hast doch selbst gesagt, dass du mich hasst, meinen Tod willst«, sagte Thomas mit monotoner Stimme, als hätte er jede Hoffnung verloren. »Du musst also nur deinen eigenen Wunsch erfüllen, um zu überleben. Bring mich um und werde glücklich.«

»Na sieh mal einer an«, stichelte Bernd boshaft. »Die Liebe erwacht zu neuem Leben.«

Thomas' Blick wanderte zu ihm. »Ich habe meine Frau immer geliebt, egal was ich ihr auch angetan habe.«

»Immerhin hat sie erkannt, dass das keine echte Liebe ist«, kam es von Stine. »Sie hat dich hergelockt, weil sie dich hasst. Ich glaube, das tut sie auch jetzt noch.«

Marika sah zu ihr, schluckte. »Töten kann ich ihn trotzdem nicht. Ich will nicht so sein wie seine Mutter und er. Ich bin anders, das war ich immer.«

Stine nickte, lächelte. »Ich weiß.«

Bernd wirbelte zu Stine herum. »Halts Maul«, herrschte er sie an. »Wir hatten einen Deal und an den halten wir uns.«

Er sah wieder zu Marika, legte den Kopf schräg. »Eine letzte Chance, weil ich so nett bin … Wirst du den Wichser umbringen? Ja oder nein?«

Eine Weile sahen sie einander stumm in die Augen, dann senkte sie den Blick, schloss die Augen.

»Marika«, sagte Thomas und seine Stimme klang inzwischen panisch. »Du musst es machen. Jetzt! Ich komm hier so oder so nicht lebend raus. Mein Tod ist beschlossene Sache und mir wäre es lieber, du würdest …«

Ein Gurgeln erklang, dann ein heiseres Röcheln.

Marika wurde übel. Sie hatte panische Angst, die Augen aufzumachen, weil ihr Verstand längst wusste, welches Bild sie erwartete.

Als sie es schließlich tat, entfuhr ihr ein entsetzter Schrei.

Thomas …

Bernd hatte ihm das Messer in den Hals gerammt, sah in aller Seelenruhe dabei zu, wie er an seinem eigenen Blut erstickte und sein Körper unkontrolliert zuckte.

Bittere Galle schoss ihr in den Mund.

Dann hatte sie plötzlich Noah vor Augen. Wie gerne hätte sie ihn noch einmal wiedergesehen, ihn in die Arme genommen und ihm gesagt, wie leid ihr das alles tat.

Zugleich wusste sie, dass ihr Junge es bei Simons Eltern gut haben würde. Sie sorgten hervorragend für ihn, würden niemals zulassen, dass ihm etwas zustieß. Noah hatte von all dem keine Ahnung, genauso wenig wie seine Großeltern. Für keinen von ihnen bestand also Gefahr.

Für einen Augenblick fragte sie sich, ob sie bedauerte, letztendlich doch einen Rückzieher gemacht zu haben, aber dann schüttelte sie den Kopf. Egal was sie geglaubt hatte. Egal was sie bis hierher getan hatte. Alles war ein Irrtum gewesen.

Niemals hätte sie zur Mörderin werden können …

Sie sah Bernd trotzig an, hob das Kinn.

»Nun mach schon, dann hab ich es hinter mir.«

Er sah ihr in die Augen, schüttelte bedauernd den Kopf. »Deinen Mann hab ich gerne in die Hölle geschickt, doch bei dir tut es mir wirklich leid, das musst du mir glauben.« Er zog Thomas, dessen Geröchel mittlerweile verstummt war, das Messer aus dem Hals, kam auf sie zu. »Noch irgendwelche letzten Worte?«

Sie sah ihn an, nickte.

Erwartungsvoll hielt er inne, machte eine einladende Geste. »Nur zu, meine Liebe.«

Sie holte tief Luft. »Fick dich, Arschloch!«

Sein Gesichtsausdruck verdüsterte sich.

Sie schloss die Augen, schickte ein Stoßgebet zum Himmel, rief sich Noahs Gesicht ins Gedächtnis.

Als ein Luftzug sie streifte und nur Bruchteile von Sekunden später ein Plopp ertönte und Feuchtigkeit auf ihr Gesicht spritzte, riss sie die Augen wieder auf.

Fassungslos sah sie zu, wie Bernd zu Boden sank, sich unter seinem Kopf innerhalb von Sekunden eine riesige Blutlache bildete.

Ihr Blick glitt zu Stine, dann auf die Waffe in deren Hand.

»Warum hast du …« Sie brach ab, war außerstande, einen klaren Gedanken zu fassen.

Stine hob die Schultern, lächelte traurig. »Der Plan war, Annekes Tod zu rächen. Sie war meine allerbeste Freundin, weißt du? Wir waren wie Schwestern. Und sie hätte niemals gewollt, dass ihretwegen eine Unschuldige stirbt.«

»Und was ist mit Bernd? Du hast ihn erschossen. Wieso?«

»Bernd!« Stine seufzte. »Bernd habe ich mal geliebt, von ganzem Herzen sogar. Wir spendeten einander Trost, nachdem Anneke gestorben war. Wir verliebten uns. Und wir waren beide überzeugt, dass Thomas Annekes Tod verschuldet hat. Doch erst als Simon bei Bernd auftauchte, wurde es zur Gewissheit. Ich gebe zu, dass ich auch wollte, dass dein Ehemann stirbt, genau wie Bernd. Doch je länger Bernd sich auf diesen Tag vorbereitete, desto verrückter wurde er. Ich hab wohl geahnt, dass er im Grunde nicht viel anders ist als dein Ehemann und alles tun würde, um seine Vorstellung von der Tat so umzusetzen, dass er davonkäme. Nur deswegen hab ich vorgesorgt. Für den Fall, dass er wirklich in Erwägung zieht, dich auch umzubringen. Dein Tod stand anfangs nicht zur Debatte. Ich dachte, ich könnte ihn umstimmen, doch du siehst ja selbst …« Sie legte die Waffe auf den Tisch. »Wenn ich dich jetzt losmache, versprichst du dann, dass du nichts Dummes machst? Immerhin hab ich dir das Leben gerettet, indem ich meinen Freund getötet habe.«

Marika sah sie zweifelnd an. »Dann wirst du mir nichts tun?«

»Selbstverständlich nicht!«

»Aber was soll dann passieren? Die Polizei wird dich für den Mord an Bernd ins Gefängnis stecken.«

»Nicht unbedingt.« Stine sah sie an, lächelte. »Im Grunde hab ich dir ja nichts getan, oder?«

Marika sah sie an und wartete ab, worauf sie hinauswollte.

»Was hältst du davon, wenn wir Frauen zusammenhalten? Es nützt weder dir noch sonst jemandem etwas, wenn ich für den Rest meines Lebens hinter Gittern sitze. Du weißt, dass ich kein schlechter Mensch bin, oder nicht?«

Marika schloss die Augen, um in Ruhe nachdenken zu können.

Stine hatte recht.

Bernd war tot und würde nie wieder jemandem ein Leid zufügen. Und Stine hatte sie nicht angerührt, Thomas nicht getötet. Sie war nur hier, weil ihr der Hass und Bernd die Sicht verklärt hatten. Stine war genau wie sie keine Mörderin. Sie hatte getan, was unumgänglich gewesen war, um ihr das Leben zu retten.

Sie öffnete die Augen, lächelte Stine an. »Okay, ich bin einverstanden. Binde mich los. Bis das Unwetter vorbei ist und die Telefonleitungen wieder funktionieren, haben wir genügend Zeit. Lass uns überlegen, wie wir beide unbeschadet aus der Sache rauskommen.«

»Ich danke dir.« Stine stieß erleichtert die Luft aus. »So lange müssen wir aber nicht warten«, erklärte sie. »Bernd hat zwar die Festnetzleitung zerschnitten, doch eure Handys funktionieren eigentlich noch. Er hat da so ein Gerät, mit dem er sie lahmgelegt hat. Man muss das Ding einfach nur ausschalten, dann sollte es klappen.«

Sie zuckte mit den Schultern. »Im Grunde ist alles, was wir brauchen, nur ein hieb- und stichfester Plan. Wie du sagst, wir sollten alles genau durchgehen, damit wir uns später bei den Befragungen nicht widersprechen.« Sie sah Marika grinsend an. »Meinst du, wir kriegen das hin?«

EPILOG

Achtzehn Monate später ...

»Soll ich lieber bei dir bleiben?«, fragte Noah. »Opa und Oma verstehen sicher, wenn ich sage, dass du sonst traurig bist und dich alleine fühlst.«

Marikas Herz zog sich zusammen. Sie strubbelte Noah durchs Haar. »Du bist wie dein Vater, weißt du das? Immer zuerst an andere denken statt an dich selbst.« Sie umarmte ihn, schob ihn dann eine Armeslänge von sich weg, sah ihn ernst an. »Mir geht's gut, mein Schatz, okay? Du wirst ein fantastisches Wochenende bei deinen Großeltern verbringen und es auch genießen. Das ist übrigens ein Befehl!« Sie zwinkerte ihm zu.

Noah runzelte die Stirn. »Aber warum hast du dann neulich geweint, als du mich abgeholt hast? War das, weil du ihn vermisst?«

»Nein, es war nichts weiter«, beteuerte sie.

»Ich will nicht, dass du weinen musst. Ich will, dass du glücklich bist.«

Sie zog ihn wieder an sich, saugte seinen Duft ein, schloss die Augen.

»Ich bin glücklich«, flüsterte sie. »Glücklich, dass es dir gut geht, dass du bei mir bist, dass wir uns haben.«

Sie löste sich von ihm, winkte ihren ehemaligen Schwiegereltern zu, die auf der Türschwelle standen und auf ihren Enkelsohn warteten. »Jetzt geh schon, mach, bevor ich dich noch mal abknutsche.«

»Ist ja schon gut«, maulte Noah, machte sich auf den Weg auf die andere Straßenseite. Sie wartete, bis er das Gartentor erreicht hatte, dann stieg sie wieder in ihren Wagen ein und sah zu, wie er sich Zeit ließ, als er den Pfad zur Haustür entlang trottete.

Als Noah im Haus verschwunden war, stieß sie einen tiefen Seufzer aus.

Er hatte recht. Wann immer er die Wochenenden bei seinen Großeltern verbrachte, vermisste sie ihn ganz fürchterlich.

Doch er irrte gewaltig, wenn er dachte, dass sie neulich wegen Thomas geweint hatte. Niemals wieder würde sie wegen dieses Mannes auch nur eine Träne vergießen. Sie hatte genug geweint, als er noch am Leben gewesen war.

Natürlich bedauerte sie, auf welch grauenvolle Weise er umgekommen war, doch vermisst hatte sie ihn seither nicht eine Sekunde lang.

Sie startete den Wagen, fuhr los, versuchte, sich abzulenken von den Bildern, die sich in ihr eingebrannt hatten.

Die Urteilsverkündung vor ein paar Tagen bezüglich der Morde, die Thomas' Mutter begangen und letztendlich auch gestanden hatte, war ein Abschluss gewesen, der ihr hätte helfen sollen, auch selbst einen Schlussstrich unter diesen Teil ihres Lebens zu setzen. Aber das war leichter gesagt als getan. Das Aufrollen der Ereignisse

223

hatte alles noch einmal heftig in ihr aufgewühlt, sodass sie die Verkündung des Strafmaßes nur noch wie durch einen Schleier wahrgenommen hatte.

Ihre Schwiegermutter, zu der sie nie eine Bindung hatte aufbauen können, war zu einer lebenslangen Haftstrafe verurteilt worden. Doch das brachte Simon nicht zurück.

Er war fort.

Für immer verschwunden.

Sowohl aus ihrem als auch aus Noahs Leben.

Zurück aus Sylt, hatte sie sich mit Jannes getroffen, ihm berichtet, was passiert war – natürlich nur die Version, die sie mit Stine abgesprochen hatte. Die Geschichte, die sie auch allen ihr Nahestehenden erzählt hatte. Dabei war ihr eines klar geworden:

Auch sie hatte Fehler gemacht.

Viele Fehler.

Einer davon war, dass sie zugelassen hatte, dass Thomas sie dermaßen erniedrigt und gequält hatte. Sie hatte auf die härteste Art endlich gelernt, dass innerhalb einer Beziehung keiner der Partner die Macht über den anderen besitzt. Jeder entscheidet immer und jederzeit selbst, wie weit er den jeweils anderen gehen lassen will.

Ein weiterer Fehler war, dass sie Simon nicht anvertraut hatte, wie sehr ihre neue Ehe aus dem Ruder lief. Der Grund dafür war rückblickend lächerlich, wie sie sich eingestand.

Ihr verfluchter Stolz hatte es nicht zugelassen, dass er mitbekam, wie viel beschissener es ihr an Thomas' Seite ging. Diesen Triumph hatte sie Simon nicht gönnen wollen. Sie schämte sich inzwischen entsetzlich, wie sehr sie ihn verkannt hatte. Er war kein Mensch gewesen, der schadenfroh reagierte, wenn es jemandem schlecht ging, im Gegenteil.

Ihr Schweigen ihm gegenüber hatte also niemals

etwas mit Angst um Noah oder sich selbst zu tun gehabt, sondern lediglich mit falschem Stolz.

Inzwischen hatte sie endlich auch eine Antwort auf die Frage, die Jannes ihr damals auf dem Friedhof gestellt hatte.

Ob sie jemals daran gedacht hatte, zu Simon zurückzukehren, hatte er sie gefragt.

Die Antwort war, nein. Simon und sie wären nicht mehr zusammengekommen, ganz egal, was zwischen Thomas und ihr noch passiert wäre. Dass sie sich damals von Simon getrennt hatte, war nicht aus einer Laune heraus geschehen, sondern sie hatte zuvor gründlich darüber nachgedacht.

Sie wollte keine Ehe mit einem Mann führen, für den sie nur die zweite Geige spielte, ganz unabhängig davon, was bei ihm an erster Stelle stand.

Deswegen hatte sie sich scheiden lassen und mit Thomas auf einen Neuanfang gehofft. Sie war schlicht und ergreifend an den Falschen geraten und nur das hatte sie an der Scheidung von Simon zweifeln lassen.

Nach ihrer Scheidung waren Simon und sie zu Freunden geworden und sie war glücklich damit gewesen, auch wenn sie stets gespürt hatte, dass Simon sich erhoffte, sie zurückzugewinnen. Und deshalb hatte sie neulich so bitterlich geweint. Mit Simon war nicht nur der Vater ihres Kindes gestorben, sondern auch ihr bester Freund. Ein Freund, dem sie etwas vorgemacht, ihm vielleicht sogar falsche Signale gesendet hatte. Es gab nichts, womit sie diesen fatalen Fehler wiedergutmachen konnte.

Als sie den Wagen auf den Parkplatz vor dem Haus lenkte, in dem sie inzwischen mit Noah wohnte, zuckte sie zusammen, als eine Frau ihr zuwinkte. Es sah aus, als habe sie dort auf sie gewartet.

Sie stellte den Motor ab, zog den Schlüssel ab, stieg aus.

»Bist du verrückt geworden?«, fragte sie und sah sich panisch um. »Wenn dich jemand sieht ...!«

»Entspann dich.« Stine lachte. »Du bist immer noch total paranoid, dabei ist das überflüssig.« Sie hob die Schultern, drehte sich mit ausgebreiteten Armen einmal um die eigene Achse. »Schau dich um. Keiner da. Nicht mal ein Pressetyp. Keine Sau interessiert sich für uns. Die Bullen sind bescheuert, wie Annekes Fall deutlich gezeigt hat. Die Knalltüten wussten um die Substanzen in ihrem Blut und haben trotzdem weiter daran festgehalten, dass sie aus freien Stücken gesprungen ist.« Sie brach ab, sah Marika lächelnd an. »Wenn ich ehrlich bin, habe ich keine Sekunde lang daran gezweifelt, dass wir mit unserer kleinen Lüge durchkommen. Wobei ...« Sie grinste. »Eigentlich war es ja keine Lüge. Wir haben alles genauso erzählt, wie es passiert ist, und nur eine Winzigkeit weggelassen – nämlich, dass ich vor Bernd zu euch gekommen bin und in alles eingeweiht war.«

Marika nickte. »Das war das Mindeste, was ich tun konnte, nachdem du mir das Leben gerettet hast. Du hast mich gerettet, und genau das hab ich den Polizisten auch erzählt.«

»Na ja, ein bisschen mehr war es schon.«

»Aber wir haben ihnen eine glaubhafte Geschichte erzählt. Dass Bernd, dein Lebensgefährte, durchgedreht ist, nachdem Simon bei ihm aufgetaucht ist und alles wieder aufgewühlt hat. Dass Bernd daraufhin wie besessen hinter Thomas her war und das Drama mit Simon mitbekommen hat. Bernd hielt Thomas für Simons Mörder. Er hat Thomas verfolgt, um genau den richtigen Zeitpunkt abzupassen, um ihm das Geständnis zu entlocken, auf das er all die Jahre gelauert hatte ...«

»... dass Thomas für Annekes Tod verantwortlich

war«, ergänzte Stine. »Er hat sie in den Tod getrieben! Aber du hast überlebt.«

»Und dich kann niemand belangen für das, was auf Sylt passiert ist«, sagte Marika. »Nur gut, dass ihr eure Ferienwohnung auf Bernds Namen gebucht habt. Das hat es glaubhafter aussehen lassen, dass du erst erkannt hast, was er vorhatte, als es auch für mich fast zu spät war.«

Stine nickte. »Wir sind Überlebende, wenn auch mit ein paar Blessuren an Körper und Seele.«

»Zeit heilt vieles«, sagte Marika und blickte unschlüssig zu ihrer Haustüre. Sie wollte Stine nicht hereinbitten, wollte aber auch nicht unhöflich sein.

Stine war ihrem Blick gefolgt. »Wieso lebst du eigentlich in dieser Bruchbude?« Sie deutete auf das Mehrfamilienhaus, in dem Marika und Noah seit über acht Monaten wohnten. »Du hast doch die ganze Kohle von deinem Mann geerbt, wieso kaufst du dir nicht was Anständiges?«

Marika schüttelte den Kopf. »Ich bin Lehrerin, doch das wusstest du längst, nicht wahr?«

Stine grinste.

»Ich liebe meinen Job, hab ihn nur wegen Thomas an den Nagel gehängt. Ein weiterer Fehler, der sich niemals wiederholen wird.« Sie straffte die Schultern, sah Stine an. »Ich werde mich nie wieder von einem Mann abhängig machen, weder finanziell noch auf andere Weise.«

»Dann willst du sein Geld nicht?«

Marika verneinte. »Ich hab das meiste gespendet und nur ein bisschen was behalten. Außerdem ist da noch das Haus. Es ist noch nicht verkauft. Aber sollte es je dazu kommen, werde ich den Verkaufserlös in einen Fond einzahlen, für Noahs Studium und seinen Start in die Zukunft. Thomas hat meinen Jungen zweimal fast ins

Grab gebracht, seine Mutter hat Simon getötet. Dieses Geld betrachte ich als eine Art Wiedergutmachung.«

»Dann geht es dir wirklich gut?«

»Meistens zumindest. Und dir?«

Stine senkte den Blick, schien plötzlich irgendwie verloren. »Ab und zu fehlt Bernd mir, so blöd es sich auch anhören mag, nachdem unsere Beziehung zum Schluss nur noch von Bernds Racheplänen zusammengehalten wurde. Ich frage mich immer öfter, was Anneke sagen würde, wenn sie wüsste, dass ich ihren Bruder umgebracht habe.«

»Ich glaube, sie wäre stolz auf dich«, gab Marika zurück und spürte, obwohl sie Anneke niemals kennengelernt hatte, dass es die Wahrheit war. »Manchmal bedarf es eben Größe, um das Richtige zu tun.«

Stine wischte sich eine Träne aus dem Gesicht. »Genau diese Worte hätten von Anneke sein können. Unglaublich, wie ähnlich ihr euch seid.« Sie hob die Schultern, wirkte unschlüssig. »Dann kommen wir also beide klar, wie es aussieht, mh?«

Marika nickte.

»Sollen wir uns irgendwann mal treffen?«, fragte Stine augenzwinkernd.

Marika schüttelte lachend den Kopf, wurde dann schlagartig ernst. »Ganz ehrlich? Ich hoffe von ganzem Herzen, dass wir beide uns nie wiedersehen.«

ENDE

GEWINNSPIEL

Liebe Leserin, lieber Leser, *Dein perfekter Ehemann* ist mein 43. Thriller. Und natürlich freue ich mich sehr, dass es stetig mehr Leser werden :-)

Deswegen möchte ich auch diesmal wieder unter jenen meiner Leser, die nicht bei Facebook oder Instagram sind, ein Gewinnspiel veranstalten. Verlost werden insgesamt mehrere Preise (Buchpakete, Amazon-Gutscheine und vieles mehr) unter all meinen Newsletter-Abonnenten.

Wer mitmachen möchte und bereits meinen Newsletter abonniert hat, muss nichts weiter tun, da er automatisch im Lostopf ist und dies auch bei künftigen Veröffentlichungen sein wird. Alle anderen schreiben mir bitte eine Mail an:

autorin@daniela-arnold.com

und landen somit in meinem Newsletter-Verteiler und im Lostopf.

DANKSAGUNG

Ich danke meiner grandiosen Coverdesignerin Kristin Pang, für das tolle Cover! Auf eine weiterhin so fruchtbare Zusammenarbeit!

Ich danke meiner Lektorin Inca Vogt und meiner Korrektorin Ilka Bredemeier. Ihr habt wieder einmal eine wunderbare Arbeit geleistet, danke für das tolle Teamwork mit euch.

Ich danke Inca Vogt, dafür, dass sie meinen Büchern ein so wundervolles Innendesign verpasst.

Ich danke all jenen Lesern und Kollegen, die mich bei der Coverauswahl und sonstigen Problemchen unterstützt haben. Ich drücke euch von Herzen und bestimmt kann ich das auch ganz bald wieder in der Realität. Hoffen wir auf nächstes Jahr, was Buchmessen angeht.

Ich danke euch Bloggern da draußen, für all das, was ihr für uns Autoren macht. Eure Arbeit und Mühe ist so wertvoll – danke sehr!

Ich danke meinen Kollegen für das offene Ohr in Hinsicht auf Klappentext-Bastelarbeiten (das ist wirklich keine meiner Stärken). Besonderer Dank geht vor allem auch an Inca Vogt, die neben dem Buch-Layout auch noch mit wachsamen Augen über den gesamten Text geht und im Zuge dessen, schon so manchen Klopper entdeckt hat.

Ich danke meinem Sohn, der, obwohl er meine Bücher nicht liest, dennoch Verständnis hat, wenn ich mich tagelang im Büro verbarrikadiere und zickig bin wie … (mir fällt gar kein Vergleich ein, so schlimm ist das manchmal) ;-).

Nicht zuletzt, danke ich meinen Freunden, die mich aufbauen, wenn ich am Boden bin.

Eventuelle Fehler, die meinen Protagonisten bei der Ermittlung unterlaufen sind, gehen übrigens einzig und allein auf meine Kappe oder sind meiner Fantasie geschuldet. Im Übrigen habe ich mir auch in diesem Roman wieder einige künstlerische Freiheiten genommen – welche selbstverständlich nicht verraten werden.

Über Mails mit Anregungen und Kritik freue ich mich unter:

autorin@daniela-arnold.com

LESEPROBE WEITERER BÜCHER

DAS VERBORGENE

DANIELA ARNOLD

Sylt-Thriller

*Du spürst, er ist irgendwo da draußen und
beobachtet dich.*

*Du ahnst, dass er sich bereits Zutritt zu deinem
Haus verschafft hat.*

*Du weißt, du bist vollkommen allein mit deiner
Angst, weil niemand dir glaubt.*

Als Justina nach unzähligen Schicksalsschlägen zu ihrem Lebensgefährten und dessen Tochter auf die Insel Sylt zieht und kurz darauf schwanger wird, hat sie zum ersten Mal in ihrem Leben das Gefühl, endlich angekommen zu sein. Sie genießt ihr neues Leben.

Doch schon wenig später bröckelt die Fassade einer glücklichen Familie. Justina spürt, dass jemand sie aus dem Verborgenen beobachtet, sie auf Schritt und Tritt verfolgt. Auf die Menschen in ihrem Umfeld wirkt sie immer mehr wie eine hysterische Irre, die überreagiert.

Bildet sie sich das alles nur ein? Oder ist da tatsächlich eine Bedrohung, die tagtäglich näher kommt?

Schließlich wird eine Leiche gefunden und um sie herum bricht das Chaos aus. Panisch vor Angst begreift Justina, dass sie um ihr Leben, ihr Glück und das ungeborene Kind in ihrem Leib kämpfen muss, bevor die Dunkelheit alles mit Haut und Haar verschlingt.

PROLOG

Mir ist eiskalt, obwohl es draußen bestimmt noch zwanzig Grad sind. Kurz überlege ich, die Wagenheizung aufzudrehen, obwohl ich weiß, dass diese Kälte aus meinem Inneren kommt. Und dagegen helfen weder Decken noch eine aufgedrehte Heizung. Nicht bei dieser Art von Kälte, die von meiner Angst genährt wird.

Als mein Blick auf die Uhr im Armaturenbrett fällt, wird mir klar, dass ich auf gar keinen Fall noch länger einfach nur hier sitzen darf. Ich muss es jetzt durchziehen.

Wie zur Bestätigung rumpelt es kräftig im Wagen.

Ich seufze.

Es ist so weit.

Ich nehme den Stimmverzerrer zur Hand, fixiere das kabellose Gerät an meinem Gürtel, setze mir den Bügel auf, positioniere das Mikro knapp unterhalb meines Mundes.

Dann los, wispert die Stimme in meinem Kopf, übertönt von dem nervenden Poltern aus dem Kofferraum.

»Ruhe dahinten!«, befehle ich. »Niemand kann dich

hören. Du machst mich nur so richtig stinksauer. Kapiert?«

Ich erschrecke selbst über den Ton meiner Stimme. Sie klingt blechern und dunkel, doch vor allem bedrohlich, jetzt sogar noch mehr als bei meinen Proben mit dem Gerät.

Tatsächlich herrscht kurz Ruhe. Sekunden später geht das Geplärre und Rumpeln wieder los. Ein durch den Knebel gedämpftes Kreischen, begleitet von Tritten, die auf das Innere des Kofferraums treffen.

Länger kann ich es jetzt wirklich nicht mehr hinauszögern, ohne meinen sorgfältig ausgearbeiteten Plan zu gefährden. Also schäle ich mich aus meinem Sitz, steige aus dem Wagen.

Einen Augenblick genieße ich die warme Nachtluft auf meiner Haut, dann nehme ich die Taschenlampe vom Sitz neben mir, leuchte in die Dunkelheit.

Seit Monaten habe ich mich auf diesen Augenblick vorbereitet. Ich war jede Nacht zur selben Zeit hier, habe einfach nur im Auto gesessen und gewartet, was passiert. Natürlich niemals in meinem eigenen Wagen, sondern ausschließlich in Mietfahrzeugen.

Ich habe dagesessen und abgewartet, ob jemand trotz der späten Stunde vorbeikommt, mich hier im Wagen sieht, vielleicht anspricht und mich fragt, ob alles in Ordnung ist.

Doch niemand hat mich bemerkt, niemand kam auch nur auf diesem schmalen Schotterweg vorbei, der tagsüber als forstwirtschaftlicher Zubringer zwischen Wald und Dorf genutzt wird. Nicht einmal ein Jäger hatte sich während all der Wochen meiner Vorbereitung an diesen Ort verirrt. Und das würde auch jetzt nicht passieren. Es war Schonzeit, wie ich im Internet recherchiert hatte.

Ich sauge die Luft scharf ein, lasse sie für einige

Sekunden in meinen Lungen, stoße sie dann entschlossen aus.

Jetzt!

Ich klemme mir die Taschenlampe zwischen die Beine und zerre meine Utensilien vom Sitz.

Zuerst den Plastikanzug. Keine einzige Faser meiner Kleidung darf zurückbleiben. Mein Haar stopfe ich in akribischer Präzision unter die mitgebrachte Stoffhaube, eine Art Schutz, die man gewöhnlich unter einem Motorradhelm trägt. Dabei achte ich darauf, dass Bügel und Mikro des Stimmverzerrers nicht verrutschen.

Danach das letzte Detail und – wie ich finde – das Tüpfelchen auf dem I.

Eine Weile sehe ich mir die Maske in meinen Händen nur an. Ich hatte suchen müssen, um die einzige Maske zu finden, die für meine Zwecke geeignet war. Mit großen Aussparungen für die Augen, so dass ich genug sah, und so gut sitzend, dass das Mikro darunter nicht verrutschte.

Michael Myers …

Ich kann mir ein Grinsen nicht verkneifen, als ich mir ausmale, wie mein unfreiwilliger Gast im Kofferraum darauf reagieren wird.

Ich persönlich hasse Horrorfilme, doch ich weiß aus sicherer Quelle, dass dieses abartige Schwein auf diese Art von Filmen steht. Wenn auf dem Bildschirm jemand um sein Leben rennt und winselt, dann ist er oder besser gesagt es … das Schwein … in seinem Element.

Nachdem ich die Maske übergezogen und ihren Sitz kontrolliert habe, nehme ich meinen ebenfalls mit Plastik überzogenen Rucksack vom Sitz, schultere ihn, klemme mir die Taschenlampe unter den Arm, gehe zum Kofferraum. Ich ziehe meine Waffe hinten aus dem Hosenbund, entsichere sie, positioniere mich und aktiviere mit der linken Hand die Kofferraumöffnung.

Während sich die Klappe langsam hebt, gehe ich in Gedanken die nächsten Schritte durch. Wissend, dass ich mir nicht die kleinste Abweichung von meinem Plan erlauben darf.

Dann, endlich, sehe ich den Kerl in voller Länge vor mir.

Ungefähr eins achtzig groß, Gewicht um die fünfundsiebzig Kilo. Blonde, kurz geschnittene Haare, eisblaue Augen, die mich mit einer Mischung aus Panik und Wut … vielleicht sogar Hass … mustern.

Trotz meines jahrelangen Trainings war es anstrengender gewesen als gedacht, diesen stockbesoffenen Wichser in den Kofferraum meines Mietwagens zu wuchten. Ich musste ihn tasern, damit er sich weder wehrt noch mich erkennt, und alles musste rasend schnell gehen, damit mich niemand beobachtete.

Mit der Waffe im Anschlag sehe ich zu, wie er hochschnellt. Für einen Moment sieht es so aus, als wollte er all seine Kraft bündeln, nach oben schießen, um mich zu überwältigen. Doch dann fällt sein Blick auf die Waffe in meiner Hand.

Genau wie geplant. Er begreift offenbar, dass ich ihm ein Loch in seinen verdammten Schädel schieße, sollte er nicht tun, was ich verlange. Dennoch bin ich auf der Hut. Obwohl seine Hände auf dem Rücken gefesselt sind, kann er seine Beine frei bewegen. Ein Risiko, das ich bedacht habe. Er könnte versuchen zu fliehen. Wäre da nicht meine auf ihn gerichtete Waffe. Ich werde keine Sekunde zögern abzudrücken.

Zumindest soll er das glauben.

Bis zur letzten Sekunde soll er hoffen, heil davonzukommen, wenn er nur tut, was ich verlange.

»Raus da, los«, feuere ich ihn an, als er sich zu viel Zeit lässt.

Statt sich endlich hochzuwuchten, strampelt er wie ein Fisch auf dem Trockenen.

»Das geht nicht«, beschwert er sich. »Meine Arme sind gefesselt, meine Beine sind eingeschlafen, ich hab keine Kraft, mich allein aufzurichten.«

»Verarsch mich nicht«, schnauze ich ihn an.

Sein Blick trifft meine Augen und obwohl ich weiß, dass er in der Dunkelheit kaum etwas erkennen kann, fühle ich mich plötzlich nackt und schutzlos.

Jetzt bloß nicht die Nerven verlieren, flüstert die Stimme in meinem Innern, *bleib ruhig, du bist die Person mit einer Waffe in der Hand. Du hast das Sagen.*

»Bitte«, wimmert dieses Stück Dreck. »Lass mich einfach gehen. Ich schwör, ich sag auch niemandem was.«

»Ich bin nicht hier, um mit dir zu diskutieren, verstanden? Und jetzt hiev deinen verfluchten Arsch aus der Kiste und lauf ins Dickicht!« Um meinen Worten Nachdruck zu verleihen, richte ich den Lauf der Waffe für ein paar Sekunden auf seinen Schritt, genieße, wie er vor Angst gelähmt die Luft anhält.

Wieder treffen sich unsere Blicke, doch diesmal fühle ich keine Angst, weil ich weiß, dass ich ihm überlegen bin.

»Was willst du von mir?« Seine Stimme ist flehend.

»Raus aus dem verdammten Kofferraum und ab ins Dickicht!«, wiederhole ich meinen Befehl und trete zur Seite, die Waffe weiter auf ihn gerichtet.

Ich warte, bis er seine Stelzen endlich aus dem Wagen wuchtet, muss mir ein Lachen verkneifen, als ich sehe, wie er mit Hintern und Rücken robbende Bewegungen macht, bevor er sich hochschaukelt und endlich auf seinen Beinen steht.

»Los jetzt!«, schnarre ich ihn an, die Waffe starr auf

ihn gerichtet. »Du gehst voraus, immer brav in Richtung Wald.«

Er trottet los, viel zu langsam.

Verdammt, er will Zeit schinden.

Hofft wohl auf einen Ausweg.

Dass ich einen Fehler mache.

Das darf ich ihm nicht durchgehen lassen.

Also mache ich einen Schritt auf ihn zu, presse ihm den Lauf der Waffe in den Nacken. »Wenn du auch nur darüber nachdenkst, wegzurennen, schieße ich dir das Hirn aus dem Schädel!«

Er nickt heftig. Dann höre ich eine Art Keuchen.

Es dauert eine Weile, bis ich erkenne, dass dieser Jammerlappen heult.

Wunderbar.

Ich schicke ein stummes Stoßgebet zum Himmel für dieses Geschenk. Nie im Leben hätte ich damit gerechnet, dass er bereits so früh die Nerven verliert.

Tief Luft holend, blinzele ich gegen meine eigenen Tränen an.

Freudentränen.

»Wenn du kooperierst, dann passiert dir nichts, okay?«

Er nickt, stolpert weiter.

Es gefällt mir, gibt mir einen Kick, ihn glauben zu lassen, dass er auch nur den Hauch einer Chance hat, das hier zu überleben.

Wieder muss ich mir ein Kichern verkneifen.

Seine Naivität ist köstlich.

Er hat ja keine Ahnung, dass das erst der Anfang seines Wegs in die Hölle ist …

SYLT/RANTUM

Justina

Als ihre Zehenspitzen das warme Wasser berühren, fällt die Anspannung langsam von ihr ab. Sie steigt in die Wanne, seufzt, genießt, wie das warme Wasser ihren Körper umhüllt, schließt die Augen. Der Tag war anstrengend gewesen, vollgepackt mit Terminen. Und dieser Moment ist der erste, der ihr allein gehört. Mit geschlossenen Augen lauscht sie dem langsamer werdenden Klopfen ihres Herzens, fühlt, wie sich jeder einzelne Muskel ihres Körpers lockert.

Früher hat sie sich oft ein Buch mit in die Wanne genommen und stundenlang gelesen, immer wieder warmes Wasser hinzugelassen. Doch seit sie Mutter ist, kann sie froh sein, wenn sie einmal pro Woche eine halbe Stunde findet, um einfach nur hier zu liegen, mit sich selbst im Reinen.

Das leise Knarzen von Holz schreckt sie auf. Sie blinzelt verwirrt, weiß im ersten Augenblick nicht, wo sie ist.

Das Wasser ist lauwarm geworden, was bedeutet, dass sie eingeschlafen sein muss. Sie richtet sich auf, lauscht.

Es ist still.

Hat sie sich das Geräusch nur eingebildet?

Sie steht auf, steigt aus der Wanne, nimmt das bereitliegende Handtuch, wickelt sich darin ein. *Warum ist ihr plötzlich so schwindelig?*

Weil sie zu schnell aufgestanden ist.

Klar, das muss es sein!

Sie bückt sich, um den Stöpsel der Wanne zu ziehen, hält mitten in der Bewegung inne. *Da, da ist es wieder! Ein Geräusch wie Schritte auf Holz.*

»Schatz«, ruft sie mit zitternder Stimme.

Niemand antwortet.

Wie auch? Ihr Mann ist ja unterwegs, kommt erst morgen gegen Mittag zurück. Das Baby und sie sind allein im Haus.

Eine Welle der Panik schießt durch ihr Innerstes.

Sie dreht sich um, schwankt schon wieder.

Was ist nur los mit ihr?

Sie bemerkt, dass ihr Sichtfeld leicht verschwimmt, dass sie plötzlich Mühe hat, klar zu denken.

Reiß dich zusammen! Sieh nach, was da draußen ist!

Sie atmet durch. Rappelt sich auf, geht in den Flur hinaus. Ihre Beine halten sie kaum noch, werden mit jedem Schritt schwächer.

Zum Kinderzimmer, befiehlt sie sich.

Zuerst dort nachsehen.

Sie stützt sich mit einer Hand an der Wand ab, um nicht vornüberzukippen, und dann, als sie es fast geschafft hat, verlassen sie ihre Kräfte. Sie sackt auf die Knie nieder, bewegt sich die letzten Meter bis zur Tür auf allen vieren. Schafft es gerade noch in das Zimmer des Babys. Sie lauscht, hört sein leises Schnarchen, stöhnt erleichtert auf.

Alles gut, denkt sie, *das Baby schläft.*

Sie robbt weiter, versucht, sich an den Gittern des Babybettes nach oben zu ziehen. Sie schafft es nicht. Ihre Arme haben keine Kraft, fühlen sich wie Pudding an.

Sie muss was tun, braucht Hilfe.

Sie muss den Notruf wählen, weiß sie. Fragt sich, was mit ihr passiert. Hat sie eine Art Schlaganfall erlitten? Verliert sie deswegen von Sekunde zu Sekunde mehr die Kontrolle über ihren Körper?

Doch wie soll sie an das Telefon kommen? Es ist unten. Wie soll sie die Treppe schaffen und rechtzeitig Hilfe rufen, ehe sie das Bewusstsein verliert?

»Hilfe«, ruft sie, und erschrickt. Ihre Stimme klingt so schwach, wie ihr Körper sich anfühlt.

»Gleich ist es vorbei.«

Was war das?

Ihr Herz macht einen Extraschlag, rast dann wie wild in ihrer Brust, nimmt ihr die Luft zum Atmen. Hat sie sich diese Stimme nur eingebildet?

Sie blinzelt in die Dunkelheit, kann aber nicht erkennen, ob außer dem Baby und ihr noch jemand im Zimmer ist.

»Mach einfach die Augen zu und lass es geschehen.«

Diesmal ist sie sicher, sich diese Worte nicht eingebildet zu haben. Da ist jemand, ganz in ihrer Nähe, und derjenige beobachtet sie.

Sie hebt den Arm, versucht erneut, sich am Gitterbett nach oben zu ziehen. Vergebens. Ihr Körper gehorcht ihr nicht mehr, ist nur noch ein nutzloser Fleischklumpen.

»Bitte, Gott«, bringt sie mit letzter Kraft hervor, doch dann bemerkt sie einen Luftzug, der über die nackte Haut ihrer Beine streicht. Sekundenbruchteile später erkennt sie aus dem Augenwinkel einen Schatten. Schwarz, kaum wahrnehmbar schält er sich aus einer dunklen Ecke des Zimmers, bewegt sich auf sie zu.

»Was wollen Sie?«, haucht sie, doch die Worte verlassen nie ihre Kehle, existieren nur in ihrem Kopf. Sie schafft es kaum noch zu atmen, geschweige denn sich zu bewegen. Einzig die Panik hält sie noch im Hier und Jetzt.

Unfähig sich zu bewegen, beobachtet sie, wie der Schatten sich über das Gitterbett beugt, das schlafende Baby herausnimmt, es für eine Weile einfach nur ansieht.

»Bitte, ich flehe Sie an«, formt sie mit letzter Kraft in ihrem Kopf. Vergebens.

Die dunkle Gestalt wendet den Blick von dem Baby in seinen Händen ab, dreht den Kopf in ihre Richtung.

»Sag goodbye«, hört sie, dann wird alles noch schwärzer.

»Schatz, wach auf! Du musst dich beruhigen … komm schon, alles ist gut, du hast nur geträumt.«

Die Stimme drang wie aus weiter Ferne in ihr Bewusstsein, erst das Zupfen und Schütteln holte sie zurück. Sie öffnete die Augen, starrte in das Gesicht über sich, schluckte trocken, blinzelte verwirrt.

»Was ist los?«, fragte sie, hörte selbst, wie krächzend ihre Stimme klang. »Wo bin ich?«

Das Gesicht über dem ihren sah sie besorgt an. »Du bist zu Hause, Schatz, alles ist gut. Du musst einen üblen Albtraum gehabt haben, hast wild um dich geschlagen, das Haus zusammengebrüllt. Ich versuche schon eine ganze Weile, dich wach zu bekommen, aber du warst vollkommen weggetreten.«

Sie schluckte, schnappte nach Luft.

»Atmen, du musst atmen«, hörte sie. »Einatmen, ausatmen. Nun komm schon. Du bist in Sicherheit. Ich bin doch bei dir.«

Endlich fiel der Vorhang, begrub den letzten Rest des Albtraums unter sich, ließ sie aufseufzen. »Arjan«, stammelte sie, versuchte zu lächeln.

Er nickte, richtete sich auf, sah sie mit zur Seite geneigtem Blick an. »Was zum Teufel hast du geträumt? Ich hab mir fast in die Hosen gemacht, als du plötzlich gebrüllt hast.«

»So schlimm?«

Arjan sah sie nur an, schien auf etwas zu warten.

»Ich glaub, ich hab in letzter Zeit zu viele miese Filme gesehen«, erklärte sie vage, hoffend, ihn damit zufriedenzustellen.

Er runzelte die Stirn.

»Ehrlich«, warf sie hinterher. »Alles ist okay, ich hab einfach nur schlecht geträumt, weil ich neulich mit Silja so einen blöden Horrorfilm gesehen habe.« Erschrocken sog sie die Luft ein. »Hab ich sie etwa geweckt?«

»Sie ist noch gar nicht da.« Arjan schmunzelte. »Vermutlich übernachtet sie bei ihrer Freundin.«

»Puh«, entfuhr ihr. »Dann hat wenigstens sie nichts von meinem Geschrei mitbekommen.«

»Justina, ist wirklich alles gut?«

Sie nickte, verfluchte sich zugleich in Gedanken für ihre Lüge. Arjan hatte es nicht verdient, dass sie ihm etwas vormachte, doch sie konnte nicht anders. Dann hob sie ihren Arm, zog ihn neben sich auf die Matratze, kuschelte sich an ihn. Eine Weile lagen sie einfach nur so da und schwiegen, genossen die Wärme und Nähe des anderen. Doch während Arjans Atem irgendwann schwerer und regelmäßiger wurde, er langsam wieder ins Reich der Träume hinüberglitt, wurde ihr klar, dass sie so schnell keinen Schlaf mehr finden würde. Sie wartete ab, bis sie absolut sicher sein konnte, dass Arjan schlief, dann rutschte sie vorsichtig in Richtung Bettkante und erhob sich. Leise schlich sie aus dem Zimmer, schloss die Tür hinter sich, machte sich auf den Weg nach unten.

In der Küche setzte sie einen Kessel Wasser auf, bereitete sich eine Tasse mit ein paar Teeblättern zu, wartete auf das vertraute Pfeifen.

Früher hatte sie zu jeder Tageszeit leidenschaftlich gerne Kaffee getrunken, doch seit sie im Norden lebte, hatte sie die Zeremonie des Teetrinkens für sich entdeckt.

Sie liebte es, dabei zuzusehen, wie sich das Wasser

langsam einfärbte, mochte das Knistern von Kandis, wenn dieser sich im Tee auflöste. Als sie endlich den ersten Schluck nahm, schloss sie genießerisch die Augen, spürte ihre Lebensgeister erwachen.

Nach einer Weile öffnete sie wieder ihre Augen, blinzelte zur Uhr oberhalb der Tür. Es war gerade erst zwei Uhr morgens, was bedeutete, dass sie kaum mehr als drei Stunden geschlafen hatte.

Seltsamerweise fühlte sie sich nicht müde, ganz im Gegenteil.

Der furchtbare Traum hatte sie im Innersten erschüttert und sie musste gegen das Gefühl ankämpfen, das gesamte Haus nach dunklen Schatten zu durchsuchen. Dass sie seit Monaten unter Schlaflosigkeit litt, verschlimmerte ihre Unruhe. Und selbst wenn sie dann doch mal vor Erschöpfung ein paar Stunden wegdämmerte, wurde sie im Schlaf von ihren Ängsten heimgesucht.

Dabei hatte alles so gut angefangen.

Es war zwei Jahre her, dass sie Arjan auf der Hochzeit einer Kollegin in München kennengelernt hatte.

Als Sarah ihr den alleinerziehenden Vater einer Tochter aus dem Norden vorstellte, war zwischen ihnen beiden sofort eine Verbundenheit gewesen, die sich bis heute kaum in Worte fassen ließ.

Sie hatten einander in die Augen gesehen, und zum ersten Mal seit Langem hatte Justina nicht das überwältigende Bedürfnis gehabt, sich in sich selbst zurückzuziehen oder gar wegzulaufen. Stattdessen hatte sie sich von dem Fremden nur zu gern in Beschlag nehmen lassen und noch vor dem Ende der Party hatten sie beide nahezu alles übereinander gewusst.

Justina spürte ein leichtes Ziehen im Leib.

Okay …

Sie hatte in jener Nacht alles über ihn erfahren. Zum Beispiel, dass seine Frau vor acht Jahren an amyotropher Lateralsklerose gestorben war und er sich seither alleine um seine Tochter kümmerte. Irgendwie hatte er es geschafft, seinen Job als Ingenieur in Hamburg und die Erziehung unter einen Hut zu bringen. Inzwischen lebte er auf der Insel Sylt. Er hatte ihr noch mehr von sich erzählt, nicht so viel, dass ihr Interesse an ihm abflaute, aber dennoch genug, um zu wissen, dass sie mehr wollte.

Was sie selbst anging, hatte sie ihm nicht alles erzählt. Bei Weitem nicht …

Andernfalls wäre es wohl nie dazu gekommen, dass sie beide an jenem Abend ihre Nummern austauschten.

Anfangs war zwischen ihnen nur eine Art Freundschaft gewesen, die nicht über ein paar wöchentliche Telefonate hinausging. Doch irgendwann hatte er sie um ein erstes richtiges Date gebeten. Dafür war er extra von der Insel Sylt zu ihr nach München gekommen und hatte sich ein Hotelzimmer genommen. Doch schon beim nächsten Besuch war er über Nacht bei ihr geblieben.

Ein knappes Jahr später hatte er sie gefragt, ob sie sich vorstellen könne, zu ihm auf die Insel zu ziehen, und nach ein paar Wochen des Nachdenkens hatte sie zugestimmt.

Es war ihr schwergefallen, Job und Wohnung in München zu kündigen und Arjan zu folgen, doch die Vorstellung, all den Schmerz der Vergangenheit endlich hinter sich lassen zu dürfen, hatte ihr Kraft gegeben.

Es sollte ein neuer Anfang für sie werden. An der Seite eines neuen Mannes, an diesem fremden, aber wunderschönen Ort.

Sie hatte Sylt sofort in ihr Herz geschlossen. Die Tatsache, dass man in relativ kurzer Zeit von einem Ende der Insel zum anderen fahren konnte, fühlte sich beruhigend an. Auch die direkte, offene Art der Insulaner mochte sie und liebte es, am Morgen zuerst das Meer zu sehen, wenn sie aus einem der Fenster von Arjans Häuschen blickte.

Und dann war da noch die Meeresluft.

Sie genoss es, dass sie bereits beim Öffnen der Fenster das Salz darin riechen konnte. Mochte die frische Brise, die ihr selbst in der größten Hitze oder im tiefsten Winter das Gefühl gab, durchatmen zu können.

Die ersten Monate hier hatte sie geschlafen wie ein Baby.

Sobald ihr Ohr das Kissen berührte, war sie in einen tiefen Schlaf gefallen und erst am Morgen erfrischt wieder aufgewacht. Ein Luxus, den sie aus den Jahren in München kaum mehr kannte.

Sie schüttelte langsam den Kopf.

Warum hatte es nicht so bleiben können?

Allein die Vorstellung, alles könnte auch hier wieder von vorne losgehen, jagte ihr eine Heidenangst ein.

Alles, was sie wollte, war, zu vergessen.

Vergessen, was passiert war.

Vergessen, was sie getan hatte.

»Kannst du nicht schlafen?«

Sie wirbelte herum, sah Arjan auf der Türschwelle stehen.

Plötzlich spürte sie einen Druck auf der Brust und ein Brennen in den Augen.

»Was ist los?« Arjan kam auf sie zugeeilt, setzte sich auf den Stuhl ihr gegenüber.

Sie holte tief Luft, sah ihm direkt in die Augen.

»Erinnerst du dich, dass ich dir gesagt habe, dass ich eine Magenschleimhautentzündung habe?«

Er nickte, verzog besorgt die Stirn. »Hast du wieder diese Schmerzen? Ist dir übel?«

Sie sah ihn ernst an. »Ich hab dich angelogen ...« Sie zögerte, bemerkte seinen verwirrten Gesichtsausdruck. »Die Wahrheit ist, ich hab keine Magenschmerzen, nicht im medizinischen Sinn. Was ich habe, ist keine Krankheit.«

»Ich versteh nicht. Was ist es dann? Was hast du?« Selbst seine Stimme klang jetzt krank vor Sorge.

Justina schluckte, stieß die Luft aus, schloss für einen Sekundenbruchteil die Augen, bevor sie ihn wieder ansah. »Ich … ich bin schwanger«, brachte sie schließlich mit brüchiger Stimme heraus. »Und ich weiß es bereits seit sechs Wochen.« Sie hob die Schultern, als sie sein Gesicht entgleisen sah, kämpfte gegen die Tränen an. »Ich hatte Angst, es dir zu sagen.«

Seine Augen weiteten sich. »Angst? Aber warum denn?«

Sie senkte den Blick. »Wir haben nie darüber gesprochen, ob gemeinsamer Nachwuchs ein Thema ist. Ich schätze, ich hatte Panik, du könntest dich von mir überrannt fühlen.«

Er sah sie an, dann verzog sich sein Mund zu einem schiefen Grinsen.

»Was?«, fragte sie verunsichert.

Anstelle einer Antwort zog er sie fest in seine Arme. »Das ist die größte Freude, die du mir heute Morgen machen konntest. Was sag ich da … das ist die wunderbarste Nachricht überhaupt.«

»Ehrlich?«, fragte sie verdutzt.

Er nickte heftig. »Und Silja … sie wird aus dem Häuschen sein. Sie hat sich immer ein Geschwisterchen gewünscht.«

Justina verzog zweifelnd den Mund. »Ob das jetzt immer noch so ist?«

Er sah sie an, seine Augen strahlten vor Glück. »Warum hab ich das Gefühl, dass in Wahrheit du es bist, die diese Neuigkeit nicht verdauen kann?«

Justina schluckte.

Arjan kannte sie einfach zu gut. Manchmal hatte sie das Gefühl, er kenne sie besser als sie sich selbst.

»Ich bin neununddreißig.«

»Na und? Ich werde im Januar fünfundvierzig. Was spielt das Alter für eine Rolle?«

Justina sah ihn an, schüttelte den Kopf. »Nichts, schätze ich. Dennoch mach ich mir meine Gedanken.«

Er nahm ihre Hände, drückte sie sanft. »Das musst du aber nicht. Du wirst eine wundervolle Mutter sein und ich hab das Ganze ja sowieso schon einmal durch.« Er sah sie mit gespielter Strenge an. »Wir kriegen das hin, verstanden? Egal was auch kommt, wir beide schaffen alles!«

Justina war gerade dabei, das Geschirr vom Frühstück wegzuräumen, als sie Arjans Arme spürte, die sich von hinten um ihren Körper schlangen. »Ich wünschte, ich könnte hierbleiben«, raunte er dicht an ihrem Ohr. »Bei dir.«

Sie drehte sich in seiner Umklammerung um, sodass sie sein Gesicht sehen konnte, lächelte ihn an.

Nachdem sie ihm von der Schwangerschaft erzählt und er so freudig reagiert hatte, war es ihr tatsächlich gelungen, noch ein wenig zu schlafen. Arjan hatte sie gegen acht Uhr zum Frühstück geweckt und fast schien es, als sei alles, wie es sein sollte.

Seine Worte von letzter Nacht fielen ihr wieder ein.

Wir beide schaffen das!

Wie gerne würde sie daran glauben.

Doch Arjan war nicht der erste Mann in ihrem Leben, der ihr das Gefühl vermittelte, geborgen und sicher zu sein. Meinte er es wirklich ernst? Glaubte er, in ihr die Frau gefunden zu haben, mit der er alt werden wollte?

Auch Simon hatte ihr damals seine Liebe geschworen, sie glauben lassen, immer für sie da zu sein, doch dann … dann hatte er sie mit ihrer besten Freundin betrogen. Sie beide hatten ihr bei lebendigem Leib das Herz aus der Brust gerissen, sie verraten und aus ihr einen Menschen gemacht, der sie niemals hatte sein wollen. Einen misstrauischen und selbstzweiflerischen Menschen, der den Glauben verloren hatte.

Den Glauben an das Gute im Menschen, an die Liebe, an sich selbst.

Sie sah Arjan prüfend an und fragte sich erneut: Meinte er es wirklich ernst?

Bis vor sechs Wochen hätte sie diese Frage mit Ja beantwortet, doch seit sie von der Schwangerschaft wusste, die Träume wieder angefangen hatten, war sie nicht mehr so sicher.

Sie spitzte die Lippen, küsste ihn sanft auf den Mund und versuchte, ihre Unsicherheit zu überspielen. »Die Zeit wird wie im Flug vergehen«, sagte sie leichthin, obwohl sich die Vorstellung, einen Tag und eine Nacht allein verbringen zu müssen, wirklich mies anfühlte. »Silja kommt ja auch irgendwann nach Hause. Uns wird gar nicht auffallen, dass du weg bist.«

»Na vielen Dank auch«, gab er in gespielter Beleidigung zurück, zog eine Schnute.

Sie lachte auf.

Er grinste breit. »Und du versprichst, dass du Silja nichts verrätst?«

Sie nickte, machte mit Daumen und Zeigefinger eine Reißverschlussgeste an ihrem Mund entlang. »Wir sagen es ihr morgen gemeinsam, wie abgemacht.«

Er zog sie ein letztes Mal an sich, küsste sie.

Dann sah sie ihm nach, als er in den Flur ging, in

seine Schuhe schlüpfte und ihr einen Blick über die Schulter zuwarf.

»Du weißt, dass ich dich liebe, oder?«

Sie räusperte sich, lächelte ihm zu. »Ich liebe dich auch.«

Sie folgte ihm zur Tür, wartete, bis er hinter dem Steuer seines Mercedes saß, winkte ihm zu. Sobald er außer Sichtweite war, verschloss sie die Tür. Dann drehte sie den Schlüssel zweimal um, eilte in den Keller, um sich zu vergewissern, dass auch der Hintereingang verschlossen war. Anschließend nahm sie sich jedes einzelne Fenster im Haus vor.

Nachdem sie alles verriegelt und verrammelt hatte, presste sie ihre Stirn gegen das kühle Glas des Schlafzimmerfensters, holte tief Luft. *Du bist in Sicherheit,* sagte sie wie ein Mantra vor sich hin. *Alles ist gut.*

Ein hysterisches Kichern entfuhr ihr.

Was für ein Schwachsinn!

Nichts war gut.

Und sie würde auch niemals in Sicherheit sein, das spürte sie doch nach dem Traum von letzter Nacht deutlicher denn je.

Nach ihrer Ankunft auf der Insel hatte sie sich selbst vorgemacht, dass ein echter Neuanfang möglich sei, und dann hatte sie sich alles so lange schöngeredet, bis sie selbst daran geglaubt hatte.

Wie dumm von ihr! Die Dämonen ihrer Vergangenheit würden sie immer finden. Egal wo, egal an wessen Seite, selbst in ihren Träumen … Gerade in ihren Träumen.

Sicherheit existierte nicht.

Sie war ein trügerisches und äußerst fragiles Konstrukt, dazu bestimmt, den Menschen etwas vorzumachen, sie unvorsichtig werden zu lassen.

Energisch drückte sie ihr Kreuz durch, erhob trotzig das Kinn. Nicht mit ihr!

Sie hatte sich schon einmal dazu hinreißen lassen und anschließend über viele Jahre mit den schrecklichsten Konsequenzen leben müssen.

Dieser Fehler durfte sich niemals wiederholen.

Dafür würde sie sorgen, um jeden Preis!

Printed in Germany
by Amazon Distribution
GmbH, Leipzig